시보다 멀리

시보다 멀리

© 박세현, 2022

1판 1쇄 인쇄__2022년 08월 25일
1판 1쇄 발행__2022년 09월 01일

지은이__박세현
펴낸이__양정섭

펴낸곳__예서
　　　등록__제2019-000020호

제작·공급__경진출판
　　　이메일__mykyungjin@daum.net
　　　블로그__https://mykyungjin.tistory.com/
　　　사업장주소__서울특별시 금천구 시흥대로 57길(시흥동) 영광빌딩 203호
　　　전화__010-3171-7282　팩스__02-806-7282

값 20,000원
ISBN 979-11-91938-20-3 03810

박세현 산문집

시보다 멀리

예서

서문 비슷한 글

또, 책을 낸다. 더 이상 책을 내는 게 별 의미가 없음을 잘 안다. 그래서 또 책을 내게 되는지도 모른다. 그게 나로서는 그래도 가장 근사한 핑계다. 또 내셨군요. 돌아서면서 그렇게 중얼거릴 사람들을 실망시키지 않으려고 또 산문집을 묶는다. 작가로서 그게 최소한의 의무이자 도리라고 나는 믿는다. 물론 내 생각이다. 이 책에는 내 것일 수 없는 내 생각으로 가득하다. 어쩔 수 없는 분별심으로 채워진 나의 산문집. 산문집이라 썼지만 산문이 뭐지? 에세이와는 어떻게 다르지? 누가 나에게 물으신다면 나는 대답하겠다. 별 걸 다 물으시는군요. 그렇게 내 생각의 잔불을 끈다.

이 책은 크게 두 부분으로 구성된다. 하나는 짤막한 산문들이고 그것들은 다 시에 관한 나의 지지고볶음탕이다. 다른 한 부분은 그동안 내가 인쇄했던 시집이나 산문집 여기 저기에 붙어 있던 인터뷰 형식의 글만 모아보았다. 그렇게 하는 것이 이 글들에 대한 예의가 되겠다고 생각했다. 예의? 그냥 이런 단어를 골라보고 싶었다. 인터뷰라고는 했지만 정확하게는 자문자답의 글이다. 그냥 풀어서 써도 되겠지만 객관적 형식을 가장하면서 내 시에 대한 얘기를 풀어보자는 속셈이었다. 가상 인터뷰 형식의 대화산문집 인 것. 나를 괴롭히던 시간들과 친교를 나누던 시간들의 문장론적 아웃팅쯤으로 보면 되겠다.

그동안 꽤 많은 글을 썼다고 자평한다. 음. 이 소리는 내가 거두어들이는 신음이다. 강릉에서 가끔 들르는 만두 가게 여주인이 떠오른다. 하루도 빠짐없이 만두를 빚는 그분. 만두소는 고기와 김치다. 맛이 좋다. 동네에서 나름 성업 중이다. 나는 그 만두가게 주인을 흉내내고 싶었을 것이다. 만두가게 옆에는 문은 열려 있지만 폐업 수준의 문구점도 있다. 필기도구를 사러 들어간 적이 있다. 퇴직한 지 꽤 되어 보이는 남자가 시커먼 패딩을 입고 졸고 있었다. 내가 찾는 펜이 아니지만 비슷한 거 하나 들고 나왔다. 남의 졸음을 방해한 값이다. 내가 쓴 산문은 만두가게 여주인의 성실성에 못 미치고 손맛도 없는 편이다. 부족하다고 썼다가 삭제했다. 겸손을 수정하기로 했다. 졸다가 손님

맞는 문구점 주인의 영업방식이 나를 대신해 들키는 순간이다. 무엇보다 손님의 요구와는 상관없는 물건을 들이미는 것. 한번 써보세요. 잡표지만 가성비 좋을 겁니다. 나는 참 뻔뻔하다. 또 책을 내다니. 돌아서서 그 소리를 해주실 분들을 실망시키지 않는 것도 글쓰는 사람의 한 가지 의무라고 나는 생각한다.

요즘은 강릉집에서 은둔 비슷하게 산다.

은둔이라 써놓고 나도 약간 놀란다. 생각보다 느낌이 정확하기 때문일까. 잠은 줄었지만 꿈은 늘었다. 깨고 나면 잘 기억되지 않는 황당한 꿈들이다. 어젯밤은 소리 없는 봄비가 왔고 라디오를 듣다가 잠들었는데 꿈속에서 나는 도망 중이었고 아주 긴 나선형 계단을 오르고 있었다. 그렇게 높아야 할 이유가 없어 보이는 난간이었다는 것. 그 꿈이 무엇을 은폐하고 있는지 해몽이 되지 않는다. 아침에는 어질러진 꿈조각들을 쓸어모아서 분리수거 봉투에 담는다. 나의 책도 그러할 것.

인터뷰 형식으로 쓰여진 이 책의 질문법을 빌어서 내게 묻는다.

앞으로 어떤 글을 쓰고 싶으신가?

글쎄다. 앞으로요? 60초 후에 대답하겠다.

▽정서적 연관 검색어

어떤 시를 원하세요? 안목바다, 사울 레이터, 양병집, 파로
아 센더스, 문학평론가 장윤익, 빗소리듣기모임, 강릉행
KTX, 박세현 시집 아무것도 아닌 남자, 대학원 은사이신
김시태 교수님.

차 례

1부 시작 노트

2부 인터뷰들

1부 시작 노트

난해한 사랑

나는 2021년에 세 권의 책을 인쇄했다.

세 권 앞에는 '무려'라는 부사어가 삽입되어야 한다. 그게 통상적 생각이지만 내가 손수 그런 수식을 할 이유는 없다. 그저 세 권을 납품했을 뿐이다. 혹자는(누군지 모르지만) 말하리라. 무슨 책을 밥 먹듯이 내시나요. 나도 모르겠다. 내가 나에게 묻는 근본 질문이기도 하다. 2020년에도 세 권을 인쇄했다. 2년에 걸쳐 여섯 권의 책을 찍었다. 음. 이 대목에서 잠시 자판에서 손을 뗀다. 돌아보니 나는 그저 쓸 뿐이다. 할 말이 있어서라기보다 할 말이 없다는 나의 증상을 견디기 위해 자판을 두드린다. 이 대목을 이해해주는 사람이 나의 독자이자 친구일 것이다. 친구여, 그대 어디 있는가. 어쨌든. 아무튼. 우좌지간 세 권의 책이 나오고 나는 한참을 놀았다. 제대군인 같은 마음차림으로 돌아다

녔다. 황동규의 태평가는 나를 위로했다.

몸 한 구석에 감출 수 없는 고민을 지니고
병장 이하의 계급으로 돌아다녀 보라.
김해에서 화천까지
방한복 외피에 수통을 달고
到處 철조망
皆有 검문소
그건 난해한 사랑이다.

설명은 생략하자. 60대 말년을 살면서 내린 결론: 나의
글쓰기는 무망(말고 다른 말은 없니?)한 몸짓이다. 무망한
몸짓을 무망하게 밀고 나가면서 손가락으로 생각하기로
했다. 이게 내가 키보드를 두드리는 이유의 전부다. 난해한
사랑이오.

내 짧은 손가락이여

나는 시를 쓰기 전에 세면대에 온수를 받아놓고 오래 손을 담근다. 손가락이 부드러워야 한다. 손가락이 생각하기 때문이다. 나는 그렇게 믿는다. 손이 굳어 있으면 생각도 풀어지지 않는다. 시는 머리가 쓰는 게 아니다. 관념이 지시하는 것도 아니고 정서가 반응하는 것도 아니다. 단지 손가락이 해결하는 것이 시라고 그는 믿는다. 시를 쓰기 전에 온수에 손을 담그는 건 나의 오랜 글쓰기의 관습이다. 내가 손가락을 물에 담그는 방식은 피아니스트 글렌 굴드로부터 배운 것이다. 굴드는 연주하기 전에 따뜻한 물을 틀어놓고 거기에 오랫동안 자신의 두 손을 담근다. 다른 피아니스트에게 없는 방식이다. 손가락 관절의 유연성을 높여줄 것이라 믿는다.

피아니스트는 아니지만 나도 그렇게 한다. 굴드만큼 오랜 시간 공들여서 손을 녹이지는 않지만 나는 이런 의례를 거쳐 시를 쓰고 나름의 효과가 있다고 생각한다. 다시 한번 강조해두지만 시는 손가락이 쓴다. 평소에도 손가락을 잘 보호해야 한다. 외과의사만큼은 아니지만 손은 거칠게 다루지 말아야 한다는 게 나의 지론이다. 생각을 확장해보면 더 구체적이 된다. 손은 시만 쓰는 게 아니다. 사랑도 손으로 한다. 따뜻한 손. 부드러운 손. 사랑을 전달하는 손. 기도도 손으로 한다. 삶은 소유가 아니다. 순간순간 있음이다 (법정). 두 손을 모으고 마하반야바라밀다.

손가락에 힘이 있는 동안 쓰자.

손가락에 따뜻한 피가 도는 날까지 쓰자.

내가 생각하는 손가락은 단지 몸에 붙어 있는 신체 기관의 일부만을 가리키는 건 아니다. 그렇다고 상징적인 것은 더 아니다. 말이 입 밖으로 발음되기 전까지 모든 말들이 입술 안쪽에서 스탠바이 하고 있듯이 시는 손가락 끝에 고여 있다. 키보드에 손을 얹으면 비로소 손가락에 묻었던 생각들이 컴의 화면으로 흘러들어간다. 흘러들어가는 것이다. 뭉툭하고 퉁명스런 내 짧은 손가락이여. 내 시는 그대와의 혈연이구나. 속없는 내 시는 나를 닮았고, 내 손가락 역시 나의 시를 닮는구나. 나는 언제나 내 손가락에 감사하겠다.

(덧)

입동이 어제다. 다시 쓴다. 어제가 입동이다.

모르고 지나갔다. 알았다면 이 문장은 오늘은 입동이라고 쓰여졌겠지만 하루 사이에 과거시제가 개입된다. 겨울의 서막을 알리는 프롤로그인 가을비가 내린다. 가을과 겨울 사이를 가르는 間紙 같은 비다.

밑 빠진 독에 물 붓는 사람

　나는 가끔 생각한다.

　뜬금없는 헛생각이지만 나에게는 그것이 위안이기도 하고 덧없는 이론이 되기도 한다. 가령, 시인은 어떤 존재인가. 좁게 생각하자면 시를 쓰는 존재다. 여기에는 이의가 없다. 맞다. 좀 더 넓혀서 생각하면 시인의 정의는 시만 쓰는 존재를 넘어선다. 지구별에 느닷없이 태어나서 느닷없이 살아가면서 삶의 여러 증상에 시달리는 인류는 어쩔 수 없이 모두 시인이다. 시를 쓰고 시집을 납품하는 존재로 시인을 한정할 수 없다. 그것은 생로병사의 여정과 마주한 인간들에게 미안한 일이다.

　대한민국에서, 남한에서, 남조선에서, 자본사회에서, 유사 민주역사에서, 소상공인으로, 자영업자로, 비정규직으로, 퇴직자로, 이대남으로, 취준생으로, 종편 패널로, 지식상공인으로, 비열한 정치인으로, 기업인으로, 활력가로, 사기꾼으로, 위조 지폐범으로, 보이스 피싱으로, 서민운동가로, 유튜버로, 소비자로, 우한 폐렴 백신 미접종자로, 기레기로, 한손엔 촛불부대로, 신춘문예 심사위원으로, 태극기부대로, 중환자로, 조현병자로, 강의전담 교수로, 저소득자로, 다주택자로, 종부세 납부자로, 인문 건달로, 쪽방촌 거주자로, 전과자로 이렇게 저렇게 휘둘리며 살아가는 사람들은 저렴한 등단이나 시가 면역된 시인이다. 그들의 삶은 그날그날이 유튜브이고 언어를 비껴서는 시이기 때문이다. 2021년 남한사회를 견디고 있는 민중들의 생은 참으로 너무나 더 시적이다. 이 지리멸렬과 허겁지겁과 무기력과 피동성과 망연자실을 시로 적은 시인은 없다. 있을지도 모르겠으나 과문의 나는 들은 바 없다. 없다고 다시 한번 쓰면서 순하게 말하자. 살아간다는 것은 그 자체로 모두 시다. 시집이다. 시적인 텍스트다. 그중 하수들이 타이피스트처럼 앉아서 키보드를 두드린다.

나는 앞 단락에 쓴 문장에 자발적으로 동의하면서 부연한다.

고기잡는 어부가 시인이고, 밤바다의 등대를 지키는 등대지기도 시인이다. 헤어진 애인을 죽이기 위해 편의점에서 칼을 구입하고 골목길 가로등 아래서 애인을 기다리고 있는 사람은 시인이다. 오늘도 늦어지는군. 그순간 그의 가슴으로 흘러간 음악은 어떤 것일까. 모차르트, 키스 자렛, 조영남, 문주란. 회상과 상상은 날이 선 순간일수록 더 화려하고 선명할 것이다. 과거를 부정하는 정치인도 시인이다. 더 시인이다. 자신의 사악함을 감추고 날마다 청와대 경내를 산책하는 대통령은 시인이다. 비료값을 못 건지는 자경 농부는 시인이다. 외국인 노동자를 고용해 꽤 큰 소득을 올리는 농업자도 시인이다. 하루에 한 테이블도 못 받은 채로 길게 늘어선 옆집 마스크 쓴 사람들의 행렬을 내다보고 있는 식당주인은 시인이다. 카드를 받지 않고 현금만 결재하는 채소가게 주인도 시인이다. 우리에겐 시인들이 많다. 고기를 잡으려고 먼 바다에 나가 파도와 찬바람과 선잠과 싸우는 어부가 시인이 아니라면 누가 시인일까. 어부가 고기와 싸우는 시간에 카페에서 책을 펼쳐놓고 활자를 주워 먹는 사람도 시인이다. 한 사람을 죽이기 위해 계획하고, 실행하기 위해 길을 나서는 사람의 속사정을 함부로 단정하지 말자. 그가 도스토옙프스키의 소설 속 한 페이지를 걸어가는 인물이 아니라고 함부로 단정할 수 있겠는가.

시는 시라는 그릇에 담기기 직전까지만 시라고 하자. 시는 시라는 그릇에 담기고 버려진 여분들을 시라고 부르자.

위의 두 문장을 쳐다보는 자를 진정한 시인이라 불러야
한다.

하지만 시인을 장식하는 진정한은 삭제한다.

자신을 진정하다고 믿는 순간 당신은 당신에게 속아넘
어간다.

세상은 그런 부족을 퉁쳐서 시인이라 부른다. 이건 어디
까지나 나의 생각이다. 내가 나의 생각을 표현하는데 건드
려지는 시인이 있다고 해도 나는 어쩔 수가 없다. 공감이나
이해나 소통은 사양한다. 그거야말로 시인이 피해가야 할
타협점이다.

밑 빠진 독에 물 붓는 사람을 시인이라 부르기로 하고
나는 밑 빠진 독의 밑을 들여다본다.

조금 서글프다.

아주 조금.

(덧)

새벽마다 고요히 꿈길을 밟고 와서

머리맡에 찬물을 쏴아 퍼붓고는

그만 가슴을 디디면서 멀리 사라지는

북청 물장수

물에 젖은 꿈이
북청 물장수를 부르면
그는 삐걱삐걱 소리를 치며
온 자취도 없이 다시 사라져 버린다.

날마다 아침마다 기다려지는
북청 물장수. (김동환, 북청 물장수)

슬프다

나는, 그동안 나로 시작하는 문장을 많이 사용했다.
시에서도 다른 글에서도 오로지 나로 시작했다. 그래야
감정의 톤이 조율되었던 것이다. 사후적으로 돌아볼 뿐이
다. 내가 내 말을 하는 것이니 주어는 나로 시작하는 게
맞다. 당연하다. 그런데 가끔은, 이제는 그 대목을 자꾸 돌
아보게 된다. 地水火風의 우연한 뭉침일 뿐인 물건을 나라
고 믿고 단정하는 게 뜬금없었기 때문이다. 뜬금없다는 말
이 그럴 듯 하다. 대중없다. 정해진 바 없다. 나라는 말을
집요하게 쓰게 되면 자기 중심, 나르시시즘, 구순기 고착,
거울상이라는 용어들의 예가 되기 쉽다. 나는 이런 용어에
동의한다. 나의 생애사는 그럴 수 있는 개연성이 다분하다.

여기서 그런 세부를 이것저것 까발려놓을 생각은 없다.

요즘 말로는 초등학교 저학년 시절에 나는 시내버스로 학교까지 통학을 했다. 통학버스가 그렇듯이 내 자리는 없고 다들 입석 상태로 학교까지 한 삼십 분 가야 하는 거리다. 어느 날은 옆사람의 몸이 닿는 것을 못 참고 버스에서 내린 사건도 있다. 내려서 걸어가는데 등뒤에서 내 이름 부르던 할머니의 목소리가 아직도 생생하다. 이 장면을 나는 내 삶의 원장면이라고 생각한다. 이 기억을 좌파 인터내셔널이라는 시로 쓴 적도 있다. 나라는 주어는 언제나 가주어일 뿐이었다. 문장을 이끌기 위한 형식상의 단어다. 나라는 주어는 그러니까 잠시 거기 있을 뿐이다. 내 시에 등장하는 기표인 나도 그렇다. 나도 믿지 않는 나를 타인이 믿을 이유는 없다.

앞으로는 인칭 주어를 바꾸어보련다.
아무렇게나 불리어도 그 말은 정확하게 나에게 와 꽂히게 된다.
너, 당신, 교수님, 선생님, 아저씨, 아버님, 사장님, 어르신, 고객님, 나쁜, 더러운, 쪼다, 간사스런, 죽일, 의리 없는, 비열한, 진상, 치사한, 이중인격자, 사기꾼, 미친, 벼룩의 간을 내먹을, 시발, 두 번 다시 보고 싶지 않는, 무식한, 놈놈놈, 개자식.

어떤 말들이 와도 그것은 정확하게 나를 가리킨다. 어디에 꽂히든 거기가 나의 과녁일 것.

그동안 나는 이 모든 말들의 소란을 단지 나로 덮어왔음이다. 이런 균열을 외면하고 봉합하는 문자행위가 문학평론이 아니었을까.

슬프다.

(공유)
전철역 앞 이디야에서
아메리카노 한 잔 마시며
내게 남은 10분을 헤아린다
사형수의 마지막 5분을 생각하면
두 번 죽고도 남을 시간
나는 누군가에게
마지막 10분이었을 시간을 생각한다
나는 그때도 강의자료를 보고 있을까
몰락의 시간에도 밤은 부드러워라
타르코프스키가 말한 병사는
총살되기 직전 젖은 구두를 마른 곳에
얹어두고자 했지

그의 구두가 그의 유언이었지
그의 구두가 오래
그를 기억했는지는
타르코프스키도 말하지 않았다
내게는 3분의 시간밖에 남지 않았다
커피는 아직 식지 않았지만
나는 떠나야 하리
전철역 앞 이디야
(이현우, 「전철역 앞 이디야」)

시작 노트 1

시작 노트를 시장 노트로 읽는다.

이것을 간이 세금계산서쯤으로 생각하는 것은 나의 관점이다.

수정한다. 관점은 유지하지만 그것을 나의 것이라고 말하는 건 오해와 기만이다. 세상에 내 것이 있다고 믿는 것은 알면서 속는 일에 다름 아니다. 내가 시를 타자하고 서명하지만 그 시가 내 것이라는 보증은 아닐 것이다.

시라는 환상, 좋은 시라는 착시, 잘 쓴 시라는 업계의 협력은 일종의 집단면역 같은 것이라고 본다, 나는.

문제는 언어와 언어가 껴안고 있는 의미의 체온에 속지 않는 것.

그게 가능한 일인가. 모르겠으나 그렇다는 말이다.

어제 신었던 양말 새것인 양 발을 집어넣듯이 나는 그렇게 쓴다.

시는 읽는 장르가 아니라 쓰는 장르다. 쓸 뿐.

(공유)

예술에 진보란 없다. 예술은 모든 시대에 통하는 점이 있어야 한다는 점에서 반역사적이다. 보편을 줄기로, 그 보편을 확대하면서 혹은 덧대면서 예술은 세월을 통과한다. 고흐의 해바라기가 현시대 화가의 해바라기와 함께 선택을 기다린다. 그런 점에서 예술가는 극한 직업이다. 그들의 경쟁자는 동시대 예술가들만이 아니라 이전 시대의 동종 예술가들이다. (권영숙)

(덧)

저런 생각에 방점을 찍던 시절이 좋았다. 호시절.

다행스러운 일

나이 들면 늘어나는 것이 뱃살만은 아닌가 보다.

주름도 있고, 병원비도 있고, 무소식도 꼽아야 한다. 연락 오는 데가 없어지면서 연락 할 데도 줄어든다. 없어진다. 좋은 일인가 안 좋은 일인가. 문득문득 그런 생각에 생각이 가 닿는다. 아무렇지 않은 척 도리질을 쳐본다. 올 것이 순서대로 또는 한꺼번에 오고 있을 뿐이다. 무소식이여, 오라. 와서 나를 껴안아다오. 침묵.

법정 스님의 얼굴이 크게 확대된 브로마이드를 봤다.

두꺼운 나무책상 앞에서 자신의 책에 서명을 하는 자세였다. 스님의 만상좌가 찍은 사진이다. 사진 밑으로 흘러가는 문장이 눈에 들어왔다.

오랜만에 홀로 있는 내 자리를 되찾았다.

이 고요와 한적을 무엇에 비기리.

절대로 간소하게 살 것.

날마다 버릴 것.

스님의 간결한 육성이 울린다. 합장.

본래는 이런 얘기를 하려고 글을 시작한 것이 아닌데 다른 길로 접어들었다. 이게 나인가 여긴다. 애초의 생각을 놓치고 다른 길로 들어서서 처음으로 돌아가지 못하는 게 내 방식인가 여긴다. 잘 나가다가 엉뚱한 데로 빠진다는 말이다. 다 조금씩 그런 게 아닌가. 물론 아닌 경우도 많이 있을 것이다. 뜻대로, 계획대로 움직이는 사람도 많다. 그런 사람은 계획과 다르면 실패라고 여길 것이다. 나는 그렇지 못한 축이라는 말을 하고 있다. 생각보다 멀리 빗나가서 다시는 처음의 자리로 돌아가지 못하는 게 나다. 심하게는 처음의 자리가 어딘지도 망각한다. 떨어져서 흔들리는 자리가 내 자린가 여기며 살자.

문예인이 나이 들면 뱃살 말고도 늘어나는 게 있다. 근심이다. 자신도 모르게 몸에 붙은 문학을 향한 노파심이다. 문예지의 권두언을 쓸 만한 원로급들에서 그런 노파심은 증상처럼 드러난다. 시의 위의를 걱정하는 목소리가 대개의 중심이다. 공감한다. 시를 그렇게 쓰면 어떻게 하겠느냐는 질책이 묻어 있는 걱정이다. 공감한다. 독자를 배려하지 않는 시들이 많다고 개탄한다. 공감한다. 기본기도 갖추지 못한 시들이 많다고 훈계한다. 공감한다. 청록파 시인이 누군지도 모르면서 시를 쓴다고 투덜거린다. 공감한다. 자기 시대의 글쓰기와 다르다는 것을 고백하는 것에 다름 아니다. 맞다. 이 대목을 길게 늘여서 떠들어대고 싶어지지만 생략한다. 간단히 말해서 다르다는 것은 좋은 것이다. 축복이다. 문예에서 같거나 비슷한 것은 일종의 저주다. 앞에서 문장 끝에 후크 송처럼 붙인 공감한다는 말뜻은 거기까지다.

원로급 문예인들의 근심은 근심스럽다.

문학에서 오랜 숙련이 무슨 의미가 있는지 나는 모르겠다. 더 낡았다는 뜻 이외에 무엇이 있는지 모르겠다. 예술원 회원급이 되어 뒷방소리를 내는 것 이외에 다른 무엇이 있을 수 있는지 역시 모르겠다. 중견, 원로, 거장, 대가 따위의 말을 종종 보게 되는데 우스운 말이다. 그런 말을 갖다가 쓰는 문인이나 그 대상이 된 문인이나 다 우스개가 된다. 누가 거장이란 말인가. 거장은 다음과 같은 문인에 한정한다. 지면 관계상 자세한 내용은 다음 기회로 미룬다.

무슨 얘기를 하려다 여기까지 왔는지 모르겠다. 이것만은 급해 말해두고자 한다. 독자가 없다면서도 시집은 쉴새 없이 쏟아진다. 쏟아진다는 표현이 이렇게 적절한 줄 다시금 깨닫는다. 저 많은 시집 가운데 몇 개나 남겠냐고 걱정하는 문예인들이 있다. 공감한다. 저 많은 시집들이 모두 도서관이나 문학사에 잔류하겠다고 다툰다면 사정은 더 복잡해진다. 몇 권은 남게 될 것이다. 이런 관점 앞에서 내 생각은 조금 다르다. 이런 걱정이야말로 기우일 뿐이다. 인터넷은 모든 것을 저장하고 기억한다. 필요할 때마다 재생할 수 있다. 그러니 어떤 작품이 문학사에 남을 것인지의 여부를 걱정할 필요는 없다. 모든 시는 인터넷에 담겨 빤짝거릴 것이다. 나, 시야. 반짝반짝. 문학사든 도서관이든 어딘가에 남을지 안 남을지를 걱정할 일이 없어졌다. 요즘의 문예인들은 축복이다. 다들 사이좋게 남게 되었으니 얼마나 다행인가.

(공유)
오래 묵혀두었던 산문집을 출판하게 되었다.
오랜 세월이 지난 것 같다.
지나간 시간을 생각하자니
웃음이 쿡 난다.
웃을 일인가.

그만 쓰자.

끝.

(최승자 산문집, 『한 게으른 시인의 이야기』에 실린 시인의 말)

조용한 남자

　남자에 대해 뭔가 *끄*적거려보고 싶었던 때가 있었다.
그러나 지금은 아니다. 그저 남자를 살고 있을 뿐이다.
남자라는 제목이 달린 소설도 몇 떠오른다. 특성 없는 남
자, 오베라는 남자 등. 내가 추가하고 싶다면 조용한 남자
다. 격은 좀 낮을지 몰라도 조용한 남자는 조용한 여자에
맞서는 제목이다. 오래 전에 들었던 노래 중에 조용한 여자
가 있다. 싱어송라이터 이연실이 만들고 부른 노래다. 어젯
밤 꿈속에서 보랏빛 새 한 마리를 밤이 새도록 좇아 헤매다
잠에서 깨어났다오. 나는 괴롭힐 사람 없는 조용한 여자.
나는 괴롭힐 사람 없는 깔끔한 여자랍니다.

　검색하면 이연실의 가수 이력에 대한 정보는 많이 뜬다.
1950년 군산 출생. 홍익대학교 출신. 1971년 새색씨 시집

가네로 데뷔. 대표곡 찔레꽃, 밥 딜런의 번안곡 소낙비, 목로주점, 비 등. 1990년대 중반 이후의 행적은 없다. 몇 년 전까지만 해도 노원구 상계동에서 목격되었다는 설도 있다. 은둔 가수라고 해야 하나. 은둔이라 타자하고 보니 꽤나 무책임한 말이다. 이제 그이도 71세를 살고 있겠군. 음.

누군가 살다가 증발해서 종적이 묘연하다는 것. 이거 참 난감하고 당황스럽고 홀망하기 짝이 없다. 젊은 날 들었던 가수의 종적 없음은 내게 이상한 정서를 만들고 있다. 그에게 감정을 이입하고 있는 중인가. 그럴지도 모르겠다. 실종, 잠적, 은둔은 조금씩 의미의 결은 다르지만 누군가의 행적이 잡히지 않는다는 점은 같다. 자취 없이. 흔적 없이. 소식 없이. 궁금한 것은 은둔의 이유가 아니다. 지금 없음의 그 현상이다. 자취 없는 자취가 궁금하다.

궁극적인 은둔은 죽음이겠으나 은둔과 죽음은 같지 않다. 죽음은 불가피하게 인정하는 사실이겠으나 은둔은 해소되지 않은 궁금증을 자아낸다. 왜. 거듭 말하지만 왜라고 묻는 것은 의미 없다. 어떤 이유로든 지금 눈앞에 나타날 의지가 전혀 없다는 것이다. 있다가 사라진 텅 빈 그 자리. 없음의 순간을 통해 있음의 순간을 현시하는 장면은 늘 생생하다. 이연실의 경우가 내게 더 그렇다. 후루꾸 기타

솜씨로 새색씨 시집 가네를 부르던 어린 젊은 날도 떠오른다. 직설적으로 말한다면 그 장면은 누구의 시보다 강렬하고 따뜻하구나. 내 시 어느 구석에도 이연실의 목소리가 묻어 있을 것이지만 나도 짚어낼 수는 없다. 같이 흘러갈 것이다.

남자 얘기를 하려고 했는데 다른 얘기를 했다.

남자 얘기는 나중에 다시 하게 될지도 모른다. 아니 다 했는지도 모른다. 남자의 생은 무모하다. 무모하기 짝이 없다. 우스개가 생각난다. 남자는 모르는 것도 아는 체 하고 여자는 아는 것도 모른 체 한다던가. 동의하지 않지만 부인하지도 않겠다. 남자는 남자의 증상을, 여자는 여자의 증상을 살아내고 있다. 이연실이 만든 목로주점을 아시는가. 안다면 그대도 조용한 나의 친구다.

상계동을 걸으면서 사람들을 살핀다. 어쩌면 71세를 살고 있을 은둔 가수 이연실을 만날지도 모른다. 혹시 이연실 씨 아니십니까? 아닌데요. 그렇게 말할지도 모른다. 진짜 이연실은. 그렇게 말해주길 바란다.

(덧)

월말이면 월급타서 로프를 사고

연말이면 적금타서 낙타를 사자

그래 그렇게 산에 오르고

그래 그렇게 사막에 가자

가장 멋진 내 친구야 빠뜨리지 마

한 다스의 연필과 노트 한 권도

오늘도 목로주점 흙바람 벽엔

삼십 촉 백열등이 그네를 탄다.

(이연실, 목로주점)

쉐도우 복싱

시인과 몇 번 통화를 한 적이 있으나 실제로 만난 적은 없다. 그래서 가끔은 내 환상 속에서만 존재하는 사람이 아닐까라는 생각도 드는 심정이다. 비슷한 문장과 주장이 반복된다고 썼음에도 새롭다. 마치 표적 없는 쉐도우 복싱의 연속이다. 시인의 인쇄공장은 독자가 한참을 시끄럽게 떠들어낼 수 있는 공간이다. 어차피 말해도 말해도 말해지지 않는다. 나는 페이스북에 올리려고 이 시집을 읽었나.

글자 크기를 조금 낮추어 타자한 앞 단락의 글은 강원도민일보 문학담당 김진형 기자의 것이다. 김기자가 내 시집과 산문집 기사를 자신의 페북에 올리면서 리드 문장으로 쓴 글이다. 나 역시 김기자와 몇 번 통화를 한 적은 있으나 실제로 만난 적은 없다. 그래서 가끔은 김기자도 내 환상

속에서만 존재하는 사람이 아닐까라는 생각도 드는 심정이다. 그의 기사는 문학에 대한 애정과 성실성이 돋보인다. 기사이면서 한 편의 평론으로 읽힌다. 보통의 기사들이 정보를 전달하는 보도에 충실하다면 김기자의 기사는 거기서 한 걸음 더 나아간다. 그를 아는 문예인들은 대개 나와 비슷한 생각이 아닐까 싶다. 문학 기사가 그나마도 드물어지고 엉성해지는 걸 전제한다면 김기자의 안목은 귀한 경우에 속한다. 내 책을 다루어주었다고 하는 말은 아니다. 나는 그런 사람이 아니다. 예외는 있겠지만 지금 내 말은 있는 그대로다. 그렇지 않은가. 기사를 잘 썼다는 건 무슨 뜻인가. 저자의 생각을 잘 간추려주었다고? 별 거 없는데 별 거 이상으로 써주었다고? 겸손을 가장해서 말하자면 내 경우는 후자가 된다. 별 거 없는데 뭘 이렇게. 그러면서도 눈에 들어온 핵심어들 즉 쉐도우 복싱, 인쇄공장, 독립영화, 겹쳐쓰기, 박세현 장르와 같은 말이 눈길을 끌었다. 내가 그렇게 썼던가. 그럴 거야. 김기자도 그렇게 말하고 있지 않은가. 그렇다면 그런 거지. 나의 시쓰기는 마치 표적 없는 쉐도우 복싱과 같다고 나는 생각한다. 김진형 기자가 그렇게 말했듯이.

(공유)

도무지 쉬지 않는 시인의 인쇄공장

(강원도민일보, 2021.12.10, 23면)

박세현이라는 인쇄공장이 있다는 소문은 사실일까. 강릉 출신 박세현 시인이 지난 해에 이어 올해도 세 권의 책을 냈다. 지난 여름 산문소설 '페루에 가실래요?'에 이어 최근 13번째 시집과 8번째 산문집이 나왔다. 쓰는 속도에서 타의 추종을 불허하지만 생전에 52권의 시집을 남긴 조병화 시인에 비교하면 아직 적다. 그럼에도 시인의 물량 공세는 심상치 않다.

시집 '갈 데까지 가보는 것'은 우선 두껍다. 통상 발간되는 시집의 분량을 뛰어넘어 300편에 가까운 시를 수록했다. 시를 읽는 장르가 아닌 쓰는 장르로 확신하는 시인의 욕망에 충실한 글쓰기를 한 셈이다.

시인은 "아무도 읽으려 하지 않는 시"를 주로 다룬다. 모더니즘과 서정시의 갈래에서 선택을 거부하고 사각지대에서 홀로 싸우는 독립영화처럼 느껴진다. 소프라노 홍혜란의 '희망가'와 빌 에반스의 재즈가 도중에 흐른다.

서두에 실린 이심정 시인과의 변증법적 인터뷰에서 작품세계의 힌트를 얻을 수 있다. 시인에게 왜 쓰는가 물으면 "할 말이 없어서"라고 한다. 오죽하면 '어느 날 구식인 채로' 남아 "쓸 수 있는 시는 다 썼다"고 생각할까. 특별한 의미를 부여하기보다는 "그냥 그렇게 되고 말았다"는 말이 어울린다.

너무 어렵지도, 쉽지도 않은 '편두통에 좋은 시'가 곳곳에 실려 있다. 누군가는 문장을 다듬지 않고 "아무렇게나 쓴 시"가 아닌가 반문할 수도 있지만 괜찮다. '좋은 시'가 '그저 그런 시'일 수도 있다. 시인은 "싱겁게 읽혀지면서/ (…중략…) /다음날이면 자취가 없어지는 시"를 바란다. 그간 주장했던 내용의 반복처럼 보이기도 하지만 시가 언제나 새로울 필요가 있을까 하는 생각도 든다. 시인은 "더 나은 실패"에 도전하고 있다. 어차피 시는 "말해도 말해도 말해지지 않는 무엇"(시 '제발' 중)이기에 '갈 데까지 가보는 것'뿐이다.

산문집 '필멸하는 인간의 덧없는 방식으로'는 목차 없이 일기체 형식으로 쓰였다. 지난 해 9월 22일부터 자신의 시집 '나는 가끔 혼자 웃는다'가 집에 도착한 12월 4일까지의 기록이다. 시인은 이 책의 다른 이름을 '변방일기'라고 정의한다.

시인은 산문을 쓰는 이유에 대해 "자기 사유의 비문학적 잡음을 걸어내기 위한 루틴"이라고 했다. 시쓰기의 뒷면이기도 하다.

자신의 시가 자꾸 답습을 거듭하는 과정, "했던 말을 다시 하는 것"에 대해 시인은 '겹쳐쓰기'라고 명명한다. 박세현의 시를 처음 접하는 독자를 위한 가이드기기도 하다. "진짜 좋은 시는 좋은 시가 쳐놓은 그물 밖으로 빠져나가야 한다"는 문장이 고개를 끄덕이게 만든다. 비슷한 말이 반복되는 것 또한 "박세현 장르"만의 매력이다.

시인의 유머감각은 '지면 관계상' 나중에 설명하려 했지만 뒷표지에 실린 문장이 또 뒤통수를 친다.

"시집은 왜 인쇄하시나요?"
"페이스북에 올리려고요."(김진형, 강원도민일보 기자)

*기사 본문 중 작은따옴표는 책 제목 및 수록작품 제목, 큰따옴표는 시 구절이나 작가 인터뷰 내용.

루이 암스트롱

언제나 그렇지만 나는 재즈에 대한 경외심을 가지고 있다. 무슨 말이냐 하면 재즈의 언어와 문법에 대해 그렇다는 말이다. 다시 말해서 재즈만이 갔던 길이 있다. 다시 말해서 한번 갔던 길 두 번 가지 않으려는 예술적 고집이 그것이다. 다시 말해서 그것은 언제나 내가 생각하는 시로 넘쳐온다. 다시 말해서 재즈는 도전적이고 혁신적이다. 아무것도 답습하지 않는다. 다시 말해서 재즈는 극단을 치고 나간다. 그게 아니면 재즈가 아니다. 다시 말해서 재즈는 비정서법적(아녹토그라피) 글쓰기다. 과정관념과 이데올로기에 저항하는 음악이다. 다시 말해서 재즈는 밤의 음악이다. 외로운 음악이다. 다시 말해서 대중들이 거들떠보지 않는다는 점에서 한물 간 시의 운명과 다르지 않다. 그래도 재즈는 재즈고 시는 시다. 결여와 분열과 간극 사이를 걸어간다. 겨우, 간신히 그러므로 더 극적으로. 다시 말해서 아무도 들으려 하지 않으므로 재즈와 시는 비로소 자기의 주체를 고스란히 형성할 수 있는 시대를 맞이했다. 봉축. 다시 말해서 재즈는 언제나 자기의 길을 간다. 다시 말해서 자유분방함과 불온성과 통속성과 고상함을 스윙과 임프로비제이션에 융합하면서 고급진 음악의 길을 지향한다.

개리 기딘스가 집필한 루이 암스트롱의 개정판 전기를 재즈 애호자 황덕호가 번역했다. 그의 유튜브 채널 재즈 로프트를 통해 알게 되었다. 재즈 마니아들은 어째서 그에게 무관심할까? 이게 황덕호가 루이 암스트롱에 대해 설명하는 제목이다. 재즈 마니아나 콜렉터들이 루이에 대해 큰 관심을 표하지 않는 두 가지 이유. 하나는 루이가 활동하던 시대의 음악환경이다. 그때의 녹음은 오늘날의 LP가 아니라 78회전 SP시대였다는 것. 루이는 대단한 엔터테이너였다. 황덕호 표현으로는 광대적인 기질이었다. 이 점은 재즈를 진지하고 순수한 음악으로 듣고자 하는 마니아층에게는 장벽으로 작용했다는 것이 다른 이유다. 루이의 혁신성과 대중적 인기는 가히 불멸이다. 한 재즈 음악인을 깊게 이해하고 평가하려는 재즈 애호가의 애정어린 시각이 부럽다.

이 대목을 지나가면서 강조하고 싶은 것은 루이가 아니

다. 잘 알지 못하는 재즈나 루이에 대한 담화는 아니다. 다른 자리에서 또 떠들고 싶은데 요점만 짚고 간다. 우리에게 없는 전기문학에 대한 풍요가 부럽다는 점이다. 재즈씬에서도 저쪽은 방대한 전기를 남기고 있다. 루이 암스트롱이 그렇고 쳇 베이커, 빌 에반스, 빌리 할러데이 등등. 우리의 경우, 다른 분야는 모르겠으나 문인들에 대한 전기출판 사정은 자부심을 가질 게 없는 형편이다. 그럴 듯한 우리만의 사정이 있다고 하더라도 아쉬운 건 아쉬운 거다. 거듭 말하고 싶은 것은 재즈가 아니라 재즈를 빌어서 우리 문학을 돌아보는 일이다. 달라질 게 없어 보이는 한국 전기문학의 미래여.

(덧)

20세기를 만들었다고 말할 수 있는 미국 예술가들은 얼마나 될까? 나는 작가, 화가, 클래식 작곡가들은 떠오르지 않는다. 다만 루이 암스트롱만이 20세기를 만들었다는 것은 확신한다. (마틴 윌리엄스)

음악적 풍모, 대가적인 기교 그리고 전체적 상상력으로 당대의 모든 재즈 연주자들을 압도했으며 재즈 연주자들에게 으뜸의 모델이 되었고 재즈 안에서 지워지지 않는 흔적을 남긴 인물 (제임스 링컨 콜리어)

그는 20세기 예술의 다른 위대한 개혁가들. 예를 들어 스트라빈스키, 피카소, 쇤베르크, 제임스 조이스 등과 비교되어야 한다. …… 그는 그들 중 유일한 미국 태생이다. 루이 암스트롱이 없었다면 재즈도 없었을 것이고 재즈가 없었다면 오늘날의 파퓰러 뮤직이나 록도 없었을 것이다. 매일매일 우리를 둘러싸고 있는 모든 소리들도 루이 암스트롱이 없었더라면 달라졌을 것이다. (요하임 베렌테)

창고

　밤비 신사는 새것을 좋아한다 보슬비 싫다는 말이 그렇게 알아듣기 힘들어? 오솔길 빗소리 죽은 사람이 보낸 카톡 번역되지 않는 나 부지런한 탁상시계 축하합니다 나이값 이런 걸 시라고 쓰는 거냐 빠순이와 빠돌이의 합창 다 그런 거 아녀? 걸어가는 사람 그냥 걸어가는 사람 정확성은 진실이 아니다(마티스) 시보다 멀리 상계동 자전거 수리공은 철학자 수리를 맡긴 노인도 철학자 자전거포 앞을 지나가는 행인도 철학자 전과 4범도 철학자 작업 중 방송 중 집필 중 on the writing 소설가 구보씨의 일일 우리는 서로 만나 무얼 버릴까(장사익) 이미자 선생님 西山日落 비가 온다 흑흑 어느 날 갑자기 속으면 행복하다 여보세요 교수님 이놈아 다 날 부르는 소리 스탠 더글라스 소작농협회 좋은 일이 아주 없는 건 아니잖아(황인숙) 트라우마 사

전 60대여 아주 아듀 김수영으로 돌아가자 가서 오지 말
것 내 책 읽지 않은 독자의 무운을 빌며 스님이 택시를타고
말했다. 택시를 탔다 어디로 모실까요? 절로 가 정말 고맙
습니다 사실성의 비사실화 詩어게인 밥하러 갑니다 싫증
뒤풀이하며 산다 꿈에 내 시집에 불을 지르고 곁불을 쬐다
내게 시를 배운 제자는 둘 하나는 다리 절며 지나가던 길고
양이 다른 한 명은 아직 태어나지 않았음 와이파이 없는
장소에서 편지를 쓴다

김수영으로 돌아가자

앤디 워홀을 보려고 강남으로 가다가 사가정역에서 되돌아왔다. 그냥 돌아왔다. 이유는 딱히 없다. 돌아오면서 전철 안에서 달려드는 잡생각들. 그것은 내가 너무 고구마처럼 답답하게 산다는 것이다. 다 산 듯한 이 지점에서 내가 실로 격파한 것도 없으면서 세상물정이 대책 없이 시시해보인다. 입맛이 떨어진 탓인가. 노화의 한 뚜렷한 증거. 우울증인거야.

내가 읽어왔던 시들이 시들해지고 덩달아 내가 쓴 시들도 시들하다. 가끔 농담처럼 중얼거렸던 말. 근심스러운 것은 시를 못 쓰는 게 아니라 시쓰는 작업이 시들해지는 것이라고. 4호선 전철이 노원역에서 상계역으로 진입하는 순간처럼 이제 그 지점에 내가 막 들어선 것인가. 내릴 역을 깜빡하고 당고개역까지 가서 되돌아오는 중인가. 부인하지 않겠다. 쓸 만큼 썼다. 그만큼 썼으면 됐다. 안 그래? 남들 모르게 내가 나에게 물었다. 나는 침묵한다. 내 속생각을 알 리 없는 사람들도 내 생각 너머의 생각을 다 눈치챈 것 같다. 그게 그거 같은 시를 써댔으니 다른 사람이라고 내 사정을 모를 까닭이 없으렷다. 고개를 끄덕끄덕. 부인하지 않겠다. 나도 알고 있다. 잘 알고 있다.

앞 단락에서 나는 썼다. 그게 그거 같은 시를 써왔다고 썼다. 이 대목을 반성한다. 이렇게 쉽게 반성하는 것은 다른 대안이 없기 때문이다. 앞질러서 말하자면 앞으로도 쭉 그게 그거 같은 시를 쓸 수밖에 없다는 말이다. 무슨 말인가. 말 그대로다. 이게 나의 진심이자 글쓰기의 최저바닥이다. 그게 그거 같은 시 말고 다른 시를 써야 한다. 시세계의 진화나 업그레이드 같은 걸 나는 믿지 않는다. 그런 예를 나는 알지 못한다. 낮은 톤에서 굵은 톤으로 목소리가 바뀐 경우는 있다. 꽃을 얘기하다가 공장 얘기로 바뀌어간 경우도 있다. 그러나 그렇게 시적 노선과 기어를 바꾸었다고 다른 세계를 개척했는가에 대해서는 회의적이다. 이 문제는 논쟁적인 문제라 비평가와 학자에게 미루기로 한다. 내 얘기만 하자면 나는 죽을 때까지 그게 그거 같은 시를 쓰겠다는 것이다. 그게 그거 같으면서 그게 그거는 아닌

세계가 있을 것이라는 확신을 믿어보자. 내 믿음을 믿을 수 있는가. 그러나 그 길밖에 없을 때 나는 그 길을 간다. 이것은 신념도 아니고 용기도 아니다. 떠다니는 객기에 준하는 무엇이다.

편집자로부터 받은 메시지가 '김수영으로 돌아가자'다. 다소 고리타분한 주제다. 김수영에게서 배울 점은 김수영을 반복하지 않는 것이라고 어느 시에선가 쓴 적 있다. 당연한 말을 당연하게 했다. 김수영에게서 배울 점은 김수영의 시정신이나 그가 보여준 시가 아니다. 김수영으로 돌아가자는 말은 그의 시론을 다시 살피자는 게 아니라 그가 시를 모색했던 시발점으로 돌아가서 다시 시작하자는 뜻이어야 옳다. 이제 김수영을 다시 학습해서 무슨 소용이겠는가. 김수영 들은 아무도 원하지 않는다. 이렇게 말해도 같은 발상이 될 것이다. 즉 김수영의 시가 실패한 지점을 살피는 일도 새로운 출발이 될 수 있다. 그러나 이 문제는 다 철지난 문제라고 본다. 시를 쓰는 사람이 각자의 처지에서 한번쯤 고려해볼 예시일 뿐이다.

김수영이 누군데요?
이렇게 묻는 사람도 있다. 그렇게 질문하는 사람이 아니라 그런 질문을 받아들이는 자의 답변이 궁금하다. 시인이야. 거대한 뿌리를 쓴 시인이지. 한국 시단을 찢어놓은 시인이지. 참여시인이야. 어떤 대답을 해야 하나. 어떤 대답도 그를 충분히 설명하지 못한다. 이렇게 마감하자. 김수영은 김수영이다. 이제 김수영으로 돌아간다고 뾰족한 수는 없다. 김수영이 아니라 각자의 근원으로 돌아가는 게 옳다. 잡념이 다 마무리되기 전인데 내릴 역이 다가왔다. 그래서 앤디 워홀은 건너뛰게 되나.

(덧)

탤런트 김영철(69)이 이성계처럼 분장하고 위화도에서 회군하여 개경으로 돌아온다. 탤런트 주상욱은 자신이 마치 이방원인 것처럼 공양왕에게 이색을 파직하고 폐서인 된 우왕과 창왕을 척살하라 겁박한다. 탤런트 박형준의 연기 속에 깃든 공양왕의 표정은 이렇게 해석되었다. 이따위 역사가 어디 있니. (kbs tv 드라마 〈이방원〉을 보며)

한순간의 꿈

꿈에 아버지가 출연하시어, 세온이가 뒤쳤다며!

그렇게 말씀하시면서 손주 사진을 보내라고 했다. 보내 드릴게요. 대답하고 폰을 여는 순간 아버지는 사진을 받을 수 없는 곳에 계신다는 생각이 지나갔다. 그런 각성이 오면서 꿈을 깼다. 잠도 깼다.

한순간의 꿈,

한참의 정적.

리셋

보름 있으면 일흔 살이 된다. 믿어져? 너무 믿어진다. 아니 마구 믿어진다. 실감이 조금 덜 나는 것은 일흔이라는 생물학적 숫자에 저항하는 내 생각이다. 생각이라는 망집이다. 이것은 이것이어야 한다는 생각. 이것은 이것이어서는 안 된다는 생각이 나를 휘감고 있다. 잠깐 뭔가 깨우친 듯한 포즈로 살아야 한다. 지혜 많고 원숙한 사람처럼 살아야 할 것이다. 담담하게 거의 무덤덤하게. 이게 되니? 된다. 어떻게? 그것은 되는 것이 아니다. 되어지는 것이다. 일말의 수동태다. 포기하는 것이 아니고 포기되는 것이다. 삶은 그 어중간에 있다고 나는 본다. 그 어중간을 너무 확신과 단정지어 말하는 태도를 나는 믿지 않는다. 믿지 않으면서 믿어야 하는 어중간도 나의 입장이다. 그렇게 내게 굳어진 몇 가지 생각들.

온전히 지키지는 못하더라도 원칙은 세워두자.

원칙은 원칙이다. 원칙 없는 나라 대한민국에 살면 다들 조금씩 오염된다. 그래도 원칙은 원칙이다. 오염된 채로 산다. 대원칙이 있다면 이제 모든 관계는 리셋하자는 것. 리셋은 컴퓨터 프로그램의 초기 상태다. 관계의 영도다. 관계의 무화다. 인연을 결정론으로 믿지 말자. 때가 지나면 관계도 지나간다. 몇십 년, 몇 년, 몇 달 동안 안부 없는 관계는 리셋하지 않아도 된다. 그것은 자동 소멸된 연이기 때문이다. 애써 지우지 마라.

아직도 나를 교수라고 부르는 이도 있다. 그럴 수도 있다. (한때 교수였던) 교수님이라는 뜻으로 부르는 것이니 과히 탓할 일도 아니다. 그러나 그렇게 호명되는 순간에 나는 교수인 척 해야 된다. 그런 태도를 리셋해야 한다. 교수가 아닌 척, 교수 근처에도 안 가본 척, 시정잡배인 척, 양아치인 척 그런 태도를 연기하고 싶다. 양아치들에게는 잠깐만 미안하다. 시인이라는 호명도 다르지 않다. 한번 시인이면 영원히 시인인가. 글쎄. 그게 말이 되는가. 글쎄. 시인은 시적인 상태에서 시를 작성하고 있을 때만 시인이라고 본다. 지금 나는 시인인가. 아니다. 지금 나는 산문 작성 중이니 산문인이라 해야 맞다. 다들 겪는 일이지만 사람들 앞에서 시인이라고 소개될 때마다 쥐구멍이라도 들어가고 싶다. 나만 그런가. 나만 그런 거 같기도 하다. 시인입니다. 사기꾼입니다. 날라립니다. 언어도굴범입니다. 타이피스틉니다. 건달입니다.

거리에서 누구를 만났을 때의 상황 재연

행인: 저 혹시 아무개 시인 아니십니까?

시인: 아닙니다. 잘못 보셨군요.

행인: 맞는 것 같은데요. 제가 그분 시집도 가지고 있거든요. 사인본.

시인: 세상에 닮았거나 비슷한 사람이 어디 한둘이겠습니까.

행인: 제 눈은 못 속입니다. 꿈꾸는 자의 행복이 첫 시집이고요.

시인: 꿈꾸지 않는 자의 행복일 겁니다.

행인: 거 보세요. 아무개 시인 맞잖아요.

시인: 몇 주 전까지는 그랬는데 이젠 리셋했습니다. 이젠 일반인입니다.

행인: 일반인이요? 시인이 연예인인가요?

시인: 시인이라는 관사를 벗어놓고 살겠다는 뜻입니다.

행인: 끝까지 시인나부랭이 근성을 버리지 못하셨군요.

시인: 초면에 심하시군요.

행인: 하던 대로 시인으로 사세요. 중얼중얼 거리면서요.

일혼은 발음 자체가 상실이다. 잃은. 이른도 있군. 일혼부터는 문예지에 시를 발표하지 말아야겠다. 발표는 발표당하는 것이다. 원고 청탁이 와야 지면 발표가 성립되기 때문. 초대받지 않은 가수가 가요무대에 나와서 노래를 부르는 일은 없다. 아무튼 시를 달라는 곳도 없지만 미리 말해두겠다. 나에게 시 의뢰를 하지 마시라. 그러나 청탁이 오면 얼른 응할 것이다. 편집자가 이 단락을 읽었을 리가 없기 때문이다. 아무렇지 않은 척 나는 나에게 쌩을 까면서 '청탁해주셔서 고맙습니다'라고 말할 것이다. 선생님, 저희 잡지에 글 좀 자주 주세요. 네. 네. 얼마든지요. 고맙습니다. 나는 왜 이런 망상을 피워대고 있는가. 나에게 다짐을 받기 위해서다. 다시는 문예지는 물론이고 지면에 시를 던지는 일은 없다고 써둔다. 다시 말하지만 그런 기회가 오면 나는 지금의 결심을 까맣게 잊고 글을 발표하게 될 것이다. 원고료는 됐습니다. 문예지 사정이 다 어려운데 저 같은 사람에게 지면을 주는 것만도 고맙지요. 네. 네. 새해 복많이 받으세요, 편집자님.

관계의 리셋은 더 있다. 더, 더, 더.

가볍게 예를 들면 이제 나는 누구에게 전화 걸지 않는다. 오랜만이야. 어떻게 지내. 그냥 안부전화해 봤어. 전화 끊으면서 괜히 전화했다고 상처받기는 싫거든. 그보다는 이제 전화할 데가 없다. 그렇다고 동창회 명부를 검색해서 사오십 년 전에 같은 반 짝꿍이었던 친구에게 전화를 걸 수는 없다. 오랫동안 소식 두절되었던 사람에게 전화를 거는 것은 일종의 폭력이다. 실재의 침입이다. 그런 일을 할 수는 없다. 그러니 내 전화를 기다리지 마시오들. 반대로 이제는 걸려오는 전화를 받지도 않을 생각이다. 네. 네. 우한폐렴 조심하시고 건강하세요. 허경영입니다. 허경영은 사람이 참한 거 같다. 허씨 말고 내게 전화한 대선 후보는 없다. 내가 그들에게 투표할 수는 없는 분명한 이유이기도 하다. 그들의 악취를 빼고서도. 내가 전화를 받지 않는다는 걸 시험해봐도 좋다. 여보세요. 아무개 선생님이지요. 네. 오랜만이군요. 잘 지내시지요. 어떻게 된 거야. 전화 잘만 받는군. 거짓말쟁이. 아마도 상황은 이렇게 흘러갈 공산이 크다.

내 말이 아주 끝난 것은 아니지만 지면 관계상 다음에 이어서 쓰기로 한다.

좋아요, 구독 눌러주시면 고맙겠습니다.

(덧)

국가혁명당 대선 후보 허경영의 한 표 달라는 전화를 받고 비로소 안심이 되었다. 내 번호는 어떻게 알았을까.

읽을 시가 없어

읽을 시가 없어.

친구가 내 앞에서 그렇게 말했다. 내 코앞에서 그런 말을 하다니. 그 말은 그대의 시는 읽고 싶지 않아. 그렇게 말하는 것과 같다. 서운함을 감추고 생각하자면 그는 평소에도 시를 읽지 않는다. 시를 읽을 욕망이 자기 안에 없는 사람이다. 그건 그의 어떤 문제는 아니다. 세상을 정확하게 사는 표준일지도 모른다. 저런 친구를 친구로 두다니. 돌아서면서 생각하니 언필칭 시를 쓰는 나도 시를 안 읽는다. 읽을 시가 없어.

누가 시를 읽겠어.

시를 쓰는 친구가 말한다. 그 말의 함의는 시를 읽는 시대가 아니므로 자기 시도 안 읽힌다는 교묘한 합리화가 묻어 있다. 이상한 자기 함정이다. 그렇게 말할 것이 아니라 내 시는 그저 심심파적이야. 심심할 때 피우는 담배 같은 거. 겸손이지만 겸손만은 아닌 무엇이 그 말에 배어 있다. 시에서 얻을 수 있었던 순수한 기쁨은 많이 사라졌다. 내가 쓴 순수라는 말은 오늘따라 왜 이렇게 오글거리는가. 변두리 시인처럼 말해보자. 순수에는 순수가 없다. 붕어빵을 뼈째 씹는 기분이다. 누가 시를 읽겠어. 내가 말하고 내가 듣는다. 누가 내 시를 읽겠어.

서점 매대 위에 시집들이 즐비하다.

즐비하다는 말은 그리 정확하지는 않지만 나는 그 말을 골라서 쓴다. 즐비하다. 한결같이 시장이 요구하는 시집들이다. 어떤 시집은 대여섯 종인데 모두 한 시인의 책이다. 곁을 지나던 서점 주인이 묻지 않은 말을 하고 간다. 저 시집이 요즘 대셉니다. 아. 네. 그 옆에는 팔리는 시집의 구색과 톤을 맞추려는 듯이 정색한 출판사에서 낸 시집 두어 권이 눈에 뜨이게 세워져 있다. 누워 있는 시집보다 서 있는 시집이 더 핫하다. 한 권은 신작이고 다른 한 권은 스테디셀러. 내 보기에 저 시집은 과대평가된 시집이다. 그러나 서점은, 시장은, 세상은 이렇게 우연하게 아무렇게나 마치 이론적이고 문학적인 양 흘러간다.

아래는 신해욱의 산문집 『창밖을 본다』에 있는 문장.

완독가는 등반가와 다르다. 차라리 보도블록의 금을 모조리 밟지 않으면 견딜 수 없는 마음. 그런 마음으로 책에 꽂힌 사람. 완독이 끝나도 성취감이나 희열은 따라오지 않는다. 책을 덮으면 모래벌판 한가운데에 홀로 서 있는 느낌이 든다. 한 줄 건너에 인용하는 문단은 이 책에 대한 장은수의 소개글이다.

특히, "비문과 오역이 남발되어 문맥을 파악하기 어려운 번역서, 세로 조판에 글자가 깨알 같은 옛날 도서, 인명과 지명이 낯선 길고 긴 대하소설 같은 것들"을, 즉 "읽히지 않는 책"을, "읽을 수 없는 책"을, "읽기 싫은 꺼림칙한 책"을, "끝까지. 그만두지 않고 끝까지" 읽는 것. 이럴 때 읽기는 시 쓰기와, 철학적 사유와, 과학적 탐구와 동등한 행위가 되지 않을까.

신해욱의 완독가는 읽는 게 아니라 책을 먹는 것이다. 책먹기. 기표의 물질성을 씹어 먹는 일이다. 이쯤에서 나는 다소 막막해진다. 먹먹하다. 정신의 뒷면으로 눈보라가 들이친다. 나는 눈 어두운 향토사학자처럼 아주 오래된 비석 앞에서 읽히지 않는 비문을 판독 중이다. 읽히지 않는 비문의 허옇게 빈 공간 속으로 걸어들어가자. 그게 시가 아닐까. 지금 서점 매대 위에 서 있거나 누워 있는 시집을 지나 구석진 서가 맨 꼭대기에 꽂혀 있는 시집. 거기 꽂혀 있다 어디론가 사라진 시집. 중고서점에서도 발견되지 않는 시집을 두고 하는 말은 아니지만.

읽을 시가 없어. 누가 시를 읽겠어. 이 말은 이제 언제나 내 속말이다. 읽을 시를 써야겠다는 결심을 촉진하는 건 아니다. 그 반대다. 읽을 시가 없는 공백을 행해 뚜벅뚜벅 걸어가는 일. 그것만이 나의 일이기를. 불가항력적인 헛수고이기를. 간단히 틀리게 말해버리겠다. 쓰여지고 나면 그건 시가 아닐거다. 아마도. 누가 시를 읽겠어. 그러나, 시를 읽는 사람도 있고 읽히는 시도 있다. 그게 더 문제다.

문구점 여자

동네 문구점에 사각 봉투를 사러 갔다. 문을 열고 들어섰는데 한켠에서 주인 여자가 통화 중이다. 손님이 온 줄 모른다. 응. 그래그래 그럼. 들려오는 말이다. 심각한 통화는 아닌 걸로 들린다. 50대 중반에 걸쳐 있는 주인의 목소리에는 그 나잇대에 어울리는 철학이 담겨 있다. 적당한 자신감, 안도감, 초조함, 불안감, 권태로움, 포기와 같은 정서들이 구분 없이 섞여 있는 목소리다. 그래, 언제 한번 만나자. 지금은 코로나잖아. 내가 집어든 봉투를 내밀자 돈을 받으며 몇 장 더 얹어준다. 오늘 같은 날 이런 구석진 장소에서만 만날 수 있는 훈훈함이다. 인사를 하고 나오는데 전화가 온다. 친구다. 꼭 백년 만이다. 문구점 주인의 어법으로 전화를 받는다. 그래그래. 언제 한번 보자. 지금은 코로나잖아. 그러면서 시월의 햇살이 내려앉은 골목을 걸어간다.

시작 노트 2

질문에 대한 응답
—2019년 한중시인회의에서

1) 좋아하는 시인과 영향의 모습

김소월 이후 카피해볼려고 흉내낸 시인은 수도 없이 많아서 일일이 거론하기에는 지면이 부족합니다. 나의 시 자체가 온통 선배, 동료시인들의 영향덩어리이기 때문입니다. 세부는 영업비밀입니다. 영향을 받은 적 없는데 영향을 끼쳤다고 주장하는 시인을 만날 때도 있습니다. 아직 태어나지 않은 시인들로부터 영향을 받기도 합니다. 시인들에게서 받은 영향을 요약한다면 두 가지일 겁니다. 시인처럼 살자 그러나 시인처럼 살지 말 것.

2) 시 쓸 때 중요하게 생각하는 것

진지하지 말자. 손 따라 두지 말자. 이렇게 다짐하면서 쓸니다. 써놓고 보면 시는 진지모드이고 나와 상관없이 심각한 표정을 짓고 있습니다. 머리로 쓰지 말자. 가슴으로 쓰지 말자. 손가락으로 쓰자는 것도 염두. 내 시가 건성으로 읽기 좋다면 그것은 내가 바라던 바와 다르지 않습니다. 자판연습하듯이 쓰려고 합니다.

전화

시 한 줄 써놓고 다른 생각이 오지 않아 기다리다 잠이
들었나 보다. 생전 전화 없던 친구가 전화를 걸었다. 눈이
오는데 전화할 데가 없어서 100년 만에 전화했다며 전화
속에서 너털웃음을 웃었다. 그리고는 전화를 툭 끊었다.
꿈. 한때는 절친이었다. 독거남. 71세. 싱거운 친구여. 앞뒤
없이 평안하시라.

슈퍼

강릉에 가면 들르는 슈퍼가 있다.

일상 용품들을 사는 가게다. 휴지, 종량제 쓰레기봉투, 생수 같은 물건들이다. 어디서나 흔히 볼 수 있는 슈퍼겠지만 꼭 그런 것만은 아닌 가게다. 슈퍼라고는 하지만 동네 골목에 있는 슈퍼는 이름값과는 다르게 소멸해가는 과정에 있는 구멍가게다. 진열되어 있는 물건만 팔리면 장사를 접을 듯한 분위기의 집이다. 골목에 이런 가게가 남아 있다는 사실 자체가 다분히 민속적인 풍경이다.

다시 그 슈퍼 얘기를 좀 더 하도록 하자.

슈퍼라고 했지만 이 집은 그냥 구멍가게다. 이름과 실질이 불일치하는 하나의 예다. 우선은 물건을 진열하는 형식부터 우왕좌왕이다. 진열대가 일사분란하게 구분되어 있

는 것이 아님은 물론이고 물건들도 아무렇게나 뒤섞여 있
다. 주인만 알거나 주인도 헷갈릴 것으로 보인다. 그것도
그렇지만 신상품은 거의 보이지 않고 유통기한이 지난 물
건들이 대다수를 차지한다. 물건을 사려고 들르는 사람들
은 어처구니가 없을 것이다. 하지만 구매자가 거의 마을
사람들인지라 그 점을 어색해하지 않는 것 같다. 발 빠른
사람들은 차를 몰고 대형 마트로 가서 물건을 구입하기
때문에 이 가게의 존재 유무는 안중에 없다. 나는 이 가게
의 형편을 잘 알면서도 가끔 이 집에 들른다. 멀리 갈 시간
이 없다는 이유로. 어떤 향수를 자극받기 위해서. 주인에게
가끔 손님이 온다는 이유를 제공해주기 위해서. 더 중요한
이유가 빠졌다. 밤늦게까지 가게의 희미한 불이 문밖으로
새어나온다. 그 불빛에서 골목을 골목답게 만들어주는 온
기를 느낀다면 나만의 과장인가.

　이번에도 저녁에 슈퍼에 들렀다.
　제 빛을 잃어버린 물건들이 자신의 흐린 빛을 다른 물건
에게 얹어준다. 계세요? 두 번 이상 불렀을 때 주인이 거주
하는 내실 같은 공간의 문이 열리고 물건들을 닮은 주인
남자가 나온다. 손님을 맞는 인사 같은 걸 주인은 언제나
생략한다. 노골적으로 귀찮은 몸짓이다. 솔직해서 좋다. 인
위적이지 않은 인생의 전언이다. 다섯 개들이 라면을 현금

으로 계산한다. 카드계산기는 물론 없다. 고맙습니다. 주인이 아니라 내가 먼저 인사하고 슈퍼를 나온다. 문을 닫기 전에 내가 물었다. 아저씨, 이 동네에 시인이 살고 있다는데 그 집을 아십니까? 주인은 나를 뻔히 건너다본다. 그와 나 사이에 무언가 초과하는 느낌이 끼어든다. 설명할 수 없으나 그런 게 있는 밤이었다.

독자 모독

((이 글은 19금이다. 원칙적으로 그렇다는 말이다. 원칙은 언제나 그렇듯이 원칙일 뿐이다. 19세 이하가 보면 더 생산적일 수도 있을 것이라는 오픈된 가이드이기도 하다. 이 글에는 상스러운 표현들이 여과 없이 노출될 수 있다. 필자의 편견이 근거 없이 감정적으로 개방된다. 무엇보다 이 글은 믿을만 하지 못하다. 유료 독자들은 실망이 클 수 있고 화가 나면 책값 환불을 요청할 수도 있다. 그러나 그럼에도 그렇지만 하나의 연극적 가설에 불과한 이 글을 읽으면서 진짜로 화를 낸다면 당신은 좋은 독자가 아닐지도 모른다. 아닐지도 모른다는 말이지 아니라는 단정은 아니다. 아무튼 기분이 상하고 싶지 않은 독자는 여기까지만 읽는 것이 좋겠다. 독자가 받을 수 있는 상처나 열받음을 책임지지 않을 것이다. 양해이자 경고다. 국민청원도 소득

없음을 적어둔다.))

우선, 시집을 돈 주고 사는 독자에 대해서.

두괄식으로 말하자면 그런 소비 행위는 말리고 싶다. 그런 경제적 여유가 있다면 스타벅스에서 친구랑 밋밋한 커피를 마시는 게 더 우아하다.

물론 자본제 사회에서 그것은 각자의 자유다. 돈을 아무데나 쓴다고 타박하려는 건 아니다. 이 글의 필자는 그런 위치에 있지 않다. 다른 물건은 모르겠으나 그 얄팍한 책을 돈 주고 산다는 것은 현명한 소비는 아니다. 정 그러고 싶다면 서점에서 대충 훑어보면 될 일이다. 굳이 그걸 화폐와 교환한다는 게 이해가 가지 않을뿐더러 그런 소비자가 지혜로워 보이지도 않는다. 왜? 단적으로 지적하자면 그 소비의 배경에는 당신의 허영심과 시인의 허영심이 사이좋게 만나고 있기 때문이다. 그러나 좀 과하게 말한다면 이것은 헛된 욕망의 덫이다. '그러나'라고 썼지만 '그러나'가 이렇게 강한 역접현상을 일으킬 줄은 미처 몰랐다.

둘째, 시를 읽으며 공감하거나 감동받는 독자는 촌스럽다.

감동이라 썼지만 이 단어는 오래 전에 죽은 말이다. 20세기도 아니고 19세기에나 독자를 속여먹던 말이다. 이 문장에는 댓글이 많이 달리겠다. 내 생각이다. 시를 읽는 것은 공감을 확인하기 위함도 없지 않겠지만 달리 공감할 영역은 많이 있다. 공감은 도처에서 우리를 기다리고 있다. 공감은 놀래킴의 수준이 아니라 너무 범상해서 그 존재나 낌새를 알아챌 수 없는 방식으로 우리 옆에 있다. 범상하고 시시하고 소소하고 사사롭게 존재한다. 이런 것을 언어로 조립해놓은 문장을 읽으면서 동의한다. 독자는 언어의 연기력에 속는 것이다. 대개의 시집 독자들이 이 부근에 몰려 있다. 심지어 평론가들도 이 대목에서 자유롭지 않다. 당신은 이런 군독자의 뒷줄에 서고 싶으신가. 군말: 시는 시인이 카페에서 노트북을 두드릴 때에 만들어지는 것이 아니라 전원을 끄고 일어서는 그 순간에 시인의 곁을 지나간다. 우리가 시라고 읽는 것은 언어의 조각에 지나지 않는다. 속지 마시라.

셋째는 앞에서 한 얘기에 겹쳐 쓴다.

좋은 시인은 지금 노트북 키보드에 손을 얹고 있을 것이다. 시인을 연기하고 있을 것이다. 이 말이 아니야. 이 문장은 100년 전에 벌써 누가 써먹었어. 삭제. 그러는 동안 그가 버린 문장이 시라는 것을 그는 인정하지 못한다. 좋은 시인이기 때문이다. 더 좋은 시인은 노트북을 버리고 더 이상 시를 쓰지 않는다. 그동안 쓴 시들을 다 소각한다. 그리곤 누구처럼 사막으로 떠나든가 아프리카로 떠난다. 그리곤 돌아오지 않는다. 그리곤 잊혀진다. 그리곤 영영 잊혀진다. 그게 누구지요? 묻는 사람이 없다. 완전한 시가 되는 순간이다. 전자가 아니라 후자를 알고 있다면 당신은 나보다 한참 나은 독자의 자격이 있다.

끝으로 페터 한트케의 관객모독에서 한 대목을 저자의 허락 없이 발췌한다. 이 글의 맥락과 관련은 거의 없지만 독자라는 가면을 쓴 나를 향한 목소리로 들린다. 한트케의 문장을 특별히 괄호에 묶어서 전한다. (교양 있다는 계급들아. 우리 시대를 사는 속물들아. 아무도 듣지 않는데 외치는 작자들아. 종말이나 와야 성인이 될 자들아. 세상의 철부지들아. 성스럽고 속된 명예를 혼자 짊어진 체하는 자들아. 빈털터리들아. 우두머리들아. 기업가들아. 전하들아. 각하들아. 성스러운 존재들아. 영주들아. 귀족들아. 관을 쓴 군주들아. 쩨쩨한 인간들아. 이랬다저랬다 하는 인간들아. 오로지 반대만 하는 인간들아.) 재미삼아 내 말을 하나 더 달아놓겠다. 존경하는 이 시대의 양아치들아.

시작 노트 3

　며칠 전 꽤 여러 명의 문예인들이 아무개 대통령후보 지지선언을 했다. 대충 그 명단을 일별했다. 그 자리에 있음직한 이름이 보이지 않아서 실망스러웠으나 내가 읽어온 문예인은 보이지 않아서 안심이 되기도 했다. 문학이란 무엇인가. 21세기에도 이런 고리타분한 질문은 가능한가. (답은 커피 마시고 이어서 쓰겠다.)

시론

시론이라 써놓고 무겁다. 시론이라니. 무슨 잠꼬대 같은 소리냐. 그리고 나와 시론은 무슨 상관이겠느냐. 물론 대단한 시인에게는 자기 앞가림을 해주는 시에 대한 논리가 있을 수 있겠으나 대단할 까닭이 없는 나 같은 시인에게는 시론이 어울리지 않는다. 이건 자기 비하도 겸손도 무엇도 아니다. 단지 그렇다는 사정을 그렇게 말했을 뿐이다.

나는 시론이 없다.

나의 시쓰기는 하루 벌어 하루 먹기 바쁜 날품인생과 비슷하다. 벌이가 좀 괜찮으면 며칠 호사를 부리고 벌이가 신통치 않으면 고난을 견디는 삶이 내 시쓰기에도 정확히 대응한다. 시가 오면 쓰고 오지 않으면 다른 생각을 한다. 시가 온다는 관용적 표현은 시적 영감에 기대는 낭만적 속성이다. 다소 근대적인 시작 습성이다. 달리 말하면 시에 대한 열망이 크지 않다는 말이다. 왕성한 식욕과 열정이 없다는 말과도 같다. 그러니 쓰여지면 쓰는 것이고 쓰여지지 않으면 쓰지 않는다. 나는 게으른 필경사에 불과하다.

필경사라고 쓰고 나니 안심이 된다. 내가 쓰고 있지만 내가 쓰는 주체인지 모르겠다. 쓰고 있는 나는 누구인가. 그것을 나는 모르겠다. 그저 누군가의 말을 받아적는 타자기인지도 모른다. 그게 옳은 말이겠다. 나는 쓴다고 가정된 주체다. 쓰고 있을 뿐이다. 나의 전 존재가 하나의 가면(나보코프)인지도 모른다. 공감. 그렇다면 나는 내 가면을 쓰고 있는가 보다. 나라는 픽션. 사태가 이렇기에 나는 내가 쓰는 시에 대해서도 무한책임을 질 수 없다. 내가 쓴 시로부터 나는 도망갈 뿐이다.

시에 대해 이렇다 할 열망이 없듯이 시에 대한 기대도 없다. 시에 대한 기대는 내 손을 떠난 시가 내가 아닌 다른 사람을 오염시킬 것이라는 염려나 환상이 없다는 말이다. 그 점에 대해 나는 안심한다. 내 쪽에서 보자면 내가 쓴 시에는 누구를 오염시킬 만한 에너지가 없다. 그것은 필경사인 나에게도 똑같이 적용된다. 그러면서도 나는 쓴다. 쓰는 순간에 손가락 끝을 타고 온몸으로 퍼져 올라오는 감각이 내 시쓰기의 시작이요 끝이다. 그것으로 충분하다.

그래도 만근(滿勤)하는 말단 필경사처럼 쓰고 싶다. 좋은 시나 잘 쓴 시라는 평균적 상식에 시달리지 않는다. 시 참 좋아요. 이런 말을 들으면 나는 그렇게 말하는 사람을 느낌 없이 쳐다본다. 저런 말은 저런 상식은 저런 고정관념은 어디서 왔을까. 누가 배워줬을까. 이만 하면 잘 썼다는 한정이 시에 통용되는 것이 어색하듯이 잘 쓴 시나 좋은 시라는 절대치를 상정하는 일은 우스워 보인다. 내 생각이지만 말이다.

내가 쓰고 싶은 시는 있다. 제대로 거기에 이른 적은 없지만 지금도 그 길을 가고 있다고 생각한다. 내가 쓰고 싶은 시는 분명하지만 분명하기 때문에 모호한 시다. 어려운 말도 어려운 문장도 없는 시다. 누구나 한눈에 읽을 수 있고 이해된다고 장담할 수 있는 시다. 그러나 그 다음부터는 각자 길을 잃어버린다. 모호함은 시의 깊이가 아니다. 시로서도 어쩔 수 없는 시 이후의 세계다. 언어의 공백 같은 것. 시를 썼지만 쓴 사람도 모르는 일이다. 더 이상의 설명은 가능하지 않다. 내 설명의 한계가 내 시의 길일 것이다.

시는 읽은 장르가 아니라 쓰는 장르라는 생각이 시에

대한 양보할 수 없는 내 지론이다. 당신도 내 말 이해할 것이다. 아무도 당신을 시에서 근무하라고 명령하지 않는다. 당신이 좋아서 쓴다. 쓰지 않고는 배길 수 없는 것도 당신의 문제다. 사태가 그러하다면 시는 쓰면서 완성되고 거기가 끝이다. 더 세게 말하자면 당신이 쓰면서 당신이 이미 다 읽어버린 것이다. 당신이 읽어버린 시는 이미 김이 빠져버린 맥주나 향이 날아간 커피와 다를 게 없다. 이런 관점에서 시는 쓰는 자의 몫에 한정된다. 시를 읽어야 한다는 전언은 가짜 선전선동에 지나지 않는다.

시를 읽자. 시인이여.
당신이 쓴 시는 당신이 읽자.

(덧)
늘 내가 생각하는 시인 리스트 업데이트
(이 명단은 계속 업데이트 될 것이며 작성자의 상상력 부실로 아쉽게 누락되었거나 삭제를 요청해오는 사람이 있으면 수정할 것임)
징징대는 사람, 노숙자, 길 잃은 사람, 우는 사람, 양아치, 성추행범, 만기 출소자, 바바리맨, 문학상 수상 거부자, 침묵하는 사람, 화물차 기사, 택배원, 오디션 예선 탈락 가수, 대역 배우, 행상인, 검찰에서 성실하게 답변하겠다는 피의자, 전과 4범, 죽은 사람, 백신 맞고 죽은 남자, 임산부석에 앉은 청년, 미혼모, 양성애자, 댓글 근무자, 60세에 오디션 참가하는 가수, 좌회전 깜빡이 넣고 우회전 하는 사람, 이 중간첩, 공금 횡령자, 장례지도사, 구 남친, 문자 씹는 여자, 이종격투기 선수, 퇴직한 남자, 논문 쓰는 철학자, 수염 기른 소설가, 개량한복 입은 시의원, 안면 몰수하는 사람, 자기 노래 없는 가수, 일감 없는 중년배우, 심심한 사람, 조폭 생활 하다 조폭 은퇴하고 생활만 하는 사람, 겨울바다에서 헤엄치는 사람, 부스터샷 맞고 확진된 노인, 잊혀진 사람, 사면에 감사하는 전직 대통령, 통계를 믿는 사람, 위증증, 사망률 높은 60대 이상 어르신들, 개수작 하는 정치인, 자신을 시인이라 소개하는 시인.

재로 남은 시

오늘이다. 그래도 좋은 날이다. 하늘은 초가을임을 아낌없이 증거하는 청명 자체다. 초가을이 가을을 초과한다는 뜻으로 다가온다. 운전은 친구가 맡아주었다. 목적지는 시내에서 20여 분 가서 다시 덜컹대는 산길을 10여 분 가야 한다. 시간은 더 늘어나거나 줄어들 수 있다. 차를 세우고 대략 10분은 또 걸어야 한다. 오늘의 도착지 적은사다. 가끔 불규칙적으로 들러서 차 한 잔 하고 가는 사찰인데 절 이름처럼 규모가 아주 작은 절집이다. 스님의 법명도 적은(迹隱)이다. 흔적도 감춘다는 뜻이라고 했던가. 적은 스님은 오늘 출타 약속이 있다고 했다.

스님과는 오래 전에 소대(燒臺) 사용 허가를 받아두었다. 스님은 언제라도 좋다고 말씀하면서 동자승처럼 맑게 웃던 기억이 났다. 어떤 이유도 묻지 않은 스님이 고마웠다. 근심을 표한 것은 오히려 오랜 지기인 내 친구다. 뭐 그렇게까지 할 필요가 있느냐. 누군가에 주면 되지 않겠느냐. 도서관에 기증하는 방법도 있지 않겠느냐. 친구는 이런 제안을 꾸준히 해왔다. 그도 그렇지만 이 일의 성격은 상징적 의례일 뿐이다. 세상으로 흘러간 내 책 전량을 회수할 수는 없는 일이다. 의례라는 말에 방점을 찍는다. 그렇게 하면서 내 이름이 찍힌 책들과 작별하고 싶다.

친구가 굳이 책을 들겠다고 해서 나는 빈손으로 절집으로 올라가는 좁은 길을 걸었다. 길섶에는 아직 피어 있는 망초가 몇 대궁 눈에 들어온다. 망초가 아닐지도 모른다는 생각이 들었지만 망초려니 생각하는데 벌써 대웅전 앞에 이른다. 법당 앞에서 허리를 굽혀 반 배 한다. 세상에 이렇게 규모가 작은 절이 있다니. 건물은 두 채. 하나는 대웅전이고 하나는 요사채이다. 과장하자면 대웅전은 부처 한 분 앉고 스님 한 분 앉으면 남는 공간이 없을 정도이고 요사채는 키 작은 비구니 스님 누우면 끝일 정도다. 절이라는 극소의 형식만 갖추고 있다.

외출 채비를 갖추고 나오는 스님을 만났다.
스님은 빙긋 웃으셨다. 스님의 얼굴에도 세월이 스쳐간

자취가 엿보인다. 법력보다 간소하게 살아온 일상의 맑은 빛이 서려 있는 얼굴이다. 스님은 일정 때문에 먼저 자리를 뜨셨다. 총총. 절집에는 나와 친구 둘만 남았다. 대웅전 계단에 앉았는데 해우소가 눈에 들어온다. 건물이 두 개라고 한 말은 수정한다. 해우소가 빠졌다. 해우소 옆에 고목은 아니지만 그런 대로 나이가 들어보이는 배롱나무 한 그루가 붉은 꽃을 달고 있다. 눈앞도 산이요 등뒤도 산이다. 절은 비탈에 겨우 궁둥이를 들이밀고 붙어 있다. 여름 기운이 다 가신 것은 아니지만 산속이라 여름은 다 걸러진 듯하다.

이번 일을 기획한데는 무슨 깊은 뜻이 있는 건 아니다. 앞뒤 없이 그렇게 하고 싶었던 것. 그동안 내가 썼던 책은 나와 함께 사라지는 것이 정답이다. 그럴 리도 까닭 같은 것도 있을 수 없지만 내 책은 남아야 할 문학적 근거가 없다. 아주 예외적으로 누군가가 나서서 '그렇지 않다 그건 아니다'라고 반대의견을 제출했다고 해도 그건 당신 생각이라고 일축하겠다. 내가 남의 의견 속까지 파고들 이유는 없다. 그동안 200자 원고지 앞에서 지금은 화면을 들여다보며 키보드를 두드리면서 어떤 흥분 상태를 경험해 왔다. 나는 문자 조립공이었던 것. 문자 속에 무엇이 있다고 믿었던 것. 내가 생각한 것보다 더 깊은 세계가 있다고 믿었던 것. 그런 것 같다. 문자는 단지 문자였던 것. 다리였던 것. 문자가 제 힘으로 버틸 수 없는 벼랑 같은 것이 있다는 것을 알게 된 것. 그것은? 나는 모른다. 철학이 되돌아간 지점에 텅 빈 기표 하나가 서 있다. 나는 이제 내가 조립한 문자들을 소각하려 한다. 어지러운 망상의 흔적을 불태우려 한다.

시원하지 않겠는가. 통쾌하지 않겠는가. 정신이 화들짝 경이롭지 않겠는가. 시들시들하던 언어가 불길 속에서 고음역의 비명을 지르며 찬연하게 살아오르지 않겠는가. 모든 문자가 사라진 뒤 재만 남는다. 나는 재를 뒤적거릴 것이다. 명사도 동사도 형용사도 흔적 없다. 마침표도 쉼표도 사라졌다. 말줄임표의 망설임도 녹아버렸다. 시인의 말도 해설도 뒷표지의 광고 문장도 타버렸다. 저자 서명도 불꽃 속으로 날아갔다. 시는 더 없다. 재를 모아서 종이봉투에 담아서 배롱나무 밑에 묻어두는 꿈을 꾼다. 참 시시한 생각의 잔해. 도리도리.

자, 이제 시작해볼까.
그렇게 말하면서 친구가 책 꾸러미를 집어 들고 소대를 향해 일어섰다.
소대는 해우소 뒤쪽에 있다. 친구가 앞서고 내가 뒤를

따르는데 실실 웃음이 나왔다. 잘 가시라. 내가 붙어살았던 시여. 그동안 쓸데없는 짓을 많이 했구나. 우스워라.

(덧)

오 내 사랑 목련화야

저항의 반복

이러지도 저러지도 못하고 남아도는 시간. 여기에도 안 맞고 저기에도 맞지 않는 나사못. 설명불가한 말. 규정되지 않는 상황. 말로 다 설명되지 않는 말이 있다. 겉돌아서 눈총을 받지만 누구에게는 열망의 근원이 되기도 한다. 파문당한 사람, 열외자, 차한(此限)의 부재, 등외, 떨거지, 변방인, 가욋사람, 비존재, 기타 등등. 균질감이 없는 말들이지만 이 말들이 거느리고 있는 상태나 상황은 생각보다 뜨겁고 치열할 수도 있다. 꼭 있어야 하는 필수가 아니라 있어도 그만 없어도 그만인 존재들의 존재감은 작지 않을지도 모른다. 비존재가 존재를 위협하기도 한다. 큰 개념으로 수렴되지 않는 개념이 있다. 사회적 관념들에 통합되지 않고 빠져나가는 존재가 있다. 그런 존재는 위협적이다. 우리가 옳다고 믿는 것을 부인한다. 우리가 지지하는 당위를 허물어버린다. 누구에게도 환영받지 못하는 존재가 된다. 우리는 조금씩 파문당한 존재들이다. 여기저기서. 부지불식간에. 라캉은 죽을 때까지 세미나를 계속했다. 매주 같은 요일 같은 장소에서 기존의 이론을 갱신하는 반복을 실천했다. 이는 타자의 고정관념이 자신 안에서 반복되는 것에 저항하는 반복(백상현)이다. 저항의 반복! 우리는 사회적으로나 정치적으로나 역사적으로나 예술적으로나 동의하지 못하는 각자의 균열점을 가지고 있다. 나는 그렇게 생각하지 않는다는 그 지점이야말로 우리를 통합시켜 평균인으로 만들어내려는 관념에 저항하는 저항의 시작이다. 농부도 어부도 다르지 않다. 군인도 기업가도 다르지 않다. 화가나 시인도 다르지 않다. 자기만의 생각 속에서 자기를 단련하는 실천을 멈추지 않아야 한다. 그러면서 고정관념에 포획되지 않고 빠져나가야 한다. 가자, 시가 없는 곳으로.

(공유)

자기에게는 뻔하디 뻔한, 너무나 익숙한 그런 분야 안에서만, 미약하고 사소하나마 어떤 새로운 통찰을 생산할 수 있다. 최대한의 익숙함 속에서 최소한의 새로움을 생산하기, 개인적으로는 이를 글쓰기의 윤리로서 준수하고자 노력한다. 그러나 어떤 이들은 정확히 그 반대로만 한다. 즉

도처의 낯선 것들 안에서 자신에게 익숙한 것만("패턴")을 재발견한다. 플라톤은 바로 그런 이들을 소피스트라 칭했다. (KiM Emon 페북에서)

시작 노트 4

오랜 세월 세상에는 숱한 시가 쓰여졌다.

그래도 삶은 끄떡도 않는다. 삶은 거기 그대로다.

시를 쓴다고 썼지만 내 시에는 쓰여진 것과 쓰여지지 않은 것이 공존한다. 쓰여지지 않은 것은 시의 바깥에 있는 것이 아니라 내가 쓴 시의 행간 어딘가에 숨어 있을 것이다. 나의 애정은 쓰여지지 않은 것에 있다. 쓰여지지 않은 것이 무엇인지는 나도 모르고 있다. 이것이 내 글쓰기의 동력이다. 문자적 갈증!

책방

『굶기의 예술』이 생각났다. 굶기로 작정한 예술가들이니 세상 누구의 말도 들어먹지 않는다는 말이 떠올라서다. 크누트 함순만 기억나고 다른 예술가들은 잊혀졌다. 저자도 잊혀졌다. 이렇게 잊혀져가는구나. 내 책방 어딘가에 있을 것이라는 추측을 믿고 책방에 들어가서 이곳저곳 기웃거렸다. 책방은 서점이 아니라 내 책을 모아놓은 방이다.

그곳은 조명도 어둡고 주인도 잘 들어가지 않는다.
책방이라고 말했지만 창고라고 해도 어울리겠다. 어쩌다 방에 들어가면 어색해서 곧장 돌아서 나오게 된다. 한때는 끼고 살았던 책들이 눈에 익으면서도 한없이 낯설어 보인다. 인연을 정리하고 멀어진 사이 같다. 더 이상 온기를 나눌 수 없어 보인다. 앞으로 다시 읽을 기회도 없지만 다시 읽을 엄두도 나지 않는다. 책들에겐 미안하지만 그게 꼭 나만의 문제는 아닌 것 같다. 책을 펼치면 그 책에 몰입했던 시간이 돌아올 것이고, 거기에 투자했던 열망도 되살아날지도 모른다. 이제는 그런 기억들도 짐이다.

많지 않은 서가를 두 번 검색했는데 굶기의 예술은 없었다. 얄팍한 볼륨과 표지도 떠오르지만 내 착각일 수도 있다. 처음부터 내게 없었던 책인지도 모른다. 다른 책들과는 되도록 눈을 마주치지 않으려 애썼다. 눈이 마주치면 거기 붙잡힐 것 같은 불편과 불안을 미리 없애기 위해서다. 우습지만 그렇다. 스무 살 무렵의 책은 스무 살의 모습으로, 삼십 대의 책은 삼십대의 열기로 다가올 것이다. 굶기의 예술 대신 뉴욕 통신을 뽑아들고 나왔다. 폴 오스터의 책이니 굶기의 냄새라도 맡을 수 있을 것이라는 기분으로. 이 책은 언제 읽었더라. 읽었던 것 같은데 읽은 것 같지 않다. 작별하듯, 풍경을 묘사하는 카메라처럼 서가를 겉핥아보고 책방을 나온다. 잘 있어라, 책들아.

방을 나서다가 미련 때문에 돌아보았는데 대개의 책들이 고서로 변했다. 모두 신간이었을 텐데 이제는 오래된 중고 서적이 되었다. 그것은 책의 물질적 변화만은 아니다. 누렇게 변한 종이와 비슷하게 거의 비슷하게 책의 목소리도 낡아 보인다. 저자들에게는 미안하다. 책들 중에는 시집이 제일 낡고 꼰대 같은 목소리로 울려왔다. 이건 무슨 슬픔이냐. 한때는 그렇게 주목받던 시인의 시집인데 이 무슨 일인가. 대개의 시들이 한 시대의 소모품이라는 생각을 금할 길 없다, 독자 서비스가 종료된 시의 운명인가. 다시 손이 가지 않는다. 몇백 년 지나 시간의 염장(鹽藏)을 거치면 다른 맛이 날지도 모른다. 소금기 없는 시들은 이미 상했다. 맛이 간 채로다.

내가 애정했던 책들이 턱없이 힘 빠진 모습을 보니 애잔하다. 시간을 견디지 못하는 책, 정신 그리고 역사라는 픽션. 시간을 '넘어서'라는 말을 믿고 싶지만 그것은 그야말로 소망 사항이다. 소망은 배신의 이음동의어가 아니겠는가. 짐짓 몸을 으스스 떨면서 무언가를 떨쳐버린다. 시간의 부스러기들, 분노감, 정의감, 진정성, 진실, 슬픔과 기쁨, 다시 올 수 없는 것들에 대한 천도(遷度), 내가 과몰입했던 소설가와 시인들.

당분간은 폴 오스터를 읽게 될 것 같다.
우정 그렇게 살아보고 싶은 날이다.

잠결에 생각난 것

언제부터인가 시집이 오지 않는다. 한 달 건너 한 권 올까 말까다. 계절에 한 권 정도 온다고 보면 된다. 아는 시인 모르는 시인이 시집을 냈다고 보내주는 관행이 줄어들었다. 내가 시집을 보내지 않으니 시집이 오지 않는다. 여기에도 주고받는 경제가 오차 없이 작동한다. 편집자나 문학 담당 기자나 문학에 관여하고 있는 유력 인사가 아닌 다음에야 나에게까지 시집을 보낼 이유는 없다.

내게 시집을 보내지 않는다고 중얼거리고 있는 건 아니다.

내게 시집을 보내지 않는 시인들은 내가 남의 시집을 처리하는 방식을 눈치 채고 있는지도 모른다. 그래서 명단에서 제외하는지도 모른다. 내가 받은 시집의 9할은 분리수거의 대상이다. 공들여 썼을 책이 분리수거의 대상으로 분류된다는 것은 허망한 일이다. 서글픈 일이다. 화가 나는 일이다. 아무도 당신의 얘기를 듣고 싶어하지 않는다는 뜻이다. 쓰린 문전박대여.

　내 경우는 어떤가. 내 책은 그런 대접을 받지 않을 것이라는 확신이 있다. 누군가는 읽지는 않더라도 소중하게 서가에 꽂아둘 것이라고 본다. 누가? 귀하고 귀하신 나의 독자는 어딘가에 있을 것이다. 어디에? 그분은 화성이나 목성 어디쯤에 있다는 것이 나의 상상이다. 허황스럽지만 허황된 상상 없이 어떻게 시를 쓰시겠는가. 시는 현실이 거세된 자들이 골방에서 자신의 환상을 스스로 직조하는 일이다. 그래서 또는 그러므로 나는 내 시집을 아무에게나 주지 않는다. 누군가를 찾아가서 내 얘기 조금만 들어주시오. 잠깐이면 됩니다. 그렇게 말하는 장면이다. 그러지 말자.

　시집에 관한 내 생각이 이러하니 다른 시인도 크게 다르지 않을 것이라 짐작한다. 굳이 읽고 싶은 책은 구매한다. 구매보다 아랫 단계는 인터넷 검색이다. 웬만한 시집은 검색에서 그 전모가 다 까발려진다. 이 시집은 이렇군. 저 시집은 저렇군. 백화점 시식 코너를 돌듯이 한 바퀴 돌고 나면 배가 불러온다. 편지가 항상 수신인에게 도착하듯이 시는 시를 쓰는 동안 독자에게 전달된다. 이미-언제나 그렇다. 시는 운명적으로 쓰는 장르다.

외국 작가의 너스레처럼 책을 보낼 때는 보관료도 함께 보내야 한다. 업자 간에는 시집이라 호명하지만 다른 이들은 그저 책이라 부른다. 다른 이들에게는 낙서로 보이는 종잇조각을 문예인들은 원고라 부르듯이 말이다. 그런 줄 알면서도 나는 한 사람에게 내 신간을 발송한다. 그분은 알거야. 내가 쓰고도 내가 모르는 내 시의 따뜻한 숨결을. 목성에 계신 선생님 혜존. 나는 참 대단한 자아다. 고달픈 상상계여. 금이 간 꿈이여.

다들 어디 있는지

그럴 때가 있다. 지구에 혼자 있는 듯한 그런 느낌. 고독이 아니라 외로움. 연대감 없이 홀로 따가 된 이 느낌. 고정간첩이 된 느낌이다. 밤늦게 일어나 어딘가에 보고해야 할 의무를 진 사람. 그러나 언제부턴가 본부는 나의 리포트를 수신하지 않는다. 정보의 유용성이 사라졌다는 뜻이다. 그렇지만 하던 대로 할 수밖에 없다. 밤늦게 일어나 아이디와 비밀번호를 입력하고 키보드를 두드린다. 인쇄해서 나의 보고서를 다시 살펴본다. 나름으로 관찰하고 수집하고 애써 요약한 자료다.

아침이면 다시 평범한 생활인으로 돌아간다. 내게 평범하다는 건 아주 중요하다. 고정간첩 같은 포즈를 지우고 살아야 하기 때문이다. 남들처럼 말하고, 날들이 아는 정보를 체득하고, 남들처럼 마스크를 쓰고, 남들처럼 코로나십구 3차백신을 접종해야 할지도 모른다. 남들에게 들키지 말아야 한다. 나는 당신들과 같은 사람이다. 이렇게 말해선 안 된다. 나는 당신들과 너무 같은 사람이다. 당신들보다 더 당신 같은 사람인지도 모른다. 비싼 아파트에 살고 싶고, 작전세력에 참가해 고수익을 올리고 싶고, 시장 선거에 출마하고 싶은 사람이다. 선거에 나가 각종 정치적 수사학을 실험하고 싶다. 실현성이 없는 말을 할 때처럼 짜릿한 쾌감은 없다. 쩨쩨하게 과거는 묻지 마시라. 털어서 먼지 안 나는 사람 있는가. 대중들은 그걸 즐긴다. 구체적인 예는 생략한다. 그건 현실 정치가 보여주는 판본 그대로다. 코로나십구 거리두기를 강조하면서 자신은 거리두기를 지키지 않는 것으로 정치적 쾌감을 얻는 것으로 만족한다. 승승장구할 것이고, 여의도에 갈 수도 있고, 인천공항에 내리기 전에 막연한 미소를 띠우며 각종 공영 유튜브 채널 앞에서 손을 흔드는 존재가 될 수도 있다. 그러나 나는 정말 당신 같은 사람이다. 자잘한 일을 걱정하고 개탄하는 당신이다. 기사식당이나 경로당에서 들을 수 있는 말을 내 말인 듯이 생각하고 살아가는 사람이다. 유튜브 확성기로 전락한 공영방송 뉴스를 듣고 내 생각으로 내면화하고 포장하면서 사는 사람이다.

밤이 되면 나는 다른 사람이 된다. 신분도 이념도 세계관도 달라진다. 고정간첩 같은 본연의 세계로 돌아간다. 낮 시간에 당신들처럼 웃고 떠들었던 나는 싹 지워진다. 당신들과 비슷했지만 결코 당신에게 끼지 못했던 틈을 본다. 나는 그 틈으로 들어가 나의 균열을 작성하고 늘 그렇듯이 본부에 보고한다.

내 연령대 시인들이 궁금하다. 내 시야에는 잡히지 않는다. 예외가 없는 것은 아니겠으나 예외이기에 돋보인다기보다 오히려 더 놀랍다. 다들 잠들었는데 혼자 깨어 있는 머쓱함 같은 기분. 누군가는 더 자라고 부드럽게 권할 것이다. 아무튼 1980년대 문예인들을 나는 이런 식으로 이해한다. 경기 끝내고 라커룸으로 들어가 땀절은 유니폼을 벗고 일상복으로 갈아입은 선수들. 어디에서 무얼하는지 근황이 궁금하기도 하다. 사라진 자기 시대의 의제를 그리워하며 살 수도 있고, 자기문학의 새로운 디자인을 꿈꾸고 있을 수도 있다. 자신의 뜻과는 상관없이 후속세대 문예인들이 지어놓은 사당의 정중앙에 초상화로 걸려 있을 수도 있다. 얼마 전에는 최승자의 복간된 산문집을 구매했다. 그를 따르는 후배문예인들이 읽을 권리가 있는 책인 듯 싶다. 나는 읽지 않을 생각이다. 나까지 읽는다면 후배문예인들이 읽을 여지가 없어질 듯 해서이다. 최승자도 70을 넘어섰다.

어쩌다 그렇게 되었는지 모르겠다. 운이 있다면 그의 다음 시집을 읽을 수 있으리라는 기대를 가지고 있다. 1950년대 생 시인의 알리바이로.

고정간첩이라는 말을 몇 번 썼지만 어울리는 표현인지 는 모르겠다. 고정간첩은 말처럼 한 곳에 붙박여서 회귀할 곳이 없어진 자다. 돌아가기로 한 본부로부터 거부당하고 지금 이곳에서도 충분히 섞이지 못하는 존재로 살아간다. 돌아갈 곳이 사라진 채로 살아야 한다. 사람들과 섞이면서 충분히 섞이지 못하는 틈 속으로 잠입해야 한다. 자기 속으로 돌아가야 한다. 자기? 그런 게 있을 리 없지만 그런 헛구멍 속으로 몸을 숨기는 반복행위가 나에게는 시다. 시일 것이다. 시였으면 좋겠다는 소망 사항.

나름으로 생각하기

늘 그렇게 살아온 게 아닌가 돌아본다. 돌아본다? 쓰고 보니 돌아본다는 말이 키보드 위에서 움찔거린다. 돌아본다는 말에 내가 다소 예민한 모양이다. 나도 미처 몰랐던 일. 돌아보지 마라. 돌아보는 건 재앙이다. 여기 쓰고 잠시 자판에서 손을 뗀다. 이것도 돌아보는 짓이군.

세상에는 세상의 뜻과 내 뜻이 흘러간다. 당연히 세상의 힘에 끌려가면서 살게 된다. 세상의 힘은 사람들이 무심코 승인하는 관념이라 해도 되겠다. 이게 맞다. 이게 정의다. 이게 바른 길이다. 그렇게 주장되는 일들이 늘 맞고 정의롭고 바른 길인 것은 아니다. 그때그때 사람들이 대충 합의하는 질서일 것이다. 거기다 내 뜻을 견주면서 우리는 살아간다. 뜻을 얻거나 뜻을 버리거나 하면서. 다수결을 숭상하는 민주주의는 그밖에 다른 분야에도 예외 없이 적용되는가 보다. 다수는 안전하지만 소수에게는 억압이 된다. 그러니 내 생각을 세상에 맞추는 척 타협한다. 위장 귀순병의 처지를 닮는다.

생각하기 나름이라는 말에는 자기 생각에 대한 관용과 위선이 포함된다. 남의 생각을 인정하면서 자기 생각도 승인받으려는 말이다. 자기 생각을 합리화하기 위해 남의 생각을 밀어내는 기능도 하고 있다. 이기적인 관점을 용인하는 말이다. 사람들은 나름으로 살고 나름으로 존재한다. 인간에 대한 이해도 개괄적이고 평균적일 뿐이다. 시를 쓰는 행위도 세상에 대한 자기 잣대를 가진다는 뜻이다. 반복해도 어긋난 말은 아니지만 더러는 재고하게 된다. 자기 생각이라는 게 있을까. 있다면 있겠지. 있을 수 있겠지. 있기도 하겠지. 있어야겠지. 가끔 의심해본다. 내 생각이라는 게 남의 생각의 복사본이 아닌가. 원본은 뭐지? 이 대목이 내 의심의 한계점이다. 복사본의 복사본을 위한 복사본에 의한……

세상사는 생각하기 나름이지만 문학은 나름으로 생각하기다. 동네 산책하듯이 가볍게 나왔다가 우산 없이 비를 맞는 격이 되었다. 내 목소리가 좀 심각해져서 감당하기 어려운 단락에 이르렀다는 말씀. 지금부터는 확성기를 죽이고 말하겠다. 나름으로 생각해보자면 문학이나 예술에 작용하고 있는 법이나 규약이나 원칙은 다 무시되어야 한다. 문장이 격한가. 그럼 문장을 좀 부드럽게 다듬어야겠다. 이 부분은 공란으로 남겨둔다.

비공식적

폴 오스터의 뉴욕 통신을 뒤적거리다가 좀 자세히 읽은 구절이 있다. 윌리엄 브롱크에 대한 언급이다. 브롱크는 낯선 이름이다. 그는 미국 시인이고 아홉 권의 시집과 한 권의 수필집을 출판했다. 몇몇 동료 작가들은 그를 우리 시대의 가장 순수하고 까다로운 작가라고 평가하지만 그의 작품은 거의 알려져 있지 않다. 이처럼 무시받는 데에는 대략 세 가지 이유가 있다고 폴 오스터는 말한다.

첫째,

둘째,

셋째, 브롱크가 아주 개인적인 사람이어서 자신의 시집을 판촉하지도 않고, 관련 기사도 쓰지 않고 낭독회도 별로 하지 않는다.

대개의 시인들은 브롱크와 유사한 내면을 가졌다고 본다. 시집의 판촉을 위해 영업하는 일에는 서툴고 관심도 적은 쪽이 시인들이다. 기본적으로 골방에 혼자 앉아 있는 존재가 시인이다. 이렇게 한정적으로 말하고 보니 2022년에는 맞지 않는 생각이다. 지금은 시인들이 골방에 혼자 앉아 있는 외로운 존재들이 아니다. 시인들은 동네 카페에 앉아 있고 사람들 틈에 끼어 있다. 사람들의 온기 속에서 시를 쓴다. 이보게들, 나 지금 시 쓰고 있어. 그들은 이미 '저만치 혼자 피어 있는 꽃'이 아니다. 골방에서 원고지를 구겨서 방구석으로 던지는 옛날 시인처럼 시가 뜻대로 되지 않는다고 노트북을 집어던지지도 않는다.

시인들이 자신의 시집 판촉에 서툴다고 했지만 나의 경우를 대입해보니 꼭 그런 것만은 아니다. 반대일 수도 있다. 판촉에 적극적이라는 말이다. 어떻게? 다소 심오하지만 키보드를 두드리면서 문자 속에 자신을 기입하고 있는 방식 자체가 자기 판매의 한 형태이다. 시를 쓰는 행위 자체가 세상을 향한 숨길 수도 참을 수도 없는 자기 표출이다. 가장 순수한 형태의 자기 판촉의 결정이 시인이 쓴 시가 된다. 다음 단계는 편집 과정을 거쳐 시장에 깔린다. 시집을 내기 위해 시인은 출판 관행에 따라 자기 소개를 하고, 자서를 쓰고, 해설 필자를 기용하고, 추천사를 받는다. 이 과정은 출판마케팅의 속성에 부응하는 일이지만 대체로는 시인이 의도가 반영된다. 예컨대, 시인의 약력은 시인이 직접 작성한다. 어디서 어디까지 쓸 것인가도 시인의 시적 판단이 작용할 것이다. 출생 연도, 출생지, 학력, 문학 이력 등등. 이와 같은 상세들은 시인의 시를 읽는데 배후정보로 참고하게 된다. 시인은 이 단계에서 독자를 의식하게 된다. 감추고 싶거나 드러내고 싶은 시인의 인간적 욕망이 약력의 표면에 장식된다. 추천사도 오래된 판촉 관행의 하나다. 우리 쪽에서는 표4라고 부른다. 책의 뒷표지에 인쇄되는 몇 줄의 문장들을 가리킨다. 이 또한 자연스러운 판촉행위다. 책이 시장에 나오면서 더 적극적으로는 낭독회, 북콘서트, 기자 간담회, 저자 사인회와 같은 행사들이 벌어진다. 이제는 잘 볼 수 없지만 전철 안에서 물건을 팔든 상인들이(상인이라 불러도 될지는 모르지만) 생각난다. 이 물건으로 말할 것 같으면.

이런 얘기를 하자는 건 아니다. 시인이 자신의 독자를 모집하는 형태는 다양하면 다양할수록 좋은 것이다. 폴 오스터를 읽으면서 나의 눈이 꽂힌 대목은 브롱크라는 시인이 당대 독자들로부터 무시를 받게 되는 이유가 흥미로워서였다. 세 가지 가운데 개인적인 사람에 눈길이 머물러서 키보드를 두드리게 되었다. 여기서 개인적이라는 말은 당대 문학의 관행에 잘 부응하지 않았던 시인의 특성을 두고 하는 말이다. 브롱크의 개인적인 성향에 눈길이 가는 것도 나의 개인적 성향이다. 앞줄보다 뒷줄에 서는 것이 시인의 속성이라 자인하는 나로서는 그렇다. 표면보다 이면, 연설 보다 속삭임, 표현보다 지움, 달리기보다 도보, 군중보다 독거, 강연보다 대화가 좋다. 나는 '개인적으로'라는 말을 싫어한다. '극히'라는 말이 빠졌군. '개인적으로'를 써야 할 대목에 말하는 주체를 쓰면 된다. 나는 이면 족하다. '개인 적으로'라는 말에는 개인이 없다. 물론 공동체적 생각과 구분한다는 언어적 관행이라고 하더라도 그렇다. 브롱크 가 개인적인 사람이라는 말을 나에게 적용해서 바꿔본다 면 나는 비공식적인 사람이 좋다. 공식적 통계에는 잡히지 않는 사람이었으면 좋겠다는 뜻을 내 것으로 바꾸어 하나 의 소망으로 삼고 산다. 폴 오스터가 쓴 에세이 첫 단락을 다음에 인용한다.

미국은 그 시인들을 삼키고, 감추고, 그러고는 잊어버린 다. 유명하게 된 소수(이들 중에서도 재능이 평범한 자들이 있다)를 제외하고, 어떤 목적의식이나 유행을 추종하지 않 는 시인은 따돌림 당할 수밖에 없다. 그리고 기껏 운이 좋 아야 동료 시인들의 존경을 받을 뿐이다. 이에 대해서 누구 를 비난할 수도 없다. 우리나라는 너무 크고 너무 혼란스러워서 눈앞을 스쳐 지나가는 모든 것들을 목격하지는 못한다. 오늘날의 멋진 시들은 소규모 출판사에서 출판되고 독자는 몇백 명을 넘지 못한다. 역사적으로 미국 시가 그 힘의 원천을 발견한 곳은 자비 출판(휘트먼, 찰스 레즈니코프)과 무명 출판(초기의 파운드, 초기의 윌리엄스, 올슨 등)이었음은 이미 잘 알려진 사실이다. 무명 시인의 시만이 가치가 있다고 말하는 것은 어리석은 노릇이겠지만, 동시에 뉴요커에 매주 실리는 시와 포에트리에 매달 실리는 시가 최고의 현대시라고 말할 수도 없다. 그리고 글의 마지막 문장은 '그의 시는 우리 모두보다 더 오래 살아남을 작품'이라고 맺었다. 1978년 글이다.

비공식적인 삶을 추구하는 박세현 시인이 독자들로부터 외면받는 세 가지 이유.

첫째,

둘째,

셋째, 자기 시대에서 멀리 떠내려가면서 동문서답하는 시를 썼기 때문이라는 설도 유력하다.

(덧)

저녁은 그렇게, 시를 읽는 나와 함께 늙어간다. (한정원)

산책 초록(抄錄)

오전에 시 한 편을 썼다. 13행짜리 시다. 나름 소규모의 시다. 더 짧게 써야겠다고 생각한다. 함축적이어야 한다는 생각은 아니다. 시가 함축인가? 나는 모르겠다. 함축일 수도 있고, 해사(解辭)일 수도 있겠다. 아무튼 시가 짧아져야 하는 이유를 나에게 설득하지 못한 채로 거리에 나섰다. 산책과 운동과 소일을 함축한 나들이다. 규칙적인 일과는 아니다. 시가 쓰여질 때처럼 어쩌다 몸이 움직일 때 집을 나선다.

여기도 사람들은 입마개를 부지런히 하고 다닌다. 지방이 더 엄격하고 보수적이다. 그런 엄격성이 어디서 근거하는지 모른다. 중앙의 정보를 이해하는 과정에서 나오는 자기 해석일 것이라 짐작해본다. 중앙의 모처에서 버튼을 누르면 방방곡곡 전국에 동시다발적으로 불이 켜지고 불이 꺼지는 시스템이 작동한다. 내가 머무는 소도시는 방역 응용에 더 적극적으로 보인다. 그것을 탓할 일은 아니다. 더 쓰게 되면 시사칼럼이 된다. 재미없다. 더러 마스크 쓰지 않은 사람을 보면 사람들은 일제히 생각한다. 저건 뭐야. 더 쓰게 되면 과한 말을 할지도 모른다.

이 작은 도시의 메인 스트리트라고 할 수 있는 편도 이차선 도로의 한 편을 걸어간다. 개인 병원과 극장, 은행이 다 모여 있고 시내버스 노선도 이곳을 경유하게 짜여졌다. 이곳에 오기 위해 사람들은 여기저기서 버스를 탄다고 해도 과언은 아니다. 이 동네 사람들은 이곳 정류장에 서 있으면 지인 한둘은 만날 수 있다. 그런 특성이 이 도시의 속내다. 모르는 사람도 없고 딱히 아는 사람도 없는 살림살이가 흘러간다. 안녕하세요. 그렇게 인사하고 싶은데 아는 사람이 없다. 지나가는 학생을 보고 반쯤 웃는 얼굴을 지어 줬는데 금방 싱거운 짓을 했다는 후회가 밀려왔다. 머쓱한 외로움과 미량의 고독이 등줄기를 타고 흐른다.

카페도 식당도 극장도 백화점도 출입 금지다. 백신을 세 번 맞지 않은 국민은 행동이 제한된다. 다들 줄을 서서 주사를 맞는다. 세 번 주사를 맞지 않은 국민을 미접종자라 칭한다. 자의적으로 맞지 않는 사람은 비접종자다. 주사

미접종자에게 과태료를 물린다는 소문도 떠돌고 있다. 설마. 가짜뉴스겠지. 저렇게 많은 사람들이 줄을 서서 주사를 맞는 풍경을 보면 여러 생각이 든다. 민심이 천심이라는 속언도 생각난다. 줄을 서는 게 민심인가. 통계학인가. 단언은 못하겠으나 줄 속에 있으면 안심이 된다. 그게 대한민국의 무의식이다. 어느 정부인지 기억은 가물거리는데 대통령이 국무회의를 하는 광경이 늘 생각난다. 대개는 짙은 색 양복 차림이었는데 그때는 상의를 벗고 와이셔츠 차림으로 회의를 하는 모습이었다. 탈권위의 유연함이 돋보였다. 물론 연출이었을 것이다. 그렇지 않다면 어떻게 하나같이 상의를 벗을 수 있을까. 몸살기운이 있어 벗지 않겠다고 버티는 장관 한 명 쯤 있어야 하지 않겠는가. 그게 민주주의 혹은 개인성의 알리바이 아니겠나 싶다. 하긴 우리가 개인을 가져본 적이 있는지 돌아보게 된다. 개인, 개인성, 개인주의.

걸음을 바꾸어서 골목으로 들어갔다. 옛날 그 골목이 아니다. 나도 옛날의 내가 아니다. 옛날의 나는 내게서 빠져나갔다. 지금의 나는 나도 모르는 나다. 나는 나의 대역(代役)이다. 다른 사람들도 사정이 비슷하지 않을까. 한 건물 앞에 서니 옛 생각이 희미하다. 예식장이 있던 곳이다. 이렇다 할 행사장이 없었던 시절이라 시낭송회나 강연회 같은 행사가 여기서 치러졌다. 지금 백수를 넘긴 철학 교수 강연을 듣던 기억도 난다. 영원과 사랑의 대화. 어떤 기억은 단단하고 어떤 기억은 헐겁다. 빛바랜 기억을 돌아보면 왠지 싱겁다. 고3이었거나 대학 초년생 시절이었을 것이다. 회상하지 말자.

시내에서 제일 큰 오거리 회전차로에서 걸음을 돌려세운다. 딱히 목적지가 정해져 있지 않은 걸음이라 완만한 속도로 걷는다. 이럴 때는 산보나 산책에 어울린다. 머리가 아니라 걸음으로 생각한다. 발 가는 대로 간다는 말은 옳다. 이번에는 일방통행인 도로를 끼고 시장통을 걷는다. 나와는 상관없는 물건들이 요란하게 전시되어 있다. 주로 음식류다. 젊은 타지 관광객들도 눈에 띈다. 약간의 허기가 느껴졌지만 참는다. 그러고 보니 나와 상관없는 물건은 없다. 세상에 존재하는 물건들은 다 나와 관련이 있다고 생각을 고친다. 이런 생각으로 시를 써야 하는데 나는 편식주의자다. 고쳐야겠는데 시간이 없다. 이런 시인에게 과태료를 물려야 한다. 국회의원들이 일을 대충 한다는 생각이 이때 머리를 지나갔다. 혼자 웃음.

집 가까이 있는 삼거리를 지날 때 지나가던 여자가 인사한다. 나한테 인사를 하다니. 나는 백신 맞으러 가요. 그녀는 묻지 않는 말도 던지고 갔다. 그게 전부다. 검색해보니 그 여자는 근처에 있는 장칼국수집 주인이다. 단골 비슷하게 몇 달에 한번씩 들르던 식당이다. 아주머니가 국수를 끓이고, 퇴직한 지 한참되어 보이는 남편이 몸에 배지 않은 몸놀림으로 서빙을 했다. 내 입맛에 맞는 집이지만 걸음을 끊었다. 다른 집을 패싱하고 찾아갔는데 문 닫은 적이 세 번인가 있었다. 문 앞에서 만난 주인은 볼일이 있어 일찍 문을 닫는다고 했다. 헛걸음을 달래며 돌아서던 날 나에게 남은 말은 볼일이다. 그냥 지나가도 될 사이인데 인사까지 하고 가는 장칼국수집 여사장에게 복이 있기를.

당신은 지금 어디 있는가

신문에서 읽었다.

일본의 노후 전문가 오가와 유리(小川有里) 씨는 "일본에서 은퇴 후에 가장 사랑받는 남편은 노후 준비 잘해둔 남편, 요리 잘하는 남편, 아내 말 잘 듣는 남편이 아닌, 집에 없는 남편"이란다.

이 대목을 읽으며 희미하게 웃었다. 단지 은퇴한 회사형 남편들만의 문제는 아닐 것이다. 남자 일반의 문제가 아니겠는가. 국가에서 파견한 비서와 경호원들이 시중을 들어주는 퇴물 공직자라면 사정이 좀 나으려나. 남의 사정까지는 모르겠으나 남자는 짐말같이 살다가 힘 빠지면 사라진다. 그게 정답. 대단한 철학적 주석은 사양한다.

나는 아니라고 고개를 젓는 당신이 부럽다.

당신이야말로 남자 평균을 헛살고 있는지도 모른다.

그런 수컷들이 왜 부럽지 않은지 곰곰 생각해봐야겠다.

나 역시 퇴직한 남자로서 시간도 남아도니까.

시집 보내지 마세요

시집 보내지 마세요.

보관할 데가 없거든요. F

어제 꿈속에서 쓴 소설의 첫줄이다.

나는 왜 꿈에서만 소설을 쓰고 있을까.

어디서도 읽어보지 못한 소설을 쓰고 있다. 그런 소설은 읽는 사람이 없을 것이다. 그래서 나는 그것을 소설이라고 부른다. 사람들은 말하겠지. 이건 소설이 아닙니다. 그럼 뭡니까요? 나는 묻겠다. 그건 소설 비슷한 물건이지 소설은 아닙니다. 소설은 어떤 겁니까? 스토리텔링이지요. 그대가 쓰는 소설에는 텔링은 있지만 스토리가 없더군요. 시를 읽고 이게 무슨 뜻이냐고 묻는 사람에게도 즉답한다. 시는 뜻이 없습니다. 언제나 뜻으로부터 달아나려고 보따리를 싸고 있는 중이지요. 뜻이 있는 건 시가 아닐 겁니다.
그럼 그건 뭡니까? 시 비슷한 것이겠지요. 시는 다 시 비슷
한 게 아니던가요? 저도 거기까지만 압니다. 쓸쓸하군요.
그건 어디서 배운 말입니까?

　바깥에 보리쌀 같은 눈이 온다.
　마당이 허옇다.
　먼 데 여인의 옷입는 소리°

°김광균의 「설야」는 옷벗는 소리였고

모월 모일

오늘은 모월 모일 겨울날이다. 겨울이 한창이다. 나는 지금 노트북을 열어놓고 글을 쓰고 있다. 우풍이 센 방에서 굽은 손가락을 호호 불어가며 자판을 두드린다. 나는 지금 글을 쓰고 있다. 글을 쓴다고 했지만 노트북 키보드를 두드린다. 쓴다는 말과 두드린다는 말을 같지 않다. 나에겐 쓴다는 말이 정겹다. 더 19세기적으로 울리기 때문이다. 쓰고 또 쓴다. 두드리고 또 두드린다. 그러나 나는 게으른 사람이다. 불성실한 사람이다. 쓰고 또 쓴다고 표현했지만 그말은 나와 아주 먼 친척 관계다. 나는 그저 어쩌다 쓸 뿐이다. 오늘 아침은 눈 덮인 설원을 내다보며 펜으로 시를 쓰던 닥터 지바고처럼 앉아서 글을 쓴다. 시라고 써야 할 자리에 글이라는 말로 우물거린다. 시를 쓴다는 문장은 언제나 나를 옭죈다. 가능하지 않은 일을 가능하다는 듯이 연기하고 있는 나를 보는 것 같다. 창에 성에가 낀 것은 아니지만 나는 그렇게 생각한다. 입김을 불어야 성에가 녹고 녹는 자리를 통해 바깥을 내다본다는 상상을 한다. 내 글쓰기를 닮았다. 호호 불면 녹는 자리. 그 자리를 통해 바깥 풍경을 들여다본다. 그렇지만 그것도 잠시다. 녹았던 자리는 금세 뿌옇게 흐려진다. 입김을 불어넣고 또 불어넣는다. 이 작업에 끝은 없다. 내 글쓰기가 늘 미완에 머무는 것과 다르지 않다. 나에게 글쓰기는 대상의 문제가 아니라 나 자신의 문제다. 나는 누구? 내가 누군지 어떻게 알겠는가. 나를 나라고 생각하는 그 나가 바로 나다. 지금 이 글을 쓰고 있는 나를 내려다보고 있는 나. 그가 나이지만 진정한 나인지는 나도 모르겠다. 잠시 그를 나라고 믿으며 산다. 겨울 아침 고개 들어 자주 바깥을 내다본다. 올 사람을 기다리는 자세다. 그 사람이 누군지도 모르지만 그런 기약이 있는 것도 아니다. 창밖을 내다보는 나의 자세가 그러하다는 해석이다. 아마 그 사람은 끝내 오지 않을 것이다. 그러나 기다림의 대상이 있다는 나의 착각을 사랑하기로 한다. 그건 장대한 기획이다. 어디선가 지금 나를 향해 떠나는 존재가 있다는 것. 상상만으로도 충만하고 애잔하다. 어쩌면 그가 이미 나에게 왔다가 돌아갔을 수도 있다. 허풍스럽게 말하자면 이렇다. 그는 바람소리로 왔을 수도 있다. 물소리로 빗소리로 또는 비바람 부는 날 창문을 흔들던 그 소리인지도 모른다. 그래도 기다리자. 텅 빈 허공을 기다리고 첫눈을 기다리자. 기다리며 살자. 무소식도 기다리자. 기다리는 건 내 생의 책무. 나는 또 엎드려 자판을 두드리며 글을 쓴다. 쓴다. 쓰는 일은 기다림을 살아내는 한 방식이다. 시를 쓰는 일이 시가 무엇이냐고 나에게 조용히 물어보는 일이듯이 기다림도 살아가는 일이다. 기다림 없이 사는 일이 더 고급진 것이겠지만.

(덧)
책 뒤에 누군가 써놓은 연필 글씨 완독(完讀)은 슬프기도 하고
우습기도 하구나
완독이라니
완독이라니
완전한 사랑이 있다고 믿어버리는
순진한 아침

지명수배

서울역 앞 광장에서 노인을 털고 도망가던 소매치기가 붙잡혔다. 그를 잡은 사람은 지나가던 시민들이었다. 소박한 정의가 구현되는 장면이다. 오랜만에 접하는 사회적 정의다. 나는 이런 장면을 **빼고**는 우리 역사에서 정의가 실현된 역사를 보지 못했다. 나는 그렇게 생각하며 산다. 정의를 이룩하자는 구호는 그렇게 외치는 주체의 이해관계를 명시할 뿐이라고 본다. 서글프고 짜증나는 역사의 반복강박.

경찰서 앞을 지나가는데 담벼락에 범죄인을 수배하는 포스터가 붙어 있다. 일종의 범죄 홍보용 광고다. 강도, 폭행, 살인, 강간 등의 죄를 저지른 자들의 얼굴과 신상 정보가 인쇄되어 있다. 국가 전복이나 반정부의 죄목은 보이지 않았다. 억세게 운이 없는 친구들이다. 다들 멀쩡하게 잘 살아가는데 쌩까는 재주가 없었다는 뜻이다. 저들 중에는 시장이나 국회의원 감도 있을 것이고, 대선 후보도 있을 수 있다. 지금은 경찰서 담벼락에 지명수배자의 얼굴로 전시되고 있다. 세상은 노답이다. 그냥 흘러가는 것이다. 이를 설명하는 학자들, 정치인들, 문예인들은 각자의 자리에서 각자의 이론적 꼰대가 된다. 이론은 그것이 생성되는 순간 그것으로의 매몰을 강요한다. 학문의 견지에서 보자면. 정치학의 경지에서 보자면. 문학의 견지에서 보자면.

세상은 이렇게 구성된다. 산다는 것은 자기에게 주어진 배역을 연기하는 일이다. 대역이다. 시 쓰는 사람은 시인의 대역이다. 대본에 따라 연기하는 배우는 배우의 대역이다. 국민 여러분에게 자기 지지를 호소하는 정치인은 정치인의 대역이다. 유튜브 확성기가 된 공영방송에서 정치를 논하는 시사평론가는 평론가의 대역이다. 경찰서 담벼락에 자기 얼굴을 전시하고 있는 저 지명수배자들도 하나의 대역일 뿐이다. 자신의 신념과 세계관에 따라서 행동한다는 착각은 서글프다. 착각을 리얼이라고 믿기 때문이다.

지명수배자들 몽타주 옆에 내 얼굴을 그려넣는다.
아무튼 제자리를 찾은 듯 하다.
죄명은? 지금 생각 중이다.

덜 지나간 일들

다 지나갔다고 구획지었던 일들이 지나가기 전처럼 되돌아온다. 애도가 덜 되었다는 뜻이다. 내가 애도를 거부한 일일지도 모른다. 모르겠다. 나는 모른다. 기억에서 사라지면 평화롭다. 기억의 지평은 무심해진다. 빈집처럼 고요하다. 그런데 쓰고 지운 자리처럼 말끔하지만 지워진 채로 또렷한 기억들도 있다. 친구에게 공연히 밥 얻어먹고 갚지 못한 기억. 언제 보자고 했으나 언제를 명시하지 않고 지나간 약속들. 가끔 꿈속에 찾아와 문을 두드리는 낯선 여자. 시집 해설을 부탁한다며 술을 사던 시인이 정작 해설은 다른 필자에게 맡긴 걸 시집 나온 후에야 알게 된 일. '진심을 왜 몰라주냐'면서 울부짖던 영화 속 배우의 연기. 영구보존: 아버지가 당신의 생애사를 간추린 노트 표지에 자필로 쓴 말. 간밤에 바다로 흘러간 남대천 물소리는 지나갔으면서도 여전히 내 속에서 흐르고 있다. 톨스토이가 듣고 울었다는 차이코프스키의 안단테 칸타빌레를 들으며 뒤척이던 원주시 무실동의 밤. 미완의 작별. 칠판에 적확이라 써놓고 혼자 웃으시던 한국시 특강 교수님. 자네들, 적확하다는 말이 적확한가? 정확한 건 진실이 아닐 걸세. 껄껄껄. 일년 만에 왔던 구멍을 통해 재입북한 탈북민. 저건 월북의 평범성인가. 나는 지금도 커피잔을 왼손으로 집어든다. 나는 왼손잡이가 아닌데도 그런 습이 손에 남아 있다. 한수산의 단편 사월의 끝에는 통계적으로 오른손잡이가 많아서 왼손으로 잔을 든다는 얘기가 나온다. 오른쪽에 입술자국이 묻어 있는 것 같아서라는 게 이유다. 그 독서가 아직도 내게 남아서 내 것처럼 작동하고 있나 보다. 이제는 양손을 다 쓰기로 작심한다. 나는 나의 사본(寫本)이 아닐까. 앞에서 걸어오던 여학생이 나를 보고 방긋 웃었다. 인사다. 나도 접수했다는 표정을 지어줬다. 여학생의 웃음신호는 내 뒤에 오던 교수에게 보냈던 것이다. 여학생이 지나간 뒤에야 슬그머니 눈치챘지만 이미 표현된 내 웃음은 지울 수가 없어서 그냥 얼굴에 달아두었던 기억. 지금도 혼자 있을 때 지어보는 미소는 그때 웃던 그 웃음짓이다. 지나갔다고 치부했던 일들은 이렇게 무시로 되돌아온다. 누수처럼, 층간소음처럼.

세월이여

최인훈의 두 권짜리 장편 화두는 1994년 1판 1쇄를 찍었다. 책 날개는 이 소설이야말로 최인훈의 생애 소설(Work Life)이라고 말했다. 출판사의 편집자가 작성했을 이 광고성 문구가 작가에 대한 부족하지 않은 격찬일 것이다. 나 역시 화두가 최인훈의 생애 소설이라고 생각한다. 그것은 작품의 성취 여부와 상관없는 자리에서도 그럴 것이다. 평생을 피난민으로 살아온 작가로서는 이보다 더 생생한 보고서는 없다. 다시 화두를 펼치고 보니 읽었던 흔적은 있으나 독서 기억은 다 망실되었다. 책 속에 몇 군데 밑줄이 보인다. 1권에는 반으로 접힌 신문 조각이 끼어 있다. 1994년 7월 13일자 조선일보에 쓴 작가의 칼럼이다. 북한식 종교개혁의 새벽이다. 김일성 죽음을 사색하는 글이다. 그중에 한 대목을 인용부호 없이 다음 단락에 인용한다.

현실이 소설보다 기구하고, 역사가 연극보다 극적이고, 그런데도 누군가가 왼쪽으로 뛰라면 왼쪽으로 뛰고, 오른쪽으로 뛰라면 오른쪽으로 뛰고, 바로 어제 전쟁이 날 테니 방독면을 사라면 사고, 하루가 지나면 이번에는 남북책임자가 화해하기로 했는데 만나서 악수로 할 것인지 포옹으로 할 것인지 연구 중이라면 또 그런가, 하고 이런 처지에 살고 있는 사람으로서 이 글을 쓴다.

재독하고 나니 서글프다. 대충 30여년 전 저쪽에서 쓰여진 글인데 지금 읽으니 더 생생하다. 나를 슬프게 하는 글이다. 각설. 세상은 좋아지는 게 아니라 그냥 변해가는 것인가, 경험에 사상된 이론적 꼰대는 생각한다. 언필칭 국가와 민족을 위한다는 수사처럼 공허한 것이 있을라나. 특히 북한을 지척에 두고 있는 남조선의 정치적 여정은 그렇게 해석된다. 짧고 격하게 말하자면 다들 한 탕 해먹자는 주의다. 체화된 입신양명의 무의식을 민주주의 벽에다 바르고 있음이다. 그게 한국정치가의 민낯이다. 앞에 쓴 문장들은 수정해도 될 것이지만 그냥 둔다. 이런 생각도 했구나 하는 자가 기록으로 남겨 두자.

화두의 속표지에는 만년필로 쓴 메모가 있다.

추억하듯이 나를 돌아보는 기록으로 복사해둔다.

내가 저 문장에 밑줄을 긋고 필사했구나. 세월이여.

*

시인은 가끔 좋은 시를 쓰는 사람이라기보다는 삶의 여러 기회를 늘 적절한 언어로 잡아낼 수 있는 사람이다. (1994.1.6, 서울신문 신춘심사평, 박성룡·김우창)

*

시인이 시를 쓰는 것은 좋은 시를 쓰기 위해서가 아니다. 자기의 생각을 시라는 형식의 글로 표현하고 싶은 욕망 때문에 쓴다. (오규원, 현대시작법)

*

예술의 마지막 메시지는 형식이다. (최인훈, 화두)

이루어질 수 없는

2022년에 접어들고 열하루가 지나갔다. 벽에 걸린 달력은 아직 작년 12월이다. 달력만 그렇다는 뜻이 아니라 나도 아직 지난 해를 다 보내지 못하고 있다. 작년은 일이 많았다. 지나간 날들이 흘러가지 못하고 무덤처럼 쌓여 있다. 무슨 일이냐고 묻는 이 없으니 그냥 지나가자. 내 삶의 관객은 나 하나뿐이다. 그것이면 또 족한 것이다.

새해로 접어들었지만 묵은 해를 정리하고 새해를 어찌 살겠다고 마음먹은 것이 없다. 뉴스와 휴대폰을 들여다보면서 살 것인가. 닥치는 대로 살겠다는 뜻인가. 모르겠다. 나에게는 삶에 대한 철학이 없다. 잘 살아야지. 잘 살아야겠다는 모호한 생각은 늘 나를 감싸고 돌지만 거기에 내용은 없다. 맥락 없는 자기 선언만 있는 셈이다. 잘 살았다고 여겨지는 사람이 없지는 않지만 그런 삶이 내게 와서 어떤 자극을 주는 것은 아니다. 그렇게 살았구나 정도다. 누구는 이런 증상을 우울증이라 진단할 수도 있겠다. 동의한다. 열심히 썼지만 쓸 때마다 내가 원하는 시가 아니라는 생각 이 들 때마다 겪는 증상이 나의 우울증이다. 더 나아가면 내가 원하는 시를 쓰지 못한다는 자괴가 아니라 시쓰기가 싫어질지도 모른다는 것이 내 우울증의 근원일지도 모른 다. 그런 날이 오겠지. 써도 그만 쓰지 않아도 그만인 날이 오고야 말 것이다. 그러나 모든 징후들이 그렇듯이 그런 증상은 이미 나에게 와 있는지도 모르겠다. 내가 하는 일은 그 증상을 살짝 외면하는 정도이다. 알고 있으면서 모른 척 하기. 언제까지?

진리라는 말에 진리가 없듯이 시라는 말에도 시는 담겨 있지 않다. 그냥 쓰는 것이다. 문자라는 거푸집 안에 나를 밀어넣어본다. 그러나 그것은 그때뿐이다. 임시방편이다. 문자도 의심스럽고 나도 의심스럽기 때문에 벌어지는 공 사다. 누구와도 상담이 가능하지 않은 일이다. 그저 끌어안 고 가야 하는 일이다. 그것을 나는 밑 빠진 독에 물붓기라 해두겠다. 매일 독에 물을 가득 채웠으나 돌아서면 독 안은 비어 있다. 그게 나의 시쓰기라고 해두겠다. 그러니 시를 썼다는 과거형은 무색하다. 채워야 할 물독이 늘 앞에 놓여 있기 때문이다. 시지프스의 노동과도 상통하려나.

어제는 시를 썼다. 꽤 마음에 들었다. 두 번 읽어보고 저장했다. 커피를 마시고 다시 읽어본다. 왠지 이건 아니라는 생각이 들기 시작했다. 내 시가 내 안에서 밀폐되었고 그것보다 내 손에 너무 익어보였다. 지운다. 내 시가 내 의식 안에서조차 익숙하다면 그건 시로서는 꽝이다. 아깝지만 헛손질을 했군. 아깝다는 생각을 척살해야 한다. 다시 읽고 싶은 시를 써야 한다. 이 대목에서 자판에서 손을 거두고 나를 향해 웃었다. 내 스타일로 과하게 말하자면 시는 다시 읽는 게 아니다. 부정 서술어를 몇 번 수정했다. 아니다. 아닌 게 아닌가. 아니지 않은가 등. 내 생각에 확신을 주지 못하는 나의 눈치 보기. 누구의 시선에도 붙잡히지 않는 시이기를 바란다. 누군가의 이해체계 속에 머무는 걸 원하지 않는다. 그건 시가 실패하는 지점일지도 모른다. 어쩌자는 거냐. 잘 쓴 시로 남는다는 것은 순식간의 착시일 뿐이다.

나는 이렇게 생각하고 시를 쓴다.

그러니 새해가 와도 새로운 시를 쓰겠다는 결심은 공백이다.

올 테면 와 봐 하는 심정으로 내 앞의 시적 허공을 바라

본다. 시라거나 시가 아니라는 분별점을 치워버리자. 이론적 간섭에도 속지 말자. 문학은 여러 종류의 이론에서 벗어나는 작업이 아니었던가.

올해도 시를 쓸 것이다. 손가락에 붙은 관성의 도움으로. 됐다. 그것이면 족하다. 어쩌다 내 시 읽고 좋다고 추어주는 사람 앞에서 내가 당신의 어디를 어떻게 건드렸는가는 살피지 않을 것이다. 올해는, 올해부터는 그렇게 살아볼 계획이다. 이루어질 수 없는 사랑만이 사랑으로 충만하듯이 나는 무모한 생각을 계획이라고 중얼거려 본다.

박세현과의 인터뷰 대본

q는 질문자

h는 박세현

q: 어디서 태어났는가.

h: 강원도 명주군 왕산면 목계리 535번지. (지금은 강릉시
로 흡수)

q: 현재 직업은.

h: 무직 생활자다.

q: 잘 하는 요리는.

h: 라면. 그 이상은 관심 밖이다.

q: 좋아하는 음식은.

h: 비빔국수, 장칼국수.

q: 영향받은 시인은.

h: 누구누구라고 지명하고 싶지만 그것보다는 영향받지 않았다고 생각하는 시인에게서 더 큰 영향을 받으면서 살아온 것 같다. 김영태는 그 중 하나다.

q: 시를 무엇이라 정의하겠는가.

h: 내가 쓰는 시가 시에 대한 나의 정의다. 시는 답이 아니라 물음이다. 무엇이 시인가에 대한 탐문의 여정. 각자의 시가 있을 뿐이다.

q: 다음 생에 하고 싶은 일은.

h: 나의 다음 생은 없을 것이다.

q: 좋아하는 작가는.

h: 좋아하는 작가는 많다. 너무 많다. 아니 자칭타칭 작가라 칭하는 존재는 다 좋아할려고 애쓴다. 실패하는 작가는 더 애정한다. 나보코프와 부코스키를 좋아하는데 취향문제라 생각한다. 나보코프는 창백한 불꽃을 썼고 부코스키는 우체국을 썼다. 특히 나보코프의 세바스천 나잇의 참인생은 내가 찾던 소설. 두 작가는 기본적으로 시인이다. 특히 부코스키를 괴팍한 범주로 가두어서 생각하는 것은 옳지 않다. 두 작가는 문학은 이런 것이라는 팔루스를 반복한 것이 아니라 문학에 대한 질문을 끝까지 밀고 갔다는 가치가 있다.

q: 잘 읽은 소설은.

h: 존 윌리엄스의 스토너다. 주인공 스토너 교수에게 감정

이 전이되어서 그런지도 모르겠다. 시차를 두고 두 번 읽었는데 전체적으로 마음 아팠다. 이 소설의 가치 여부와는 다른 문제다.

q: 음악을 좋아하는가.

h: 이런 질문을 받으면 내가 음악을 좋아한다는 확신은 없어진다. '좋아한다기보다' 들려오는 대로 듣는다고 해야겠다. 재즈를 좋아하지만 재즈보다 재즈멘탈을 좋아하고 재즈에 관한 책을 더(多) 좋아한다. 어떤 문학보다 그렇다. 아마도 재즈 속에서 시가 진 부채를 발견하는지도 모르겠다. 재즈뮤지션이야말로 아티스트라고 본다. 명실상부하게.

q: 최근 몇 년 동안에 본인이 가장 많이 쓰는 어휘는 어떤 것인가.

h: 픽션 또는 개수작.

q: 부연설명 해주겠는가.

h: 픽션은 거의 내 세계관이다. 이음동의어는 일장춘몽, 제행무상과 같은 말들을 들 수 있다. 그것은 허무주의와 다르다. 삶의 본질적 속성이 픽션이라는 생각이다. 내가 삶의 주인공이 아니라 누군가의 대본에 따라 움직인다고 생각하면 된다. 대본대로 사는 게 편한 사람도 있고 불편한 사람도 있다. 개수작은 삶에 뭔가가 있다고 헛바람을 잡는 고담준론을 가리킨다. 일종의 개소리

이자 고정관념이다. 정치적 개소리. 문학적 개소리. 빗맞으면 개소리가 된다.

q: 정치야 늘 그 소리지만 문학적 개소리는 무엇인가.

h: 이론적 꼰대들 몇이 모여서 좋은 작품이라고 떠들어대는 비평적 찬사들. 다시 말해 그것은 한국문학의 수준을 보여주는 일에 다름 아니다. 아직도 신춘문예가 문학지망생들의 꿈이자 관문이 되어 있는 한국문단의 구조만 보아도 내 말이 무슨 말인지 알 것이다. k-문학다운 모습이다. k-방역처럼 과장된.

q: 정치적 좌파인가.

h: 대한민국에 좌파가 어디 있는가. 웃자는 농담으로 듣겠다.

q: 존경하는 정치인이 있는가.

h: 정치인을 존경하는 문예인들이 있다는 소리는 들어봤다.

q: 코로나십구 시대에 문예인의 역할이 있다고 보는가.

h: 없는 건 아닐 것이다. 마스크를 쓴다든가 3회 이상 백신 맞는 일 등.

q: 좀 꼬인 말이 아닌가.

h: 듣기에 불편하면 꼬인 건가.

q: 지금 인터뷰는 문학의 대가에게 묻는 것이 아니다. 시를 쓰는 1인의 사사로운 아주 사적인 소회를 묻는 것이다. 말하자면 문학이라는 담론이 한 사람의 범상한 시

인에게 어떤 음영을 드리우고 있는가를 확인하는 일이다. 좀 더 고상한 얘기는 예술원 회원들에게 물으면 된다. 그러니 당신의 사소한 생각들을 사소하게 떠드는 것은 전적으로 자유롭다.

h: 고맙다. 바라던 바다.

q: 최근 만난 사람이나 통화한 사람은.

h: 없다. 우한 폐렴이 선물한 각자도생은 그러나 문학의 길이기도 하다. 시쓰는 문예인에게는 당돌한 행복의 시절이다.

q: 근황이 궁금한 문예인은 누구인가.

h: 작고 문인은 궁금하다. 거기서도 잘 쓰고 있는지 그런 거.

q: 이제 더 쓸 게 남아 있는가.

h: 쓸 게 없다는 걸 쓰고 있는 중이다. 시는 쓸거리로 쓰는 건 아니다. 욕망의 순간적인 발화 형식이 시가 아니던가. 내 욕망을 구성하는 일이다. 일종의 존재론적 징징거림.

q: 시쓰기는 진화하는가.

h: NO (대문자다). 진화가 아니라 지속될 뿐이다.

q: 요즘은 어떤 책을 읽고 있는가.

h: 솔직하게 말해도 되는가.

q: 자신에게 말하듯이 말하면 될 것이다.

h: 책은 읽지 않는다.

q: 교만인가 객기인가. 이 대목은 솔직하게 답해주기를.

h: 둘 다이기도 하고 둘 다 아니기도 하다. 교만하거나 객기 부리면 안 되는지 되묻고 싶다. 그런 생각이 장착된 자의 눈으로 보자면 내가 지금 개소리를 하고 있는 것이 된다. 물론 나는 그런 반응이야말로 이 세상을 지배하고 있는 문학적 개소리로 본다. 이데올로기의 하수인들이겠고, 굳이 말하자면 요즘 나는 웹소설을 읽으려고 한다. 웹소설의 가치를 존중하기보다 그 세계의 작동방식을 엿본다.

q: 하하하

h: 왜 웃는 것인가.

q: 당신 얘기 들으면서 떠오른 생각인데 고속도로 요금소에서 차들이 여러 가닥으로 늘어서 있고 어느 한 줄에 서지만 본 도로에 들어설 즈음에 갑자기 자기 줄이 없어지는 황당감을 겪어봤을 것이다. 간추리면 번지 없는 주막이라는 뜻이다. 들보잡.

h: 동의한다.

q: 시 한 편 쓰는데 어느 정도의 시간이 소요되는가.

h: 라면 끓이는 시간보다 많이 짧다고 보면 된다. 물론 내 경우다. 30분 이상 걸리면 시가 아니라 수필이나 소설이 될 수도 있다. 나는 그 점을 늘 조심한다. 라면은

오래 끓이면 불어터진다. 이것도 일종의 오픈된 영업 비밀 아닌가.

q: 문학의 미래에 대해서 한 말씀.

h: 나 같은 문예인에게는 감당 안 되는 질문. 굳이 말한다면 될 대로 될 것이다. 나는 그러려니 하면서 쓴다. 시에 개기면서 하던 짓이니까. 다른 문예인들은 그럴 리가 하면서 쓰지 않을까 추측.

q: 비관적으로 들린다.

h: 백신 맞듯이 온 국민이 같은 생각을 가져야 되는가. 김수영에게서 배운 것 두 가지. 김일성 만세를 불러도 잡아가지 않는 게 자유다. 자유는 이만 하면 되었지 하는 한계선이 문제라는 것. 남코리아는 이 두 가지 중 하나도 충족되지 않고 한국적 민주주의를 계승하고 있다. 그러니 반대를 해도 문제, 찬성을 해도 문제.

q: 성인 절반 이상이 1년에 책 한 권도 안 본다는 문화체육관광부 발표가 나왔다. 독서하기 어려운 이유로는 시간이 없어서, 다른 매체 이용 등이 꼽혀졌다.

h: 나도 그 통계에 포함된다. 국가가 그런 무교양적인 통계로 책 안 읽는 국민을 억압하고 있다. 책 안 읽는 사람이 더 잘 산다는 것, 읽어야 할 사람이 쓰고 있다는 사실 등이 저 분석에는 포함되어 있지 않다. 그리고 책 읽어야 한다는 이데올로기적 발상은 이제 그만. 필독서 이

런 말도 정신위생으로 보자면 적폐다.

q: 막가자는 뜻인가.

h: 질문 자체가 전형적인 틀딱발상이군. 인문학 전공한 교양과목 교수 같은 발상. 정말 읽어야 할 책은 지금 읽히고 있는 책들 너머에 있는 책이라고 생각함. 뭐, 나도 딱히 목록을 가지고 있는 건 아니지만 우좌지간 그렇다는 말씀. 가령, 우리가 옳다고 믿는 관념에 구멍을 내는 책들이 내가 생각하는 책이다.

q: 문학이 그런 역할을 하고 어떤 철학도 그런 구실을 하고 있지 않은가. 이미, 항상.

h: 그런 소문은 들었다. 다만 그런 흉내를 내는 책들이 많다는 정도로만 하자. 그런 책 열심히 읽으면 세상에 균열을 내는 척만 하게 되는 거지. 백신 n차 접종에 대해서 석사학위 이상 소지자들과 문예인들은 침묵했다. 그건 무슨 뜻이겠는가.

q: 처서 지나면 모기 입 삐뚤어진다는 말을 하려는 건가.

h: 비약은 우리의 자유다. 비논리도 때론 사랑받아야 한다고 본다. 부연하겠다. 돌림병시대를 맞아서 문예인은 자기 문예에만 종사한다는 생각을 가지게 되었다. 국가적 방역의 문제를 정부의 작전만으로 한정시키는 무력한 생각이 단연 우세종이 되었다는 것.

q: 다른 대안이 있는가.

h: 없다. 국가의 명령에 복종하는 개인으로 족하다. 단지, 국가가 무능하다는 것은 지적해둔다. 늘 그렇듯이.

q: 우파의 목소리 같다. 우판가?

h: 우파 같은 소리. 어째 이 나라에는 우파 아니면 좌파 아니면 중도 같은 지저분한 분류법만 있는지 모르겠다. 굳이 세분하자면 막가파도 있다.

q: 농담하고 있는가.

h: 행복하고 싶었던 그 시절이 실은 행복한 시절이었다는 이형기의 시가 떠오른다. 제목은 모르겠다.

q: 검색해보면 된다.

h: 검색도 일이다.

q: 앞으로의 계획은 어떤 것인가.

h: 그건 말해줄 수 없다. 나는 실행력이 약해 지키기 어렵기 때문이다. 계획이라는 게 더러는 화살을 먼저 쏘아놓고 과녁을 그리는 식이다. 닥치는 대로 살면 된다. 함부로 쏜 화살처럼.

q: 그래도 좋은 시 남겨야 하지 않겠나.

h: 그렇다. 나는 이미 인터넷 공간에 충분히 남아 있다. 다른 문예인들처럼. 이젠 문학의 역사가 아니라 인터넷 공간에 저장되는 시대다. 영구보존이다. 요즘은 아무도 문학사 얘기를 하지 않는 것 같다. 과문인가. 문학은 문학사와 대화해야 한다고 배웠는데 이젠 그것도 아닌

것 같다. 시문학파가 누군지 모르고도 시를 쓰는 것 같다. 나의 소망은 다른 말투를 지닌 시인들을 보는 것이다. 부모의 말을 거역하고 고향을 떠나 타관객지를 떠돌면서 이곳저곳의 말투를 몸에 익히면서 성공한 사람이 떠오른다. 좋은 시인의 팔자도 이와 비슷하다. 낯선 말투를 익힌. 이교도 같은.

q: 탕자 이미지군.

h: 당대 사회의 표준어 규정을 어긴 자일 것이다. 1980년대의 황지우, 최승자, 장정일이 그런 예라고 본다. 다른 시대도 이런 생각에 기대어서 판단하게 된다. 전적으로 이기적인 생각이 포함된 거론이다. 1980년대가 시의 시대라고 떠들었는데 지금 보자면 황당하고 속절없다.

q: 하루에 몇 시간 자는가.

h: 대중없다. 시간을 재어봐야겠다. 잠의 밀도는 많이 떨어졌다. 꿈도 많아졌다. 내 꿈을 내가 분석하는 것은 의미 없더라. 정신분석이 자기 분석에는 장애가 되듯이. 현실에서 만나지 못하는 사람을 꿈에서 볼 때는 반갑다. 깨고 나서도 몇 분간은 흐뭇하다. 불수의근 같은 추억들이 주마등처럼 지나간다. 주마등을 본 적은 없다. 그런데 나는 이렇게 쓰고 싶다. 대안이 없다. 이런 게 시가 아닌가.

q: 앞으로 어떤 시를 쓰게 될 것 같은가.

h: 앞으로? 앞? 앞이라는 한글 기표가 시각적으로는 엎드린 자세 같기도 하고 좀 더 멀리 내다보려고 어디에 올라섰다는 느낌도 들고. 글쎄!

q: 글쎄만으로도 충분하다. 시만큼 사람을 속이기 쉬운 것도 없을 것이다. 아니 그런가?

h: 암. 앞의 말은 지워주시게. 더 정확히는 자기를 속이기 좋은 장르라고 생각함.

q: 명망 높은 시인들에 대한 모독적 발언이 아닌가?

h: 시인들에게 얹혀 있는 광휘를 숭상하기 때문에 하는 말이라네. 그럼. 명망이 없거나 약한 시인일수록 더 자기에게 속고 싶은 열망이 강할 것이네. 시가 곧 자아의 거울상이니까. ai가 시 쓰는 날이 오면 적어도 자아로부터 시달리는 현상은 사라진다고 봐야겠지. 이미 우리는 ai인지도 모르겠고.

q: 앞으로 어떤 시를 쓰게 될 것 같은가.

h: 질문을 반복하는군. 혹시 ai 아닌가?

q: 대답이 동문서답 같아서 다시 한번 묻는다.

h: 좋은 시를 쓰고 싶다. 그게 어떤 건지 탐색하는 시쓰기의 여정. 레이먼드 카버의 소설 같은 시도 생각해본다.

q: 그가 시도 썼잖아요. 번역은 안 된 것 같던데.

h: 시적 비유 따위에 기대지 않고 플롯이나 인과성에 연연하지 않는 시. 다 말하면서 아무것도 말하지 않는 시.

q: 카버를 편하게 해석하신 건 아닌가.

h: 해석주의자군. 이론 없이는 한 걸음도 내딛지 못하는 부류가 거기에 속하겠지.

q: 이론이 없다는 것도 이론인데 어쩌면 그게 더 수상한지도 모르겠다.

h: 그렇기도 하겠다. 그 또한 불온성일 것. 세상의 미망으로부터 끊임없이 달아나려는 몸짓, 모르는 사람은 다 수상하잖아. 모르기 때문에 말을 멈추게 되는 순간의 시. 어쨌거나 시는 징징거림이야. 속살거리든 소리치든 다 징징거림인 거지. 물론 격조 있게 징징거리는 시도 있을 테고. 다 헛소리다. 이른바 참소리에 짓눌린 비명이지. 조현병적 징후들이라고 봄. 한국 시문학사가 더 그런 거 아니겠어?

q: 북강릉작가연대가 발족했다고 들었다.

h: 처음 듣네. 화물연대 같은 건가? 왜 작가라는 애매한 말을 쓰는 거야. 시인이면 시인, 소설가면 소설가가 맞지. 아니면 문인 혹은 문예인. 엉뚱한 일 하다가 넥타이 풀어젖히고 칼럼 같은 거 쓰는 사람들의 명함이 작가가 된 세상이잖아. 모자 쓰고. 모자가 작가의 장식물인가.

q: 모자는 세상에 대한 예의라고 말했던 김종삼을 읽었는지도 모르지.

h: 해가 많이 길어졌다.

q: 오늘 저녁 메뉴는 뭔가.

h: 굶을까 하네.

q: 살 빼는 중인가.

h: 하하하.

q: 하하하.

한입에 먹기 좋은 조각문장

*

박세현의 시를 읽지 않았다면 당신은 박세현 독자로 설정 되지 않았다는 뜻이다 (장민옥, 노원구 독자)

*

언어에 속지 않으려는 뻗댐이 시인이겠지.
언어에 속으면 깊이 있다든가 진정성 있다는 소리는 들을 것이고.

*

어디까지나 일반론이지만, 공포소설작가가 진지하게 공포 란 무엇인가를 생각하거나. 유머소설작가가 진지하게 유 머란 무엇인가 생각하기 시작하면 만사가 상당히 바람직하지 않은 방향으로 흘러가는 것 같다면서 무라카미 하루키는 스티븐 킹을 거론했다. 그건 잘 모르겠지만 한국문학사도 하루키 스타일의 일반론을 은근슬쩍 감추고 있는지도 모른다. 이런저런 예외가 있다고 말한다면 그렇구나 하고 넘어가겠다.

*

문학이 해명하지 못하는 것들이 삶에는 여전히 숨겨져 있다. 여러 사람이 문학에 달려드는 이유다.

*

두근거림이 없다면 시도 없다. 시는 근거 없는 두근거림을 언어로 정리하는 작업일 것이다. 작업만 있는 시도 많다. (보르스헤)

*

혼자 절절하면 시일 확률이 크고
별것 없는데 여럿이 모여 있다면 소설이나 에세이일 확률이 높다.

*

만우절이 절 이름 같아서

거기 가서 며칠 엉터리 주지노릇하다가
쫓겨나고 싶은 날
시를 쓴다
헛소리만이 진실에 가까이 다가서는가 보다.

                *

지랄이다 지랄
내 할머니가 살아 있을 때
세상을 정리하던 말이다
철학자의 어록보다 다정하게 울린다
지랄이다 전지랄이야

                *

시는 쓰여지지 않을 때만 움직인다.
시가 잘 쓰여질 때는 조심하자. 망하는 증상이다.
오늘은 시가 잘 되는 날이다.

                *

시를 쓰면서
이게 신가 의심한다
점점 더 그렇지만 개의치 않기로 한다
그건 시의 문제이지 내 문제는 아니다

나는 생각의 끝과 손가락의 끝을 순간적으로 맞추어볼 뿐

오랜만에 내가 종로에 등장한다
오랜만이라는 말을 여러 번 강조하면서
문장을 끝내고 싶다
이제 누구를 존경하거나 누구를 비평하는 일은
조용히 접었다 내 소관이 아니다

종로 3가 지하도 계단에서 모르는 사람이
안다는 듯이 나를 개관하면서 스쳐간다
저를 아세요? 그렇게 입 열고 싶은 생각 끝으로
나를 오래 기다려준 늦봄 한 줄기
몸으로 파고 든다

                    *

오늘 밤 눈보라는 한 권의 책이다.

                    *

문지판 최승자 시집
텅 빈 배처럼이
내게 두 권 있다
어인 일인가

어제는 설날이고
중부지방에 대설주의보가 내렸다

       *

글쓰기의 고통을 과장하지 말자. 대개의 문예인은 고통과
상관없는 단계에서 펜을 놓는다. 근사한 문인들의 신음을
내 것으로 혼동하지 말아야겠다.

       *

지나가는 두 남자의 대화 녹취록.
요즘 일억 없는 사람 어디 있어.
일억이 돈이야?
(일억은 돈이다.)

1928년

1923년에서 1945년까지 조선에서 출간된 창작 총 권수는 154권이다. 22년 동안 154권의 시집만 나온 것이다. 1923년을 비롯한 여러 해에는 2권만이 출간되었고 1928년에는 출간된 창작 시집이 전무했다.

하동호의 한국 근대시집 총림서지 정리 인용.

(박균호, 그래봤자 책, 그래도 책에서 재인용)

'그래서?'라고 해야 할지, '그러나'라고 해야 할지 모르겠다.

창작 시집이 한 권도 인쇄되지 않았다는 일천구백이십팔년이 시의 영도로 기억될지도 모른다. 할 말이 더 있을 것 같은데 떠오르다가 사라진다. 한국문학사에서 위대했던 한 해여, 1928년.

산들바람이여, 감사합니다

모하메드는, 산들바람이 친구 부인의 옷자락을 살짝 날려 준 덕분에 친구 부인의 젖가슴을 훔쳐본 적이 있대요. 모하메드께서는 어떻게 했는지 아세요? 이윤기의 장편소설 하늘의 문 1, 1994년 열린책들, 16페이지 하단이다. 글쎄다. 이 대목을 읽으며 철지난 웃음을 머금는다. 음영이 지워진 웃음.

예수님이라면? 회개하라. 이렇게 말했을까.

부처님이라면? 본 것도 아니고 보지 않은 것도 아니니라.

모하메드께서는, "산들바람이여, 감사합니다"라고 했더란다. 인간적 종교!

교만이면서 편견인

　누구나 그렇듯이 내게도 시를 읽는 기준 같은 게 있는 것 같다. 이렇다 할 것은 아니고 대단한 것도 아니다. 굳이 고백해서 좋을 이유는 더욱이 없다. 거기에는 비난받을 만한 시인의 인격적 장애도 포함되기 때문이다. 그러나 뭐 세상만사 다 그렇지 않은가. 이런저런 인연으로 시인이 보내주는 시집은 잘 읽게 되지 않는다. 시집을 친분으로 읽어야 한다는 것은 힘든 일이다. 독자의 비평적 안목이 공정하게 작동하기 어렵다. 그런 시집에 대한 코멘트는 시집 잘 봤습니다. '축하합니다. 건필하세요'와 같은 말이 고작이다. 아니 최대한이다. 시인에게는 미안한 노릇이다. 이런 자리에서 죄송함을 고백한다. 너무 서운해하지 않으시기를. 내 시집도 거기가 거기일 테니까요. 갑자기 많이 팔리는 시집은 읽지 않는다. 어쨌든. 시집이 시장에서 3쇄, 4쇄를 이어간다는 것은 수상한 일이다. 그런 시집은 '독서대중의 취향?'을 꿰고 있기 때문이다. 그것은 시의 본적과는 관계없는 일이다. 시는 독자의 취향을 저격하려고 쓰는 게 아니다. 그 반대가 시의 길이다. 모두들 '좋아요'라고 할 때 '뭐가요?'라고 고개를 들고 의심하는 시가 아니라면 그건 다 수상하다. 문학평론가들의 상찬 속에 진한 문학성을 포함한 시집이 잘 팔리는 것도 수상하기는 마찬가지다. 알고 보면 그런 시집도 문학성이라는 포장과 문학평론가나 출판 마케팅의 메커니즘에 얹혀 소비되면서 독자에게는 '이런 것이 좋은 시야'라는 세뇌를 담당한다. 그게 옳은 일인가? 이게 심술스럽게 들린다면 그 책임은 이 글에 있다. 오해가 없었으면 좋겠다. 나는 시집이 많이 팔리고 시인들도 그런 기회를 통해 시를 쓰는 일말의 보람을 얻기를 바란다. 내 시집도 빠지지 않기를 바라기도 한다. 다만, 시의 본질이 시장과 안 맞는 데서 출발한다는 점을 나에게 다짐하는 셈이다. 시와 팔린다는 시장용어는 잘못 만난 인연인지도 모른다. 평생 아웅다웅하는 부부처럼. 이런저런 이유로 서가에 꽂혀 있는 시집에는 더 이상 손이 가지 않는다. 대개 20세기를 가로지른 시집들이다. 저 시집들은 나에게 거듭읽기의 리비도를 자극하지 않는다. 한때 또는 한번 읽으면서 독서가 종료된 시집들이다. 나와 동년배 시인들의 시집은 더 그렇다. 이른바 1980년대 시인들이 그 중심에 있다. 같은 시대를 살았다는 동질감보다 멀게 느껴지는 이 물감이 느껴진다. 더 설명은 하지 않겠다. 이렇게 쓰다 보니 읽고 싶은 시집은 몇 남지 않는다. 그 많은 시인과 시집들이 만들어놓은 문학사의 공백이 보일 때가 있다. 많은 선배시인과 동료시인들이 다다르지 못한 시의 여백이 보인다. 시인은 언어조작을 통해 그 공백에 이르려는 야심찬 존재들이다. 항상 실패하지만 시인들은 그 실패의 여정을 포기하지 못한다. 지금은 시쓰기가 종료되었거나 시에서 이탈한 시인들의 시집 뒷표지를 보면서 오히려 진한 시적 울림을 느낄 때도 있다. 내가 시집을 읽는 기준 같은 것에 대해 떠들었지만 쓸쓸한 교만이자 편견이다. 그러나 나는 여전히 누군가의 시집을 기다린다. 설레고 싶고, 놀라고 싶고, 본질적으로 나의 세계를 전도시키는 그런 시집을 기다린다. 물론 하나의 꿈이다.

시작 노트 5

그분 시가 잘 안 보인다고 했더니 친구는 이제 다 쓰지 않았겠냐고 되물었다. 나는 고개를 끄덕거리며 침묵으로 대답했다. 하긴, 연세가 있으니까. 시인이 시를 쓸 수 있는 정년은 어딘가? 자판에서 손을 떼는 순간이 정년이겠지. 시를 다 썼다는 말을 새겨본다. 시인이 자기 시를 더 쓰지 못하는 데는 여러 이유가 있다. 비근하게는 쓸거리의 원천이 바닥났을 수도 있고, 손에 힘이 빠졌을 수도 있다. 대개 이 어간에서 시업은 중단된다. 요절이나 납북, 월북 등으로 쓰기가 중단된 경우는 여기에 해당되지 않는다. 시쓰기는 끝이 있는가. 마른 수건 짜듯이 억지로 쓰면서 현상을 유지할 수도 있고, 그식이 장식인 채로 자기 복제를 할 수도 있다. 그것도 시인을 유지하는 여러 형태 가운데 하나다. 이 모든 이유들을 통틀어서 다 썼다고 선언할 수도 있을 것이다. 실제로 그렇게 말하는 시인들이 없는 건 아니다. 이제 더 쓸 게 없어. 한 얘기 또 하기는 싫고 그렇게 말하면서 자신의 시업을 접는 방법도 있겠다. 나는 좀 다르게 말하겠다. 내가 생각하는 시는 인간으로서 각자가 자각하고 견디는 증상이다. 증상은 숨이 붙어 있는 한 잦아들지 않는 욕망이다. 그것은 언어에 담기지 못한 차액 때문에 생기는 결핍이다. 언제나 남아도는 잔여와 결핍으로 인해 발생하는 욕망을 메우기 위해 시를 쓴다. 내가 시를 쓰게 되는 동인이기도 하다. 시를 잘 쓰려고 한다든가 시집을 많이 내고 싶다든가 하는 욕망은 소외된 욕망이다. 시를 인정하면서 동시에 시를 부정하는 싸움을 통해 만나게 되는 시쓰기는 끝나지 않는다. 한 편의 시를 쓰고 나면 시에 담기지 못한 잔여가 남아돈다. 그러니까 쓰여진 시가 아니라 쓰여지지 못한 그 잔여를 언어에 담기 위한 욕망이 나의 시쓰기가 아닌가 더듬어본다.

그대 아직도 놀고 있는가

나도 남들처럼 누구집 아들로 태어났고, 장남이었고, 외아들이었다. 별 다를 게 없다. 아래로 여동생 셋이 주루룩 있었고, 공무원이었던 아버지 덕분으로 그럭저럭 살았다. 집안에 수영장이나 피아노가 있었을 리는 없다. 아버지가 듣는 소형 트렌지스터에서 어린이 방송을 들었고, 소년한 국일보를 구독했고, 세대와 지방행정 같은 잡지를 읽었다. 앞의 두 잡지는 공무원들에게 강매했던 것 같다. 아버지가 그 책을 보는 일은 없었고, 대신 내가 거기 실린 시와 소설들을 읽으며 성장했다. 최연홍이라는 시인의 시를 읽은 기억도 있다. 그분은 그 당시 미국에 거주했던 것 같다. 정확한 것은 아니다. 세대에서는 좋은 소설이 많이 실렸다. 특히 조선작의 지사총은 오래 기억에 남는 소설이다. 이 소설은 말하자면 패자부활전에서 되살아난 작품이다. 신춘문예 최종심에서 낙선한 소설 중에서 선택된 소설이다. 이런 기획이 없었다면 영자의 전성시대와 같은 소설을 읽을 기회가 없었을지도 모르겠다.

내가 하려는 얘기는 이런 얘기는 아니다. 나는 그저 범상한 환경에서 범상하게 자랐다는 정도의 얘기다. 그렇지만 한 가지는 말해두고 싶다. 나는 어려서부터 잘 하는 일이 없으면서도 칭찬과 존중 속에서 자랐다. 할머니, 어머니, 고모, 이웃들 사이에서 그런 좀 과한 대우를 받았다. 왜 그랬는지는 그리 중요하지 않다. 상스러운 말이나 태도도 본 적 없었다. 좋게 보면 대우 속에 자랐고 달리 보면 온실 속에서 세상 모르고 살았던 것이다. 내가 자란 시대나 동네가 특별히 교양적인 것은 아니다. 도리어 그런 세례로부터 먼 곳이다. 친구집에 가보면 친구들은 어머니로부터 늘상 욕을 먹고 있었다. 욕 들을 만한 일보다 친구 어머니 입에서 나오는 일상적 욕에 나는 놀라곤 했다. 새끼, 종자, 간나 (는 영동지역에서 주로 여자에게 쓰는 비칭으로 최고의 욕설이다. 함경도 지방과는 쓰임이 다르다. 새끼가 욕이면서 동시에 애정의 표시로 쓰이기도 하듯이 간나도 그렇다) 등의 상스러운 말을 일상으로 들었다.

초등학교 고학년에 올라갔을 때 동네에 사는 어떤 여학생이 대화 중에 나에게 툭 던진 말. 이 새끼 놀고 있네. 그때 놀랐던 가슴은 지금도 황망스럽다. 그 말이 내게서 온전히 수습되지 못하고 남아돈다. 얼얼한 그 자리. 가끔 가슴이 쿵덕거릴 때는 그날의 저 말이 지나간다. 그대 아직도 놀고 있는가. 지금 그 간나들은 어떻게 놀고 있는지.

시작 노트 6

　포장지 뜯는 재미로 책을 주문하는 시인도 있다.

　구입한 줄 모르고 또 주문하는 경우도 있다. 나의 시쓰기
도 이와 비슷하다. 시를 쓰는 순간의 긴장감이 좋다. 한번
도 가보지 않은 낯선 곳을 지나가는 느낌이다. 그것으로
됐다. 더 바랄 게 없다. 갔던 길 다시 갈 때도 있지만 알고
보면 그 길도 처음 가는 길이다. 가보았다고 하더라도 다시
갈 수 없는 길. 문자와 어깨동무하고 갔던 길에서 문자만
뚝 떼어버리고 돌아오는 길. 나보다 먼저 돌아와 문 앞에
서 있는 저 언어의 밀정들.

시작 노트 7

제프 다이어의 책이 다시 나왔다. 그러나 아름다운, 지속의 순간들, 인간과 사진이 아예 3종 세트로 묶여졌다. 그러나 아름다운은 소설가 한유주가 번역했는데 절판되어 번역자도 바뀌었다. 재즈 애호가 황덕호가 번역을 맡았다. 손이 또 간다. 황의 책은 내 책상에 여러 권 있다. 재즈에 관한 한 나의 첫 책이다. 그 남자의 재즈일기는 황씨도 다시 쓸 수 없는 책이다. 재즈일기를 쓰던 시절로 돌아갈 수 없을 테니까. 나도 재즈일기를 읽던 날들의 늦은 열기를 되살려낼 방법은 없다. 아무튼 제프 다이어를 다시 읽고 싶다는 생각이 뭉클 떠오른 날이다. 그의 장편 내가 널 파리에서 사랑했을 때도. 사랑과는 무관한 나이지만 소설은 소설이다. 남한에도 이렇게 구매 버튼을 누르고 싶은 소설가가 있기를 바란다. 소설은 아니 문학은 철학이 그러한 것처럼 질문하는 형식이다. 지나간 생각인가?

시작 노트 8

　자크 라캉이 택시를 타려고 길에 나섰다. 69세. 전동자전거를 타고 가던 젊은 여자가 라캉을 알아보고 묻는다. 세미나 언제 해요? 어디서 하나요? 예의는 좀 없다. 알게 될 겁니다. 라캉은 그렇게 대답했다고 한다. 써놓고도 내가 왜 이 말을 다시 옮기는지 모르겠다. 사람은 각자의 내면에 자신만의 초과분을 가지고 있다. 저 예절 부족한 여자처럼, 퉁명스레 대꾸하는 라캉노인처럼 말이다. 시인에게 흘러넘친 삶의 초과분이 그의 시일 것이다. 시를 읽는 일 역시 누군가의 초과분을 읽는 일이 된다. 살며 사랑하며, 살며 헤어지며, 살며 헛짓하며, 살며 쓰라리며, 살며 덧없으며, 살며 더 만져지지 않는, 살며 더 이상 언어로 환원되지 못하는.

E형에게

E형,

잘 지내시나요?

이래저래 만나지 못하고 지나가는 날이 길어지고 있습니다. 어제 서울에 와서 보내주신 근작시집을 받았습니다. 요즘은 강릉을 오가며 살고 있습니다. 이런 무소속의 생활도 나쁘지 않군요.

E형은 쓰는 일과 읽는 일이 잘 돌아가는지 궁금합니다. 시집을 읽으면 좀 알게 되겠지요. 저는 그저 그렇습니다. 내 책상 위에도 읽어주십사 하고 대기 중인 시집이 몇 권 있습니다. 과연 내가 저 시집들을 읽게 될까요? 장담하기 어렵군요. 당최 글맛이 당기지 않습니다. "나그네 국맛 없자 주인집에 장 떨어진다"는 속담은 지금의 나에게도 맞춤

한 리얼리즘입니다. 피가 식는 소리가 들립니다.

사정이 이러하니 E형의 시집도 곰곰이 씹어 읽기 어려울 거라는 변명입니다. 서운해하지 마십시오. 내 시집도 누군 가의 책상 위에서 고요히 쌓여 있을 겁니다. 치워야 할 목록에 잡혀 있기 십상이겠지요. 이러한 실상이 허망하다든 가 안타깝다는 푸념을 늘어놓을 생각은 없습니다. 전혀. 그보다는 이러한 시절이야말로 나의 시가 눈떠야 할 때가 아닌가 돌아봅니다. 충분히 살아봤지만 시는 여전히 오리무중입니다. 삶은 충분해서가 아니라 불충분할수록 삶이 삶다워지는 게 아닐까 싶습니다만.

E형,

우리 세대, 그러니까 1950년대에 출생하여 1980년대를 주무대로 활약했던 시인들은 거의 문학현장에서 철수한 것 같습니다. 정확한 데이터는 없습니다. 그저 감으로 그렇 게 생각하게 됩니다. 우리 쪽 영업도 10년만 지나면 누가 누군지 모르게 흘러갑니다. 잠깐 사이에 라떼가 되고 흘러 간 노래가 되는 거지요. 이것 역시 세월작용이니 탓할 일은 아닐 겁니다. 나의 문학작업이 거리에서 좌판을 놓고 앉아 있는 난전 같습니다. 종일 앉아 있다가 개시도 못하고 일어 서는 잡상인 같다는 말씀이지요. 이렇게 말하면 비하가 지 나치다고 말할지도 모르겠습니다. E형마저 그렇게 생각할 겁니다. 내 생각을 수정할 의사는 없습니다. 그것은 문학에 대한 비하도 아니고 나 자신에 대한 비하는 더 아닙니다. 당면하고 있는 현실에 대한 직관일 뿐입니다. 그것을 그것이라 말하는 그것입니다.

E형의 시집을 받아놓고 딴소리를 지껄이고 있습니다.

반가움을 표현하는 촌스러운 방식이라 여겨주십시오. 이제 내게 쓰는 일은 존재를 견디는 방식입니다. 청중과 상관없이 노래하면서 자신의 균형감각을 찾아가는 버스커의 영업방식을 받아들이겠습니다. 우리가 알던 시의 전형 혹은 시의 꿈은 시들해졌습니다. 그래도 설득되지 않는 그 무엇으로 인해 나는 여전히 노트북 자판을 두드리고 있을 겁니다. 그것이 시만은 아닌 줄 알면서도 저물어가는 이 골목길을 서성거릴 겁니다.

언제, 문득 얼굴이나 보시지요.

서촌을 좋아하시는 E형이니 그쪽에서 봐도 좋겠습니다. 한참되었지만 재즈공연을 하는 조그만 카페가 있는데 거기를 가 봐도 좋을 겁니다. 그 카페가 지금도 생존하고 있다는 보장이 없군요. 그 장소가 없어졌다면 그 옆 어디 적당한 곳에서요. 이만 줄입니다.

백기완이 없는 거리에서

『백기완이 없는 거리에서』

'백기완과 나'라는 부제가 달린 걸 보면 백기완에 대한 회고담을 묶은 책인 것 같다. 읽기 전이다.

나는 백기완을 괜히 좋아한다. 쓸데없는 일인 줄 알면서도 그러하다. 그의 봉두난발이 좋고, 시위 현장에 앉아 있는 일관성이 좋다. 대통령 선거에도 출마하는 행보와 그의 화법도 좋아한다. 언젠가 백선생이 젊은이들을 앉혀놓고 강연을 하다가 벌떡 일어서며 뒤집어엎어야 한다고 고함을 쳤다. 동시에 두 손으로 강연용 탁자를 엎으려고 했는데 탁자는 꿈쩍도 하지 않아 그냥 주저앉는 선생을 보았다. 탁자는 바닥에 단단히 고정시켜 놓은 모양이다.

그의 평생 주제가 뒤집어엎어야 한다는 일념이 아니었을까. 그것을 일종의 낭만성으로 수용하고 있는 나의 관점이 골방의 유치찬란한 생각이라고 지적한다면 즉각 받아들이겠다. 그러나 고쳐지지는 않을 것이다. 선생의 이루지 못한, 이루어질 수 없는 꿈을 지지하고 동경한다. 그것은 송두리째 꿈이기 때문이다.

종로통에서 집회 중 잠시 쉬고 있는 선생을 가까이선 본 적 있었다. 그때 그의 자화상은 한참 외로워보였다. 그걸 꼬집어 딱히 뭐라고 형용하기는 어렵다. 집회에 대한 회의는 아니고 오히려 과도한 확신이 그를 더 외롭혔는지도 모른다. 선생만이 홀로 삼키는 어떤 감회이자 그 자신도 모르는 순간적인 어떤 도도한 정신적 흐름일 거라고 짐작해본다. 내가 꼭 이래야 하나와 같은 혹은 그 근처 어디쯤.

이런 글을 굳이 써야 하나.
그러면서 이 글을 쓰고 있는 나의 처지는 백기완 선생의 차원과 사색이 근본적으로 같지 못하다. 이모티콘을 사용하고 싶은데 적당한 게 떠오르지 않는다. '꿈은 이루어지지 않는다'에 통째로 대응하는 이모티콘은 없는가.

봄날 메모

요새 새삼스레 읽은 책 두어 권.

김춘수, 사색사화집

김영태, 장판지 위에 사이다 두 병

둘 다 2002년에 인쇄되었고

김춘수 것은 검색에서 절판으로 뜬다. 왠지 안심.

둘 다 시선집.

김춘수가 김소월로부터 시작하는 데 비해, 김영태는 당대의 시들을 자기 식으로 읽은 것. 김춘수가 시론적 엄격함으로 시를 읽는 데 반해 교과서식 해설을 경멸하는 김영태는 특유의 곁멋 든 눈으로 시를 읽어낸다. 둘 다 고급한 수준이다.

두 시선을 보면서 한국시는 김종삼, 김춘수, 김수영에서 마감되었고, 미련으로 한 칸 더 내리면, 김영태, 황동규, 정현종, 오규원, 이승훈 정도로 충분하다는 생각. (급히 적느라 명단에 빠진 시인이 있을 것인데 아마도 그는 더 중요한 시인일 것이다.) 두 저자의 덜 공정한 잣대로 선택된 시인도 눈에 띄는데 그런 대목은 건너뛰고 누락된 시인을 독자가 손수 끼워넣으면서 읽는 재미도 있다. 예컨대, 평균율 동인 황동규는 김영태 선집에 들어 있지 않다. 어쨌든.

그럼 그 이후는? 모르겠다.

이렇게는 말할 수 있다. 시의 공적 전망이 소멸되고 중공발 우한 폐렴 대응처럼 각자도생의 글쓰기로 전환된 것. 각자의 징징거림. 시골무사의 눈으로 보자면 무의식의 오작동이거나 의식의 삑사리 같은 것. 업그레이드 안 된 구형의 지도를 버리고 각자 눈앞의 벽을 뚫고 나가면서 헤매는 수밖에 다른 수는 없다. 각자각자.

가만 있으면 되는데
자꾸만 뭘 그렇게 쏠라 그래 (장기하)

2부 인터뷰들

시에 대해 말하지만 시는 아닌

이 대화록을 착수하는 날 비가 왔다. 참한 가을비다.[1)]
조용한 가운데 빗소리듣기모임도 소집되었다.

▷그러니까 시에 대한 자신의 입장을 개진할 생각인가요?
◀그렇습니다. 그렇지만 두 가지를 먼저 전제하겠습니다.
사실 나는 시에 대한 이렇다 할 입장이라는 게 없는 사람입

---

1) 이 대담은 시집의 뒤에 흔히 실리는 해설 류의 자리를
대체하려고 작성된다. 서술의 평면성을 줄여 보려고 대화
형식을 사용했으며, 눈치 빠른 사람은 눈치 채게 되겠지만
질문자와 응답자는 둘이 아니다. 이 대화는 객관성을 유지
하기 어렵기에 저자의 생각이 여과 없이 발설될 수도 있다.
글이 아니라 말이 가지는 유연성과 기민성이 변증법적으
로 드러난다고 짐작되어 기꺼이 이 작업에 착수했다.

니다. 또 누군가를 향해 주장하거나 계몽하려는 생각도 없습니다. 내가 화자이자 청자가 된다는 말이지요.

▷마이크를 들고 사람들 앞에서 자신의 생각을 피력하는 것은 반대다 그런 말인가요?

◀오해의 소지가 있는데, 다른 사람까지는 모르겠고 내가 이런 생각을 견지하고 있다는 말입니다.

▷나나 잘 하세요. 그런 말로 들립니다만.

◀과하지만 그럴 수도 있겠네요. 내 말은 나의 증상일 뿐이라는 뜻이지요.

▷그러면 혼자 쓰고 혼자 읽으면 그만이지 인쇄까지 할 필요가 있나요?

◀동의합니다. 그런데 쓴다는 행위 그 자체가 불가피한 증상이고, 이 증상은 문자를 통해서만 해소될 수 있다고 보거든요. 즉 글쓰기는 인쇄라는 말을 나는 믿습니다. 이게 또 글쓰기의 본능입니다. 참아지지 않고 참을 수 없는 욕망. 그것을 극복하면 그것은 도사의 길이지요. 이게 쓰는 사람의 운명이잖아요. 레종 데트르도 비슷한 개념일 겁니다.

▷처음부터 심각한 게 아닌가요? 아니면 입에 너무 힘을 준 거 같은데요.

◀그렇소. 가진 게 없을 때 있는 척 하기 위해 말을 부풀릴 수도 있는데 지금이 그런 순간이군요. 나는 내 생각을 하고 있습니다. 시를 가지고 누구를 설득할 만한 재주를 가진

사람이 아닙니다.

▷쓴 사람을 벗어나서 소통의 범위가 넓으면 넓을수록 좋은 거 아닌가요? 또 문학이 본래 그런 희망을 가지고 있다고 생각하는데요?

◀역시 그렇소. 간단히 말해 읽어주는 사람이 많고, 공감해주는 독자가 많으면 좋을 것입니다. 모든 시나 소설의 잠재적 소망이겠지요. 내 글 좀 읽어주오. 그 점을 모르는 척 전면 부인하려는 게 아닙니다. 나도 시를 쓰고 시집을 묶어서 인쇄하는 부류이기에 팔려서 인세도 받고, 출판사의 수익 구조가 좋아지는 걸 반대하지 않습니다. 그렇지만 그 소망이 무망하다는 걸 잘 압니다. 이 대목에 대한 생각은 많이 복잡합니다. 길게 얘기하자면 견적이 커지지요. 무책임한 말이지만 나는 그래서 내 시만 쓸 뿐이오. 시집을 찍어주는 출판사에 고맙지만 늘 미안하지요. 미안하지만 늘 고맙지요.

▷뻔뻔스럽다는 생각은 하지 않으시나요?

◀거, 무슨 말인가요?

▷읽어주는 사람 없고, 사회적 기여도 없는 책을 펴낸다는 사실.

◀음(이건 가벼운 신음이자 깊은 탄식)
그렇지요. 뻔뻔하지요. 근데 쓴다는 행위 자체가 뻔뻔하지 않고는 가능하지 않은 겁니다. 내가 나를 봐도 그렇고.

특히 일인칭 문학인 시라는 장르는 두말하면 입이 아프겠지요. 시는 어떻게 이론적 분칠을 해도 자기 고백 아니던가요.[2]

▷자기 만족이라는 말이 되네요.

◀자기 만족이라는 사자성어 안에 숨어 있는 두 글자. 기만. 자기만족은 자기 기만이지요. 시가 그렇지요. 조금씩 아니 온몸으로.

▷이 말씀은 어디선가 했던 말 같은데요?

◀그런가요? 아마 그럴 겁니다. 한 얘기 또 하는 거지요. 양해를 구합시다. 나는 언제나 새로운 시를 쓰지는 못합니다. 썼던 시 다시 쓰곤 하지요. 그렇듯이 시와 관련된 내 생각도 늘 새롭게 창안되지는 못합니다. 어디선가 했던 말

---

2) 고백이라는 용어를 더 세속적으로 끌어내려서 생각하면 징징거림이 될 겁니다. 시를 나는 각자의 징징거림이라 봅니다. 어이없다고 반대하는 사람도 많을 겁니다. 김소월은 '나 보기가 역겨워 가실 때'를 상정하며, 한용운은 '님은 갔다'며, 서정주는 '국화 옆에서', 이상은 '13인의 아해가 도로를 달린다'며, 김수영은 '풀이 눕는다'고 썼습니다. 그것은 모두 각자의 징징거림입니다. 징징거림은 시의 본능이자 증상입니다. 참아지지 않는, 더 이상 참을 수 없는 사유와 정서의 어떤 극점들입니다.

을 처음인 듯이 반복하는 거지요. 이 대목은 나를 이해하는 데 중요합니다(굳이 이해씩 할 필요는 없겠지만). 농구 선수 마이클 조던이 생각납니다. 그 사람은 아무도 없는 곳에서 몸을 푸는 연습 경기를 할 때도 최선을 다한다고 합니다. 몸을 아껴야지 뭘 그리 열나게 뛰냐고 하면 조던은 이렇게 말한 답니다. 나를 처음 보는 사람도 있을 수 있기에 열심히 하지 않을 수 없다고 말입니다. 세계적인 마선수의 자존심을 빌어서 말한다면 나는, 나도 늘 최선을 다해야 합니다. 무슨 말인가 하면 내게는 독자라 이를 만한 수용자가 없기 때문에 언제, 어디서 누가 읽어도 그 대목은 처음으로 읽혀지는 것이라 단정합니다. 그래서인데 다소 교활하지만 작전상 비슷비슷한 시를 여러 시집에 집어넣습니다. 내 시를 처음 접하는 독자를 위한 서비스인 셈이지요. 내 말이 용납되시나요? 이건 옳고 그름의 문제나 작가의 윤리와도 다른 문제일 겁니다.

▷눈 밝은 독자가 있어 '시인님, 먼젓번 시집에도 비슷한 시가 있던데요.'라고 지적하면 뭐라고 하실 건데요?

◀운이 좋다고 해야 할지 나쁘다고 해야 할지 모르겠는데 그래도 그런 독자와 마주친다면 나만의 논리를 펼쳐야겠지요. 그런 날이 있기를! 지금까지 한 말은 모두 내 얘기요. 나에게만 한정됩니다. 1인용 시만 써왔다는 측면에서 보편성이 소거된 얘깁니다. 정말 **뻔뻔한** 노릇이지요.

비 그친 오후에 금계국 가득한 당현천을 걸었다. 1인용 시에 대해 생각하면서 걸었다. 답은 없다. 좀 더 촘촘하게 걸었다. 금계국처럼 환한 여자가 자전거를 타고 지나간다.

▷1인용 자기 만족 내지는 자기 기만의 시를 쓰는 처지에서 상상하는 바람직한 독자상 같은 것이 있는지요?
◁어려운 질문입니다. 누구를 위해 쓰는가? 소설도 아니고 시라는 점에서 내가 원하는 독자는 바로 나다. 나를 설득해야 한다고 보지요. 내가 이상적인 독자는 아니지만 그렇게 생각하고 씁니다. 가을밤에 불을 밝히고 시를 읽는 독자가 있을까? 새벽에 일어나 커피를 마시고 또 시집을 읽는 독자가 있을까? 가방에 시집을 넣고 전철에서 읽는 독자가 있을까? 시를 읽으면서 설레는 독자가 있을까? 그것도 내 시만 찾아서 읽는 독자가 있을까? 내 시집을 구매했는데 모르고 한번 더 구매하는 독자는 없을까? 이런 독자를 상상하면서 시를 쓸 수는 없을까?
▷그런 독자가 아주 없지는 않겠지요. 다만, 그 독자가 박세현 씨 독자일 가능성이 희박하다는 정도겠지요. 말의 바른 의미에서 보자면 박세현의 시에는 독자가 스밀 수 있는 시적 공간 즉 여지가 없어 보입니다. 독자가 읽고 '재밌네' '이런 시도 있구나' 하면서 지나갈 수는 있을지 몰라도 그 시 속으로 들어가보고 싶은 욕망을 부추길 여지는 적다고

봅니다. 내 생각이기는 하지만요.

◀전적으로 동의하는 건 아니지만 대체로 그렇소이다. 좋은 지적이오. 그게 내 시의 안타까움일 것이지만 나도 어쩌지 못하고 있소. 그렇다고 창법을 바꿀 수도 없고, 쉽사리 바뀌어지는 것도 아니고 말입니다. 호객3)을 위한 시는 내게 덜 맞습니다.

▷단정적인 자기 변명 아닌가요? 그런다고 달라질 것도

---

3) ▷왜 이 말을 선택했는지 모르겠습니다. 읽는 이들의 반발을 살 수도 있겠어요. 맥락에 꼭 부합되지는 않아도 처음의 내 생각이 그렇게 가 꽂혔다는 점을 존중해서 수정하지 않고 둡니다. 단지, 시는 아니 모든 시가 지면에 발표되는 동기는 호의나 악의를 넘어서 그것은 호객으로 불려도 그리 어긋한 말만은 아니라고 봅니다.

◀노골적인 상업시를 시를 염두에 둔 생각일 겁니다. 이젠 뭐 그런 건 문제삼지 않는 시대이지요. 그냥 대놓고 팔아먹자는 시대가 도래했잖아요. 도덕성이나 윤리적 잣대 같은 중추는 사라졌어요.

▷각주 마을까지 좇아오셨군요. 그럴 생각은 아니었는데 그렇게 들릴 수도 있겠군요. 우리가 사는 동네가 장마당인데 그렇게 말했다고 굳이 폄의 뜻으로 수용할 필요가 있을까요? 사실은 나도 호객을 하지요. 호객의 효율성이 촌스럽다는 게 문제겠지요.

없을 터인데요.

◀독자 얘기는 그만 합시다. 분명한 것은 하나 있습니다.

▷뭔가요?

◀내 시를 커피 한 잔 대접하듯이 아무에게나 읽으라고 줄 수 없다는 자괴감입니다. 텃밭에서 내가 직접 가꾼 거라고 줄 수 있는 채소나 과일 같은 것이 아니지요, 시는. 더 간단히 말해 가족에게도 보여주기 낯 뜨겁습니다. 시는 워낙 뜨거운 물건이라는 말도 되는 순간이군요. 다른 시인들은 어떤지 모르겠습니다만. 그러니 무슨 독자 운운하는 게 좀 아니 많이 우스운 일 아니겠소? 거 왜 인사치레로 듣는 말 있지 않아요. 좋네요. 역시 시인은 달라. 뭔지는 모르지만. 이런 영혼이 달아난 말을 듣고 나면 등골이 서늘해집디다. 시를 향한 의지가 삭감되는 순간입니다.

▷그러니 좀 잘 쓰시지.

◀잘이요?

▷네.

◀좀 허황되게 말해볼까요?

▷그러세요.

◀개똥철학인데 시를 잘 쓴다는 것이 무엇인가를 탐구하는 일이 시쓰기의 전부라고 생각합니다.

▷멋있는데요. 답이야 뻔하지 않나요? 잘 쓰면 끝나는 일이잖아요. 잘.

◀잘 쓴다. 좋지요. 그러나 잘 쓴다는 말은 앞뒤 없이 반성되어야 할 개념이오. 생각해봅시다. 그쪽이 생각하는 잘 쓴 시는 어떤 시요?

▷그야 뭐 우선, 잘 읽히고, 내용이 신선하고, 이미지와 비유도 새롭고, 가끔 읽어보고 싶고, 페이스북에 올려놓고 싶고 대충 이런 시들을 우리는 잘 썼다고 하지 않나요. 더 나아가 일반 독자는 무슨 말인지 모르지만 업계 관계자들이 붙어서 입을 대는 시들이 좋은 시라고 보지요. 게다가 일반 독자와는 관계없지만 문학상금을 수령한 시들도 여기에 포함되어야 할 겁니다. 대개의 독자층은 이 부근에 있으니까요. 이건 엄연한 현실입니다. 이런 대목을 외면하면 따가 되거나 대단한 시인이 될 개연성이 있습니다. 살아생전에 조명받을 기회가 오지 않으리라는 야속한 전제는 있겠지요.4)

---

4) 문학이 답을 구할 수 없는 질문을 던지는 행위, 인간과 세계의 근원적인 수수께끼에 대한 물음이라는 말에 동의할 수 없다. 이건 일종의 수사고 이런 수사로 얻는 건 대략 두 가지인 것 같다.

  1. 교수직
  2. 베스트셀러

둘 모두 얻지 못한 자는 작은 그룹에서 구루 역할을 하면서

◀반대할 생각은 없습니다. 그게 우리 업계가 합의하고 있는 문학적 상식일 겁니다. 그렇지만 잘 쓴 시는 그렇지만 앞에 있는 업계의 관행에 저항해야 합니다. 나는 그런 영역에 있는 시가 잘 쓴 시라는 대접을 받아야 한다고 봅니다. 그런 잣대를 들이대면 잘 쓴 시는 찾기 어려울 겁니다. 잘 쓴 시처럼 보이는 시는 많겠지요. 잘 쓴 시와 좋은 시는 동궤에 서는 개념일 겁니다. 잘 쓴 시가 다소 작시법적 측면이 강조되는 반면에 좋은 시는 잘 쓴 시가 성취하고 있는 시적 품성 같은 걸 포함할 겁니다. 그러나 이런 분별은 의미 없을 겁니다. 잘 쓰지 않고는 좋은 시가 될 수 없잖아요. 아무튼지간에 한국 문단이 설정하고 있는 잘 쓴 시의 잣대들이 관습에 젖어 있다고 봅니다. 사태가 이러하므로 잘 썼다고 여겨지는 '나쁘지 않은 시'들이 출렁대고 있다고 나는 이해합니다.

여기까지 작성하고 쉬는데 올해 노벨문학상 기사가 뜬다. 탄자니아 소설가 압둘라자크 구르나(1948년생). 동아프리카의 소설가. 젠체하는 국내

자위한다. 미래의 독자들을 기다리며……
죽고 난 뒤에 답(명예+독자)을 얻길 기다리며…….
그러면 나는 왜 글을 쓸까? (정지돈, 『야간 경비원의 일기』, 43쪽)

독자들도 금시초문. 듣보잡이 신선하다. 한국에는 번역된 소설이 한 권도 없다고 한다. 구르나가 소설을 영어로 썼다는 것도 강점. 영어로 시를 써야 하나. 번역된 시를 읽으며 쏙쏙 이해가 되는 시는 수상하다. 번역으로 상실되는 게 없다면 그건 시가 아니라 공문서 아닌가. 아무튼, 검은색 깊게 가라앉은 탄자니아 커피를 마셔야겠다.

얘기가 길어지지만 끝까지 해보렵니다. 잘 쓴 시니 좋은 시니 하는 문학적 기준은 무엇일까요? 그리고 그건 누가 설정한 겁니까? 좋은 시의 기준은 시학이니 시론이니 하는 것들을 전범으로 삼을 것입니다. 그보다는 그런 것을 통해 시의 문법을 익힌 업계의 관련자들 이른바 선생님들이 그어놓은 선이 아니겠습니까? 이게 왜 좋은 시입니까? 그렇게 물으면 그건 동서고금의 시론들이 다 합의하고 있는 상식이다. 이렇게 말하면서 질문자를 제압합니다. 새롭다느니 창의적이라느니 하는 문학적 찬사는 과거의 시론들의 범주 안에서의 판단입니다. 정말 새롭던가요? 정말 창의적이던가요? 그렇게 재단하는 선생님들의 시선은 정말 새롭고 창의적인 시를 볼 수 있는 안목이 있다고 봅니까? 나는 그렇게 생각하지 않습니다. 이렇게 말하면 말하고 있는 내가 매우 안티한 사람으로 보여질 겁니다. 이 사람 왜 이래. 이런 사람인 줄 몰랐는데. 이렇게 생각들 하실 겁니다. 차분히 생각합시다. 내가 지금 과한 질문을 하는 겁니까? 나는 아니라고 봅니다. 나야말로 꽤나 고리타분한 생각을 다소 격앙된 톤으로 떠들어대고 있는 겁니다. 길게 말하다 보니 어디까지 말했는지 말머리를 잠시 놓쳤습니다. 이해해주세요. 말이라는 게 그렇잖아요. 간단히 말해서 좋은 시 즉 새로운 시라는 판단은 좋은 시라는 개념을 선취하고 있는 문학적 기득권의 전유입니다.[5] 좋은 시는 바로 이 대목을 고민해야 합니다.

좋은 시니 잘 쓴 시니 하는 개념들 자체를 통째로 의심해야 한다는 말입니다. 이런 관점에 의지하면 실제로 좋은 시는 매우 드물다는 결론에 이릅니다. 좋은 시가 있는 게 아니라

---

[5] 종합편성 티비에서 '새가수'라는 프로그램을 봤습니다. 70년대 이후 말하자면 지나간 노래를 2021년대 자기 개성으로 다시 부르는 오디션 프로그램이었지요. 기성 가수로 활동하고 있는 신인급 가수들이 과거의 노래를 다들 나름으로 잘 불렀습니다. 심사위원석에 앉아 그들의 노래를 들으며 심사하는 심사자의 면면은 나름 한 시대를 풍미했던 가수나 작곡자들이었는데 내 눈에는 그게 매우 어색해 보였다는 겁니다. 한물 간 심사위원들이 새가수를 찾는다는 건 모순이 아닐까? 그들의 심사평을 들어보자면 이런 점은 더욱 분명해집니다. 심사자들의 심사 기준은 알게 모르게, 어쩔 수 없이 자기 시대의 잣대일 뿐이었다는 겁니다. 한국 문학의 각종 심사가 다 이런 '새가수' 버전을 답습하고 있습니다.

좋은 시라는 환상이 있는 거고, 잘 쓴 시가 있는 게 아니라 잘 쓴 시라는 환상이 있다고 봅니다. 이 환상의 개입으로 시에 대한 판단이 혼란스러워지고 있습니다. 물론 업계를 작동시키는 데는 유용합니다. 조금만 더 노력하면 시가 좋아지겠어. 이런 선생님들의 교육적 지도력이 발휘될 수 있는 공간이 확보되기 때문이지요. 그러나 이는 문학적 몽매가 될 개연성이 큽니다. 좋은 시나 잘 쓴 시라고 추앙되는 시는 이런 시론적 기준과는 다른 자리에 있을 겁니다. 그래도 문학 업계가 움직이기 위한 준거점은 있어야 할 겁니다. 그러기에 앞에서 말한 좋은 시에 적용되는 준거들이 큰 뉘우침 없이 시를 견인하는 역할을 지속적으로 담당하게 될 겁니다. 이렇게 써라. 저렇게 써라. 이런 기준이 여전히 시장에서 통용되지요. 나는 이런 기준이 격파되어야 한다고 봅니다. 이렇게 말하면 또 나를 격한 사람 취급을 하시겠지요들. 그럼 어떻게 하자는 거냐? 판을 깨자는 거냐? 그렇지요만 내가 무슨 힘이 있어 판을 부수고 말고 하겠습니까. 간단히 내 요점을 말하자면 시인은 '무엇이 시인가?'를 캐물어야 합니다. 그 사람이 시인입니다. 시 쓰는 사람이 빠져드는 함정이 아니 빠져들고 싶은 함정은 '이것이 시다'라고 통용되는 낡은 시론과 그 책에 밑줄 그으며 읽은 선생님들의 품에 안기는 일입니다. 시는 특별히 훈련받은 사람이 쓰는 것이고, 읽는 것이라는 관점이 분명히 한국

문단을 지배하고 있습니다. 그럴 듯 합니다. 그러나 이런 풍속은 일말의 문학적 적폐이자 미신입니다. 시는 레시피와 같지 않고 군대의 제식훈련과 다릅니다. 그럼 대안이 있습니까? 시론도 선생님도 없다면 어떻게 쓸 것인가? 그거야말로 시를 위해서는 큰 축복입니다. 그냥 쓰는 겁니다. 그러니까 시가 무엇이냐고 탐문하면서 더듬거리고 나아갈 때가 시입니다. 누군가 시를 보고 잘 쓴다는 칭찬을 했다면 당신은 기존 관념체계에 걸려들었다고 보아야 합니다. 길게 말해서 나도 무슨 말을 했는지 정리가 안 되는군요. 강조점은 시쓰는 사람은 히스테리자처럼 끊임없이 '무엇이 시인가'라는 질문을 해야 한다는 겁니다. 다시 말해 시를 쓰는 법을 모르는 사람처럼 써야 한다는 것이지요. 그것이 윤리적인 시인이 되는 길입니다. 시는 이런 거야. 그러니 이렇게 쓰면 된다. 자, 쓰자. 이거 뭔가 수상하지 않아요. 좋은 시를 쓴다고 일컬어지는 시인들이 대개, 흔히 이 부근에 모여 있더군요. 누군가 나서서 독약을 풀어야 합니다.

▷잘 들었습니다. 좀 흥분하신 것 같은데

◀그렇게 보였다면 성공이네요. 흥분하는 척 하면서 흥분했거든요. 무관중 경기 같아서 자가발전을 했습니다.

▷말씀하신 당사자는 무엇이 시인가를 질문하는 형태의 시를 작성하고 있는 겁니까?

◀네. 물론입니다. 이렇게 망설임 없이 대답할 수 있으면

얼마나 좋겠습니까? 민망스럽지만 사태는 언제나 그렇지 못합니다. 머리로는 바람 풍(風)이지만 입으로는 늘 바담 풍으로 발음되고 말지요. 생각과 언어의 불일치가 나의 시적 현실입니다. 희망사항이자 희망고문이지요.

▷정직하시군요.

◀그 말은 고쳐주세요. 나는 정직하지 않고, 정직을 좋은 품성으로 보지도 않는 편입니다. 특히 시를 쓰는 사람이 정직하다는 건 본원적으로 지저분한 위선입니다.

▷제가 실수 한 건가요? 정직은 인성의 측면에서 그렇듯이 문학에서도 추앙되는 품성으로 알고 있었거든요. 너무 유난 떠는 거 아닌가요. 말하자면 나야말로 진짜 정직하다. 이런 격 낮은 액션 같은.

　앤터 키를 누르고, 행을 바꾸면서 행간 사이에서 웃다.
　이 웃음에는 여러 갈래로 벌어진 틈이 있다.

◀정직하다는 거 자체에 대해 시비를 걸 일은 아니지요. 정직함이 특히 시 속으로 들어오면 사태는 간단하지 않다고 봐요. 시 속에서 '나는 정직하다'라고 쓴다고 정직한 겁니까? 또는 '나는 간음을 했다'고 썼다고 해서 그렇게 쓴 시인의 정직함이 확보된다고 나는 보지 않습니다. 시인은 울고 있는데 언어는 울지 않거나 언어는 울고 있는데 시인

은 울지 않는 경우가 허다하지요. 언어와 언어 사용자의 아이러니입니다.

▷실천적으로 살아야 된다는 말인가요? 언행일치라는 차원에서 말입니다.

◀언행일치는 가능합니까?

▷어느 정도는요.

◀그럼 그것은 거짓이지요. 어느 정도만 진실이니까요. 조금 빗나가는 얘기지만 시에서 정직이 문제가 된다면 정직하다는 고백이 아니라 정직할 수 없는 불가피함입니다. 그게 솔직함이겠지요. 내가 말하려는 것은 시인과 시인이 사용하는 언어의 불화입니다. 시인의 언어는 언제나 그의 함정이지요. 시인은 언어로 무언가를 포착하고 표현하지만 그가 포획하는 것은 얼마나 정확할까요? 언어적 표현은 근사치일 뿐입니다. 시인이 포획하고자 하는 관념이나 사물의 부근이지 그 자체일 수는 없습니다. 사이비(似而非). 짝퉁이라는 의미로 대충 사용되지만 이 말이 말로 지금 내가 하려는 지점을 정학하게 겨냥하고 있습니다. 비슷하지만 아니라는 것. 비슷할 뿐이라는 것. 이 점이 언어의 특징이나 한계이지요. 언어라는 그물로 어떤 아이디어를 포획하지만 거기에 아이디어는 없고 아이디어의 흔적만 남습니다. 그 흔적이나 그림자를 보면서 우리는 시인이 겨냥하는 아이디어를 떠올리는 거지요. 이 표현은 그러므로

정직하지도 정확하지도 않은 겁니다. 그래도 시인에게는 언어적 표현밖에 없다는 것이 시인의 딜레마입니다.

시를 쓰는 사람이 불가피하게 주목하는 것은 언어이지요. 언어. 시인이 언어를 탐구하는데 게으르거나 무심하다면 곤란합니다. 언어를 탐구한다는 것은 언어의 본능을 파악하는 일입니다. 언어를 의심하는 일입니다. 말을 아름답게 쓰는 일, 모국어를 아름답게 쓰는 일을 두고 하는 말은 아닙니다. 내 생각이 명료하지 못하군요. 정직이라는 개념을 말하다가 여기까지 왔는데, 요컨대 언어가 가지고 있는 의미는 신뢰할 수 있는 게 아니라는 겁니다. 사과라고 표기했지만 사과는 없지요. 사랑이라고 썼는데 사랑은 어떤 모양을 하고 있는가요? 그래서 하는 말. 시인은 의미를 담보하고 있는 언어를 심각하게, 철저하게 의심해야 할 겁니다. 언어가 담고 있는 의미는 잠정적인 합의일 뿐이고, 게다가 그것은 이데올로기의 형태로, 권력적으로 우리의 삶을 지배합니다. 언어는 어떤 의미를 개념화하면서 관념을 고정시키잖아요. 그리고 그것은 굳은 상태로 삶에 틈입합니다. 시를 쓰는 사람은 기성의 언어에 들러붙어 있는 의미들에 속지 말자는 겁니다. 고정된 관념에 저항하는 일이야말로 시인의 고유업무이겠지요.

진보주의자가 되는 것은 시인이 비켜갈 수 없는 길입니다.

좀 비약하겠습니다. 체제 지향과 제제 순응은 그래서 시인의 길은 아닙니다. 진보주의는 문학적 실험성을 의미합니다. 깃발을 들고 특정 정치집단을 지지하는데 서명하는 정치적 진보주의와는 개념이 다릅니다. 그런 거야 진보가 아니라 정치적 보수겠지요. 체제를 유지하고 싶은 욕망들이 어떻게 진보가 될 수 있겠어요. 실험이라는 말이 앞에 나왔기에 좀 더 말하겠습니다. 문학적 실험은 좋은 시라는 기득적 관점에 동의하지 않는 문학들이지요. 문학적 반체제 정도 되는 거지요. 소설 같지 않은 소설, 시 같지 않은 시가 실험적인 문학입니다. 독자는 실험 앞에서 짜증을 부립니다. 독자는 그렇잖아요. 독자는 익숙한 것을 좋아합니다. 그렇다면 실험적인 문학은 익숙한 형태의 문학에 삿대질을 하는 거지요. 좋은 시는 이런 것이라고 굳게 믿고 있는 입장에서는 실험적인 문학이 불쾌할 겁니다. 실험성 강한 시는 좋은 시가 좋은 시가 아니라고 폭로하기 때문입니다. 이때의 실험이라는 개념을 지나치게 도식적으로 생각할 필요는 없습니다. 가령, 김소월의 대척점에 있는 이상의 시를 실험이라고만 보는 것은 고정관념입니다. 김소월은 그 자체로 충분히 실험이기 때문입니다. 이상은 1930년대 문단 상황에서 실험적이고 전위적입니다. 실험은 한번으로 족합니다. 실험의 반복은 이미 실험이 아니고 하나의 기성 질서로 간주되기 때문입니다.

김수영은 그의 산문 「창작 자유의 조건」에서 "시를 쓰는 사람, 문학을 하는 사람의 처지로서는 '이만 하면'이라는 말은 있을 수 없다."고 설파했습니다. 나는 '이만 하면'을 시인의 표현 한계에 대한 도전으로 이해합니다. '이만 하면'에 만족할 것이 아니라 거기서부터 나아가야 한다는 것이지요. 내 말이 다소 우왕좌왕하고 있는데, 논지를 바로 잡기 위해서 잠시 쉬겠습니다. 그게 좋겠지요?

책상 위에 『끈이론』이 있다. 녹색 바탕에 테니스 라켓이 그려진 에세이집. 아직 독서 전. 데이비드 포스터 윌리스. 약칭 DFW이라 쓰고 데포월이라 줄여 읽는다. 음성학이 별로다. 대포알이 낫겠다. 저녁엔 야채 김밥과 라면을 먹었군. 수도권에 비소식 있음. 대화를 다시 시작해볼까?

▷언어와 시인의 진실이 일치할 수 없다는 점을 말했는데, 듣기에 따라서는 논리가 논리적이지 못하다는 생각입니다. 왠지 시골 치킨집 인테리어같이 엉성해요.

◀시골 치킨집을 함부로 말해서는 안 되겠으나 나는 그 말이 좋소. 엉성하다는 말이 어쩐지 마음에 듭니다. 시도 그래야 살아있겠지요. 엉성하고 허술할수록 언어가 자기도 모르는 개념을 보유하게 되지 않을까요? 수미일관한 논리는 그 자체로 속임수가 아닐까요? 잘은 모르지만. 시를 얘기하면서 어떻게 논리적일 수 있을까요?

▷또렷한 자기 시론을 보여준 시인도 있잖아요? 가령.

◀나도 몇 사람 알고 있지요. So What? 시론이 있어야 한다고 보시나요?

▷그걸 저한테 물으시면 어떡합니까. 시론이라는 게 시에 대한 자기 변명 같은 건 아닐런지요?

◀시론은 그것을 발설한 시인에게만 한정되어야겠지요. 나는 이런 생각으로 쓰고 있다. 괜찮다면 당신도 이렇게 써 봐. 그건 아니잖아요. 그러니까 어떤 시론이 회자되는 건 거기까지라고 봅니다. 각자는 각자의 논리가 있겠지요. 논리적이건 비논리적이건 그것은 옳고 그름의 문제가 아니라고 봄. 우리나라 4천만 인구는 각자 자기 철학에 기반해서 살아가고 있는 것처럼 말이오.6)

---

6) 남한 같은 유사 민주주의를 살아가자면 모두 각자의 철학을 가지지 않을 수 없습니다. 정치 지도자들은 한 탕 해먹기 위해 국민을 기만하기에 바쁘고, 지식인들은 논문 쓰는 사람들이고, 문학인들은 세계에 대한 전망과 자존심을 상실했습니다. 독자를 설득할 만한 작가적인 무기가 없는 것이지요. 자영업자, 소상공인들이 훨씬 문학적이고 진보적이라고 봅니다. 각자도생! 그들 앞에는 생존이라는 절박성이 버티고 있습니다. 국회의원도 대통령도 도지사도 지식인도 믿을 수 없는 현실에서 각자의 생존 철학만이 우리를 지켜줄 것입니다. 그 점에서 특히 중공발 우한 폐렴 바이러스 시대를 살고 있는 남조선 국민들은 모두 철학자가

▷좀 과하십니다. 자기 철학으로 산다는 것. 라캉도 그랬잖아
요. 우리는 다 남의 정신으로 산다고. 욕망은 타자의 담론.[7]
◀남의 것도 내 속에 들어오면 내 것인 셈이지요. 사실 말
이지 제정신으로 사는 사람이 있습디까? 자기 시론이 있으

될 수밖에 없습니다. 이 철학자들 앞에서 공자, 맹자도 입을
다물 것입니다. 진실은 기획되고 발명되면 순간순간 위조
되고 재구성됩니다. 진실이 자신의 실체를 입증하지 못하
는 딱하고 숭고한 사연. 역사가 역사가의 사설이듯이.

7) (인)문학 불변의 테마는 '나는 누구인가?'에 대한 연구
입니다. 이 화두의 궁극에는 무엇이 있을까? 그렇게 찾아
헤매던 '나'를 만날 수 있을까? 리어왕의 개탄처럼 '내가
누구인지 말할 수 있는 자는 누구인가?' 내가 만난 나는
내가 찾던 나일까? 우리가 찾는 나는 궁극적으로 조각보
같은 텍스트가 아닐까? 여기저기서 가져와 누벼놓은 조각
보. 거기서 나와 남을 구분하는 일은 어떻게 가능할까? '나
는 누구인가?'는 그 질문부터 의심해보는 게 먼저일지도
모릅니다. 아무도 손에 쥘 수 없는 개념을 마치 저기 있다
는 듯이 손짓하는 신기루는 아닌지. 나는 없다에 한 표.
나는 있다에도 한 표. 지금 이렇게 남의 얘기를 내 얘기처
럼 우물거리며 자판을 두드리는 나는 너무나 나지요. 여담
으로 말합니다. 내가 나를 찾아서 무얼 하나? 지금 여기
데리고 사는 나도 복잡한데 말이지요. 너무 작은 결론: 내
가 나를 모르니 내가 남인가 하노라.

면 제정신이고 그게 없으면 남의 정신일까요? 그렇게는 생각하지 맙시다.

▷그럼, 박세현 씨가 '시는 각자의 헛소리'라고 하는 것도 일종의 시론입니까?

◀비논리의 급발진이고 오작동이지요. 각자의 헛소리. 자다가 봉창 두드리는 소리. 아닌 밤에 홍두깨. 꿈속에서 급한 각도로 빈 술잔 기울이는 셀카. 남이 볼까 봐 얼른 지운 문장들. 저질스럽고 상스러운 말. 하나마나한 말. 속말. 뒷말이 밀어낸 앞말. 시 참 좋네요, 할 때의 그 내용 없는 진실. 자기가 뱉아놓고도 무슨 말인지 모르는 말. 거짓말. 간사하고 비겁하고 비루하고 번드르르 하게 사기치는 말.

▷어디까지 하실 겁니까?

◀내가 혼잣말을 했네요. 미안하군요. 헛소리를 헛소리로 설명한 꼴입니다.

▷헛소리는 비생산적이고 잉여적이잖아요. 거의 무가치하고, 쌀에 섞인 뉘 같은 것이 헛소리 아닌가요? 시를 각자의 헛소리라고 하면 시인들이 화를 내겠지요. 시인들은 헛이 아니라 참을 위해 헌신하는 부족[8]들입니다. 아름다움, 참,

---

8) 부족(部族)은 부족(不足). 어떤 존재 방식에 대한 부족과 결핍 상태.

진실 등등.

◀그게 시에 대한 일반적 수사학이지요. 굳이 어긋났다고 할 수는 없겠지요. 대다수 시인들조차 그렇게 믿으며 쓰고 있으니까요. 나는 생각이 좀 다릅니다. 이게 나만의 생각인지 모르겠고, 다른 사람이 이미 더 확장해서 이론화 한 게 있는지도 모르겠습니다. 헛이라는 접두사는 참이라는 개념을 대척에 상정하고 있겠지요. 헛은 스스로 헛일 수 없잖아요. 참이라는 관념이 엄연히 버티고 있는 순간에 헛으로 규정되는 거지요. 안 그렇나요? 참소리가 있으므로 참소리 바깥은 헛소리가 된다는 말씀. 헛소리는 시인의 몸에서 새는 신음, 잡음, 비명입니다. 참을 수 없을 때만 입을 앙 다물고 내뱉을 수밖에 없는 아니 내뱉어지는, 시인도 모르게 새어나간 방귀 같은 것도 포함될 겁니다. 딸꾹질, 하품, 상스러운 말의 첫소리, 뭣 같다고 할 때 그 뭣의 실체를 이루는 접두사 등등. 이런 것들이 헛소리의 실체입니다. 동의하실까요?

헛소리의 오른쪽에 그러니까 우파인 참소리가 버티고 있다는 말씀. 참소리는 바른 소리, 옳은 소리, 정의로운 소리, 가부장적 소리, 꼰대, 제도, 관습, 법, 완장, 청와대 주인 같은 것들을 총괄하는 개념입니다. 고정관념이지요. 사회를 규율하는 순가치인 동시에 순가치의 플래카드 뒤에서 인간을 당연하게 억압합니다. 시인은 이런 참소리에 저항하는 존재들이라고 생각합니다. 참소리에 헛소리로 대응하는 것이야말로 시와 인접 예술의 응전방식일 겁니다. 시가 비효율성, 비생산성으로 비쳐지는 것도 이런 맥락일 겁니다. 시는 공문서도 임대차 계약서도 아니거든요. 공적인 문서들은 잘못되면 현실적으로 성가시게 되지만 시는 읽어도 그만 안 읽어도 그만, 잘 읽어도 그만, 잘못 읽어도 그만이지요. 심지어 그런 걸 뭣하러 읽느냐는 타박을 받는 것도 일쑤지요.

이 대목은 설마 누가 따라오면서 읽지 않을 것이기에 작은 글자로 말하겠습니다. 시는 쓸모없는 겁니다. 이 말에 표나게 반대하는 분은 좀 이상한 거지요. 시를 국자나 숟가락같이 여기는 게 분명할 테니까요. 시라는 게 꼭 있어야 되고 필요하다고 주장하는 사람은 문예지 편집자, 문학담당 기자, 책 토크 기획자, 서점 주인, 자비출판사, 명함 시인 들일 겁니다. 많군요. 이 사람들이 시의 유통 메커니즘이군요. 시가 필요한 사람은 시인입니다. 매우 당연한 말이지요. 시를 통해서 얻어지는 부산물 즉 극미량의 원고료와 명예(라고 생각한다면)도 있으나 그거야말로 스님들의 보직 같은 것입니다. 스님들이 화낼라나(스님들이 왜 시집을 펼쳐들겠어, 그것도 이 시집을). 나의 편견이겠는데, 시를 쓰면서 시인은 자신의 허구성을 만나게 될 겁니다. 정의나 진실이나 자유나 사랑과 같은 구호가 뭔가 조금씩 수상하다는 것을 언어와 만나면서 깨우치게 된다는 말씀. 우리는 아니 주어를 나로 바꾸어서 나는 나를 만나면서 내가 백퍼센트 픽션이라는 걸 확인하게 됩니다.[9] 날마다 순간순간 그렇습니다. 나는 언어에 의해 규정된 나일 뿐입니다. 나 이전에도 나는 있겠지요. 실물과 실체로 말입니다. 그러나 나는 박 아무개라는 이름이 붙여지면서 박 아무개라는 명명 없이는 아무것도 아닌 존재가 되겠지요. 박 아무개 이전이나 이후를 생각할 수 없지요. 나는 박 아무개가 아니고 그저 본질적인 한 인간이라고 항변해도 사람들은 말합니다. 알어, 그렇지만 당신은 박 아무개일 뿐이야. 시끄러워.

▷그래서, 결론이 뭡니까?

◀결론이요? 무슨 결론.

시에 무슨 결론이 필요하고 결론이 있기나 합니까? 지금 질문은 거두는 게 여러모로 옳습니다. 그리고 다른 데 가서는 모르지만 내 앞에서는 결론 같은 단어는 사용하지 말아주세요. 세상만사 어디에도 결론 따위는 없습니다. 굳이 결론이 있다면 그것은 죽음이지요. 그것은 산 자들이 함부로 떠들 수 있는 영역이 아닙니다. 그냥 죽는 겁니다. 시인이 꺼낼 수 있는 결론은 계속 쓰는 겁니다. 황정은의 소설 제목

---

9) 잠시 이렇게 설정된 것. 본무자성(本無自性).

처럼 '계속 해보겠습니다'가 답입니다. 쓰는 거지요. 언어에 계속 자신을 들이대는 거지요. 좀 상스럽나. 계속 들이미는 거지요. 상스러움이 덜어지지 않는군요. 아무튼 그렇게 하면서 언어 속에 아무것도 없음을 미친 듯이 쉬지 않고 확인하는 과정이 시쓰기라고 나는 믿거든요. 잘 쓴 시 좋은 시라는 관념들이 설 자리가 없습니다. 요절한 가수 김현식이 후배들에게 말했답니다. 노래를 잘 부르려고 애쓰지 마라. 큰 함축이 들어 있는 말입니다. 시를 잘 쓰려고 애쓰는 것이야말로 버려야 할 태도이자 지저분하게 오염된 관념입니다. 그렇습니다. 누군가의 이해체계 속에 포함되면서 좋은 시인이라는 소리를 듣는 일은 좀 그렇지요. '좀 그렇지요'라는 말을 구체적으로 하고 싶은데 적당한 말이 안 떠오릅니다. 좋은 말은 아닐 거라고 상상하셨을 것이고.

▷계속 쓴다는 말은 실감 납니다. '계속'을 실천하는 시인들이 많을 겁니다, 요즘은.

◀노트북이 있으니까 가능한 일입니다. (자판에서 손을 떼고 있다가 다시)

쓴다는 일은 소중합니다. 쓴다는 행위와 과정을 통해 어떤 결론에 이르는 것이 아니라 과정 자체, 루틴 자체가 소중합니다. 자판을 두드리고 있는 동안이 시인인 거지요. 쓰는 동안의 자기 몰입, 언어의 연쇄, 기억의 쇄말주의는 자기도 몰랐던 구멍과 결여를 메꾸어나가는 여정입니다. 쓰기에 끝에는 아무것도 없습니다. 공백을 만나게 됩니다. 아주 근원적인 지평. 사유의 영도. 생각으로 오염되지 않은 지평이 기다리고 있을 겁니다. 거기가 언어의 끝이고, 시의 끝입니다. 그래서 시라는 장르는 읽는 장르가 아니라 쓰는 장르라고 생각하지요. 우리 거기서 만나실까요? 나는 거기까지는 못 갈 듯 하니 누군가 대신 가 주기를 바랍니다.10)

▷애기가 좀 무섭습니다.

◀내 탓인가요?

▷그런 건 아닙니다요. 답이 없는 주제를 답이 있다는 듯이 애기할 때의 외로움 같은 것이 밀려옵니다.

◀외롭지요. 외로움은 선물입니다.

▷너무 나가면 철학이 되겠어요.

◀누가 그랬지요. 시는 철학보다 멀리 간다고. 이때가 그때군요.

---

10) 군(郡) 이름은 잊었지만
    무량면(無量面) 정토리(淨土里)
    그런 곳이 없었다면
    누가 시외버스에 실려 몸을 뒤척이며
    암모니아 냄새 자욱한 홍어회처럼 달려가겠는가?
    (황동규, 「망초꽃」 첫머리)

▷사람들이 요즘 시는 어렵다고 해요. 그래서 읽을 수 없다고.
◀안 읽으면 되겠지요.

시가 어렵다느니 쉽다느니 하는 생각들은 뭔가 왜곡된 듯합니다. 마치 시는 쉬운 것이 당연한데 그래서 누구나 죽죽 읽고 이해할 수 있어야 하는데 요즘 시들이 귀신 씨나락 까먹는 소리만 하고 있다는 말들이겠지요. 인정. 백퍼센트 인정합니다. 문예지에 실린 시들을 읽으며(사실은 읽지 않음) 음, 이런 것도 시구나, 이런 게 요즘 시구나 하면서 책을 덮지요. 그리고 선반 제일 위칸에 올려두거나 분리수거함에 보관하지요. 시를 난삽하게 쓰는 시인들이 미울 때가 더러 있습니다. 자주는 아니라는 점을 강조해 둡니다. 어떤 때 그러냐 하면 그렇게 난해한 시들 때문에 '평범한 슬픔을 기이하게 표현하거나, 사소한 불행을 미화하거나, 공허를 치장'(에밀 시오랑)하는 시들이 장마당에서 많이 팔려버린다는 거지요. 그러나 내가 하고 싶은 말은 그러나 이후부터입니다. 자기도 무슨 말을 하고 있는지 모르는 현대시를 타매했지만 이 대목에서 그 말은 느린 속도로 수정합니다. 어려운 게 시의 속성이자 본능입니다. 터무니없이 쉬운 시가 의심받아야겠지만 그 또한 정녕 쉬운 시는 아닐 겁니다. 쉽다/어렵다의 이분법은 옳지 않습니다. 시는 다만 어려울 뿐입니다. 모호할 뿐입니다. 아침마다 동쪽에서 떠오르는 해를 보고 왜 날마다 그쪽에서 뜨느냐고 힐난한다면 누구를 탓해야 할까요?

김소월의 「산유화」는 쉽고 이상의 「오감도」는 난해한가요? 김소월이 쉽고 이상이 난해하다는 근거는 뭔가요? 이 또한 그렇게 생각하는 독자의 고정(고정이 고장으로 타자되어 두 번이나 수정함)된 관념입니다. 독자의 고정관념은 독자의 것이 아니라 그가 교육받아온 타자의 관념을 반복하는 것입니다. 어려운 시가 있고 쉬운 시가 있다는 고정된 관념. 혹은 고장난 관념. 그러다보니, 「오감도」 '제1호'에 나오는 13인의 아해에 대한 해석이 구구합니다. 이것은 그것으로 생계를 삼는 학자들의 몫이지 일반 독자들의 몫은 아닙니다. 13인의 아해에 대한 정체가 밝혀졌다고 한들 달라지는 게 있을까요? '열세 명의 아이들이 달려가고 있구나'에서 그치면 되는데, 시는 그런 게 아니고 뭔가 깊은 뜻이 있다고 믿는 생각이 문제입니다. 이런 식으로 집착하면 이상의 시는 비밀문서가 될 것이고, 김소월은 연애편지 비스름한 메시지가 될 겁니다. 실상은 그런 것이 아니라고 봅니다. 우리를 사로잡고 있는 것은 그 어렵다/쉽다의 관념입니다.

결론: 모든 시는 어렵다. 그래서 요즘 시가 난해하다는 말에는 동의할 수가 없습니다. 나는 그 반대편입니다. 요즘 시들이 어려운 게 아니라 더 어려워져야 하는데 적당히 상호 표절을 하고 있다고 보는 거지요. 난해하다기보다 난해한 척 하는 시늉들이 많다는 게 오히려 문제를 복잡하게

만드는 거지요. 내 생각이지만 쉬운 시에 속지 말고, 난삽한 시에도 속을 필요가 없다는 겁니다. 더 어이없는 독자 반응 중에는 시에 깊이가 있다는 관념이지요. 시에 무슨 깊이가 있습니까? 시가 무슨 구덩입니까? 몇 줄의 언어로 깊이를 만든다는 것은 우스개일 뿐입니다. 나는 그런 걸 믿지 않으려 애씁니다. 깊이는 철학에게 물을 일입니다. 번지수가 틀렸다는 말.

▷시방 시가 보여주는 깊이의 문제를 부정하는 건가요?

◀깊이는 딴 데 많이 있습니다. 깊이는 쓰는 자의 몫이 아니라 읽는 자의 관행입니다. 그것까지 쓰는 사람이 배려할 까닭이 있을까요? 독자들 비위를 맞추려는 시인이 아니라면 신경 쓸 일이 아니겠지요.

▷가벼운 질문: 시집이나 산문집 내실 때 반응은 좀 있으신가요?

◀있습니다.

▷와우. 좀 팔렸다는 말씀인가요?

◀팔리긴요. 지지리도 안 팔리지요. 다 1쇄에 머물지요. 출판사엔 면목 없지만 1쇄를 지킨다는 싱싱한 자존감은 방어할 수 있더라구요.

▷그러면 독자 반응이 없는 셈이네요.

◀확실히. 마케팅은 완전 실패지만 시집을 받고 회신은 몇 개 받았습니다. 축하합니다. 잘 읽어보겠습니다. 내 책을

읽을 여백이 저들에게 없다는 걸 잘 감안하면서.

▷그건 독자를 무시하는 겁니다.

◀무시하는 건 아니고 독자의 존재를 실체적으로 인정하는 겁니다.

▷독자를 좀 원망하는

◀노. 누가 누구를 원망. 피자가게 주인이 피자 안 팔린다고 손님들을 탓하지 않습니다. 시를 읽는 시대가 아니라는 게 요점의 하나이고, 시인 개인의 비명을 누가 들으려고 하겠냐는 것이 다른 하납니다. 우리끼리 그러지요. 시집 반응 좀 있어? 없어. 그 말 끝에 나오는 말. 요즘 누가 시를 읽어? 이 말은 뻔한 성찰이지만 동시에 다른 걸 은폐하는 거지요. 나 같은 시를 누가 읽겠어? 이 말이 정직한 말이겠지요. 시가 읽히지 않는 실상을 독자나 시대 탓으로 돌리는 것은 거개의 경우 가련한 위선입니다.

문학은 극단적이어야 한다. 우리 시단엔 극단주의자들이 없다는 점이 불행이고, 중용주의자들이 많다는 것이 불행이다. (이강)

▷올해가 김수영 탄생 백주년이 되는 해입니다.

◀그래서요?

▷감회가 없을 수 있잖아요. 김수영이니까.

◀남들과 비슷한 그 언저리의 감회지요.

남조선은 대통령 후보 제비뽑기 하느라 정신없잖아요. 이런 상상은 하지요. 김수영이 살아있다면 지금 한국정치를 어떻게 관전할까 또는 이 판을 그저 '엄중하게 지켜만 보고' 있는 특히 시인들에 대해 뭐라고 말할까 궁금합니다. 우리 문학에 김씨들이 많아요. 김소월, 김해경, 김수영, 김춘수, 김영태. 한국문학사는 이것으로 종료되었습니다. 이후는 문학'사'에 속하는 문제는 아닌 것 같아요. 김수영에게서 배울 점이 있다면, 김수영처럼 쓰지 말자는 겁니다. 괜히 김수영 찬가를 부르면서 김수영에게 묻어가는 모습을 김수영이 살아서 접한다면 뭐라고 할까요? 자네들이 고생이 많다. 나는 교주가 아니다. 이러지 않을까 싶습니다.

▷당신의 시 「거대한 뿌리」를 낭독하지 않을까 싶기도 하네요.

◀그건 너무 거대하겠지요. 자존심의 뿌리를 다 흔들어버릴 듯. 그래야 김수영이겠지요. 참여시인 어쩌고 하는 소리 말고 자기 앞에 당도한 삶과 현실을 '온몸'으로 뚫고 나간 시적 용맹을 잇는 후속 세대가 사라진 거지요. 문학사적 유감입니다.

▷비켜갈 수 없는 질문인데요 시를 너무 많이 쓰시는 건 아닌가요? 질문자의 생각이긴 하지만 해명을 좀 해주시지요. 이 대화록 직전에 8권째 산문집 『필멸하는 인간의 덧없

는 방식으로』의 교정을 보았잖아요. 언제쯤 인터넷에 검색될까요?

◀11월 초반 정도 예상합니다. 나는 11월에 책을 내는 게 좋습디다. 이렇다 할 이슈도 없고, 달력에 빨간 글씨도 없고, 31일이 꽉 차 있고, 일년 중 한 달을 느긋하게 살 수 있는 달이라 그렇습니다. 11월에 책이 나오길 바랍니다.

▷저번에 찍은 산문소설 『페루에 가실래요?』는 반응이 어떤가요?

◀읽은 사람이 두 명입니다. 한 사람은 나, 다른 한 사람은 익명입니다. 읽은 사람은 좋다고 했습니다. '좋다'는 말이 무슨 의민지 톺아보게 되지요만.

▷이번 산문집의 마케팅 컨셉 같은 게 있으실까요?

◀없지요. 있을 리가 있나요. 내 산문집은 기획 아래 쓰여지는 것이 아니라 그날그날의 삶을 밀고 나간 말의 궤적입니다. 시 쓰는 자의 시에 대한 기록이지요. 더 단출하게 줄이면 무엇이 시인가에 대한 대답 없는 질문의 연속체입니다. 내 책에서 삶의 위로를 받거나 밑줄 긋고 싶은 대목을 기대하면 헛수고가 됩니다. 시 쓰는 사람의 틱 같은 거라고 보면 딱입니다. 흥미로운 것은 시인 지망생도 이른바 기성 시인도 내 산문집에 관심이 없다는 겁니다. 이런 얘기 해도 되는지 모르겠는데 생각났으니 그냥 하겠습니다. 몇 해 전에 어디선가 강연 의뢰를 받았습니다. 강연 일정이

촉박했습니다. 누군가의 **땜빵**임을 직감했지요. 아무튼 멀지 않은 곳이라 가보았습니다. 여나믄 명 앉아 있었고, 어림잡아 오륙십대들이었습니다. 시를 쓰려는 아마츄어 모임으로 알고 갔는데 등단도 하고 시집도 낸 지역문인들 모임이었던 겁니다. 준비해간 복사물을 돌려주고 내가 읽어나가면서 약간의 보충을 하는 식이었습니다. 내 말의 요점은 내가 준비해간 내용이 거기 모인 청중들과는 너무 안 맞는 내용이었다는 겁니다. 그 중의 누구는 나에게 사인한 시집을 주었습니다. 나중에야 알게 되었지만 내가 준비한 복사 내용은 그들의 문학관과는 많이 달랐습니다. 유럽음악 동호회에 가서 미국음악을 열나게 떠들고 온 셈이지요. 비유가 좀 그렇지만. 그쪽에서는 괜히 불렀다는 쓸쓸함을 참을 수 없었을 겁니다. 내가 괜히 갔다고 탓하고 있듯이. 말없이 돌아오던 밤전철 바깥의 들녘을 덮던 어둠이 생각나는군요. 이해라는 게 그런 것이겠지요. 이해라는 말은 참 무섭고 참 쓸쓸한 말입니다. 이해갑니까? 또 쓸쓸해지는군요. 엉뚱한 대답이었군요.

▷산문집 또 내실 건가요?

◀산문집을 또 인쇄한다는 생각도 없고 내지 않는다는 생각도 없습니다. 내일은 내 일이 아니거든요.

▷신작 시집도 준비하고 있다고 들었습니다.

◀어디서 들었나요? 아직까지는 나만 아는 기밀인데.

▷바람결에 들었다고나 할까요.

◀인쇄의 순서로 본다면, 산문집이 나오고 그 다음에 시집이 나올 겁니다. 지금 하고 있는 인터뷰는 2022년 나올 시집 『동문서답』(가제)에 수록될 예정입니다. 서지를 정리해 보겠습니다.

산문소설 『페루에 가실래요?』(2021, 출간)

산문집 『필멸하는 인간의 덧없는 방식으로』(2021)

시집 『갈 데까지 가보는 것』(2021)

시집 『동문서답』(2022, 가제)

▷그럼 이 대화록이 나올 때 쯤 그러니까 시집 『동문서답』(가제)이 인쇄될 때쯤에는 앞의 책들을 인터넷에서 검색해 볼 수 있다는 말이군요.

◀그렇습니다.

▷전철이 열차와 열차의 간격 조정을 위해 서행하는 모양샙니다. 얘기가 막 섞이는데 『동문서답』(가제)에 수록될 시는 완성되었다는 겁니까?

◀쓰고 있는 중입니다. 왠지 이 인터뷰를 해야겠다고 생각이 오자 머리가 움직이기 시작했습니다. 예열이 된 머리로는 다른 일을 할 수가 없어 이 작업에 착수했습니다. 내가 좀 그런 편입니다.

▷큰 일을 해냈습니다요.

◀시 쓰는 게 뭐 일입니까? 좀 쉬고 싶습니다.

▷일도 아닌데 쉬고 싶다니 말의 앞뒤가 어긋납니다요.

◁그냥 문장상의 리듬을 맞춰본 것뿐입니다. 홍상수 스타일의 거짓말이지요. 좀 쉬겠다고 하면서 또 영화를 찍는.

▷시월 중순에 26번째 장편 영화를 개봉하더군요. 「당신얼굴 앞에서」.11)

◁봐야지요. 같이 보실래요? 서울아트시네마에서 보면 될 겁니다.

▷강릉에도 독립영화관이 있잖아요. 신영극장.

◁올해 거기서 왕가위 특집을 했는데, 왕가위 영화를 여러

---

11) 이 대목을 수정할 무렵(2021년 11월 2일)은 「당신얼굴 앞에서」를 대한극장에서 본 뒤다. 나도 이제는 홍상수 영화에서 놓여나고 싶어서 이번만 하면서 영화표를 구매하는데 영화관을 나설 때마다 홍상수 감독에게 감사한다. 홍상수 영화에 대한 과도한 몰입인지도 모르겠지만 나는 그의 영화에서 한국소설이 가지 않은 길을 영상으로 보여준다는 실감을 한다. 홍상수 영화를 다 안다는 듯이 말하는 사람들에게 이번 영화는 새로운 버전을 제시한다. 홍상수의 자기 복제를 타박하는 사람들이 없는 것은 아니지만 나는 그런 자기 복제를 존중하는 편이다. 홍상수의 영화는 엄밀한 의미에서 자기 복제는 아니다. 이혜영의 연기가 돋보이지만 그건 연기가 아니다. 연기를 싹 제거한 뒷순간의 연기다.

편 봤다는 거 아닙니까? 왕가위는 내가 건너뛴 시대의 감독이라서 고마웠지요. 부친이 입원 중이라 강릉에 머무는 시간에 극장을 들락거렸는데 거기서도 나를 포함해 두 명이 영화를 보곤 했습니다. 재밌는 건 두 시에 상영하는 영화를 보러 갔는데 문이 잠겨 있었어요. 마침 시네필로 보이는 젊은이가 문 앞에 적힌 전화번호로 여기저기 전화를 걸었고, 한참 뒤 여직원이 나타났어요. 네 시부터 다른 영화가 상영되므로 뒷부분은 보지 못할 수도 있다는 말을 들으면서 청년과 둘이 입장해서 영화를 관람했습니다. 죄송하다고 표값은 받지 않더라구요. 독립영화 답잖아요. 영화 끝나고 청년과 중앙시장에서 감자전을 먹고 헤어졌습니다. 속초에서 왔다는 그 대학생 청년.

▷영화를 좋아하시나요?

◀좋아한다기보다 영화만이 보여주는 미학이 있잖아요. 나는 영화광이 아니기에 내가 본 범위 안에서만 영화를 편식합니다. 예를 들면

▷예를 들자면 어떤 영화?

◀홍상수지요. 장률도 포함. 이 두 감동은 완전 소중입니다. 나는 그들의 영화를 문학텍스트로 보거든요. 한 명 더 정성일. 장뤽 고다르, 짐 자무쉬, 왕빙, 우디 앨런, 크린트 이스트 우드의 영화도 내가 찾아보는 목록입니다. 누구처럼 영화에 빠삭하지 않습니다.

▷대화가 좀 샜습니다. 다시 본 줄기로 돌아가서 산문집이 나오면 북 콘서트나 팟 개스트 같은 거 하지 않나요?

◁다 아시면서 뭘. 우선, 그런 걸 하자는 사람이 없고요. 두 번째 나는 세대론적으로 그런 포맷과 어울리지 않습니다. 그건 40이전의 세대들에게 맞는 흐름입니다. 다 때가 있는 거지요. 나는 아이스 커피보다는 냉커피가 발음도 정확한 세대이거든요. 일부러 아이스라고 발음할 필요가 굳이 있을까요?

▷지레 그렇게 생각할 필요가 있을까요?

◁정확하기도 하구요.

▷앞으로 나오게 될, 그러나 이 대화록이 게재될 『페이스북』(2022, 가제)보다는 먼저 인쇄될 시집 『갈 데까지 가보는 것』에 대해 이야기를 좀 나누어보시지요. 우리가 할 수 있는 페이퍼 팟 캐스트라고 생각하면서요. 시집에 대한 소개를 해주세요.

◁열세 번째 공식적인 시집이지요. 정규 앨범인 셈입니다. 앞에 낸 『나는 가끔 혼자 웃는다』 뒤에 쓰여진 시들을 수록했고, 앞서의 다른 시집들과 크게 다르지 않습니다. 수록된 시의 편수가 일반적인 시집 다섯 권 분량인 점이 다르다면 다릅니다.

▷대단하군요. 아니 좀 심한 분량이군요. 거기에 대한 주석이 필요할 것 같은데요.

◀음, 어떻게 하다 보니 300편 가까운 시가 쓰여졌더군요. 그 시들을 해결하는 방법이 한 권에 묶는 것이었습니다. 다섯 권 정도로 분책하는 방법, 추리고 추려서 한 권으로 내는 방법 등등이 고려되었으나 한 권에 싣는 방식을 고집했습니다. 거기에 수록되는 시들이 모두 좋다는 자신감은 아닙니다. 이런 방식으로 나를 설득해보자는 생각을 밀기로 한 것입니다. 시집이 두터우면 읽지 않는다는 의견이 있습니다. 얄팍해도 안 읽힙디다. 그래서 두텁게 가는데 아무 걸림이 없습니다. 시집의 볼륨이 화제가 되는 건 원하는 바가 아닙니다.

▷사람들이 시 쓴 사람의 생각을 존중해주는 건 아니잖아요.

◀내 손을 떠나면 내 소유는 아니기에 일일이 설명하고 변호할 필요는 없을 겁니다.

▷시집의 두께도 그렇지만 제목도 경미한 도발성이 느껴집니다. 막가는 듯한 뉴앙스를 풍기기도 합니다만.

◀이것저것 떠올렸지만 이게 좋겠다는 결론에 이르렀습니다.

▷제목을 정할 때 자문을 구하는 편인가요?

◀아닙니다.

▷딱히 이유라도 있는가요?

◀없습니다만 제목까지 정하는 게 시인의 영역이라고 보기 때문입니다. 내가 생각한 것보다 낫거나 다른 제목도 있을 것입니다. 어떤 제목이든 그 자리에 올려놓으면 제목

의 구실을 한다고 봅니다. 그런저런 이유로 제목은 내가 독자적으로 결정합니다. 남의 말을 듣고 나면 두고두고 찌꺼기가 남을 것입니다. 제목은 단순히 멋있는 울림만 주면 안 되잖아요. 곡마단 언어 같은 느낌은 좀 그렇지요.

▷곡마단 언어라니 개념이 꽉 오지 않는군요.

◀우리가 지금 대화를 나누고 있는데 대부분의 대화가 설명으로 전개되지 않습니까. 내 말은 시든 일상에서든 설명이 싫습니다. 싫든 좋든 우리는 설명의 세계에 사는 거지요. 비오는 걸 바라보면서도 굳이 입을 열어서 '비가 오는군' 이렇게 설명함으로써 비가 온다는 사실을 자기에게도 인정시키듯이.

▷왜 곡마단 언어에 대한 설명을 피하시는지요.

◀다른 시집들 날개에 박힌 제목들 일별하면 답이 될 텐데요.

▷살펴보겠습니다. 다시 제목으로 돌아가서 계속해주시지요.

◀제목이 독자를 건드리지 못하는군요. 혹시 집히는 건 없나요?

▷없습니다.

◀'시인이 된다는 것은/끝까지 가보는 것을 의미하지//행동의 끝까지/희망의 끝까지/열정의 끝까지/희망의 끝까지' 밀란 쿤데라의 시 「시인이 된다는 것」의 도입부거든요. 이 시에서 '끝까지 가 보는 것'을 내 시에 어울리게 말을 바꾸어봤습니다. 늘 그렇지만, 이번 시들도 악셀레이터를

더 끝까지 밟지 못한 아쉬움이 있습니다.

▷아쉽다는 말인데 특히 어떤 점에서 그런지요?

◀나의 시적 소망과 시 사이에 갭이 크다는 뜻. 아니면 이율배반 같은 것입니다. 시는 기성 언어의 의미에 속지 말아야 된다고 보는데 내 시는 기성 언어의 의미와 질서를 돈독하게 하는데 일조를 하고 있다는 것입니다. 탈의미가 아니라 의미지향인 거지요. 언어 속으로, 의미 속으로 투항하는 시입니다. 시라는 장르가 무슨 의미를 가지기에는 너무 협소한 그릇이잖아요. 알면서도 거기에 빠져드는 어쩔 수 없음이지요. 앞선 시인들에게서도 이런 시론이 있어왔지요. 김춘수의 무의미시, 이승훈의 비대상시가 그것입니다. 이 계보를 이어가자는 뜻은 아닙니다. 내 시는 앞의 두 시인과 어떤 혈액도 섞이지 않았습니다. 그런데 왜 나는 이런 생각을 견지하는가? 단순하게 말해서 나의 시는 나의 생각을 담보하지 못한다는 것. 즉, 내가 선택한 언어는 내 생각과도 무관하다는 것이 내 고민의 시작입니다. 내 생각은 내가 선택한 언어에서 고정되는 것이 아니라 미끄러지고, 연쇄되고, 실종되거든요. 언어학적 설명에 기대지 않더라도 인정되는 바이지요. 사랑이라는 기표가 사랑의 기의를 다 쓸어담고 있다고 믿을 정도로 순진한 사람은 없습니다. 나는 아니 나만이 아니라 시를 쓰는 사람들의 고민은 대개 이 근처에 있을 겁니다. '철학적 문제는 언어가 휴가를 떠났을

때 발생한다'는 문장은 비트겐슈타인의 말인 것 같은데 아무튼 여기서 '철학적 문제'를 '시적 문제'로 대체해도 상관이 없을 것 같습니다. 언어에 의지하지만 그 언어가 장애가 되는 게 바로 시일 것입니다. 내 시도 이런 부근에서 서성이고 있습니다.

▷의미에 연연하지 않겠다는 뜻인데 생각대로 잘 되지 않았다는 의미로 받아들이면 될까요?

◀의미를 버리겠다는 것이 아니라 언어가 가진 기왕의 의미에 휘둘리지 않겠다는 말인데 실제로는 그 반대가 되고 있다는 말입니다.

▷힘든 작업 아닙니까? 덜 정리된 논리랄까 논리를 갖추기 위해 애쓴다고 할까.

◀이쯤에서 말해두고 싶은 것은 내가 시론을 세공하기 위해 고심하는 것은 아니라는 것. 논리가 구속이 될 수도 있으니까요.12)

▷시라는 게 어쩌면 시가 되는 과정에 대한 해체이거나 아니면 비논리적으로 헷갈리면서부터 발생하는 무엇이 아니던가요?

---

12) 논리는 발음이 그렇듯이 언어로 노는 이치 정도. 놀리. lonely. 외로운. 혼자. 고독한. 쓸쓸한.

◀좋은 말씀. 내가 하고 싶던 말입니다. 너무 시 같은 시(나쁘지 않은 시, 이만 하면 잘 쓴 시, 문학상 수상작 같은 시)가 정작은 시를 소외시키기 십상입니다. 언어에 의탁하면서 언어에 속지 않기 위해서 나는 오작동하는 시를 쓰고 싶습니다. 작위적이고, 도발적이고, 근본 없고, 비논리적이고, 왜곡과 비현실이 출렁대는 시가 좋습니다. 그런 시를 읽고 싶고 그런 시를 쓰고 싶습니다. 내 시의 허구성은 바로 이런 생각의 언어적 반영물입니다. 나는 눈앞의 현실을 허구로 받아들입니다. 허구가 따로 있지 않다는 것이지요. 흔히 그러잖아요. 소설 쓰고 있네. 그렇게 말하는 사람이 모르거나 간과하는 것은 소설이라고 일컬어지는 내용이 바로 현실이라는 겁니다. 설명이 어색하군요. 설명이 설명하는 나를 설득하지 못하는 순간입니다. 허구와 현실을 다른 개념으로 이원적으로 보지 않으려는 입장. 내가 지금 이 대화록을 작성하기 위해 자판을 두드리고 있는 게 현실이자 허구라는 말이지요. 그런 점에서 우리는 언제나─이미 허구를 살아냅니다. 허구만이 현실인 거지요.[13] '그것만이

---

13) 이상은 속아도 꿈결, 속여도 꿈결이라고 했다. 속아도 꿈결이지만 안 속으면 안 속을수록 꿈결을 벗어날 수 없는 것이 삶이 아니겠는가.

내 세상'(전인권)입니다.

▷이승훈의 후기시가 그런 전범이 아닌가요?

◀그렇소. 이강의 시는 환상을 현실로, 현실을 환상으로 전환시켜놓고 있지요. 한국문학에서 발견되는 귀한 사례일 겁니다.

▷이선생이 구조주의 공부를 많이 한 영향이겠지요.

◀그분의 비대상 시론이 노년을 맞으면서 그렇게 흘러갔다고 보지요. 라캉과 선불교의 만남이 이강에게서 특별한 시를 쓰게 했다고 봅니다.

▷박세현 씨는 라캉 세미나에 많이 참석했잖아요. 『에크리』도 읽었겠지요, 당연히.

◀학교에 있을 때 세미나가 만들어졌고, 거기에서 이런저런 책을 읽었습니다. 다섯 명의 교수가 멤버였고, 강의실이나 연구실에 둘러앉아 라캉을 읽었습니다. 라캉을 바로 읽을 수 없어서 준비 단계로 다른 책을 읽고, 지젝이나 브루스 핑크의 책을 먼저 읽었는데 나는 뭐가 뭔지 모르겠습디다. 세미나는 2년 넘게 지속되었습니다. 『에크리』는 언감근처에 가보지도 못했습니다. 그때는 번역본이 나오기 전이기도 하고요. 『에크리』는 앞부분 몇 페이지 읽다가 선반에 얹어두었어요. 감히 말하지만 『에크리』는 읽는 책은 아닙디다. 그냥 서가에 꽂아두면 안심이 되는 책입니다. 아무튼, 라캉세미나에 참석하고 있는 동안 즐거웠습니다. 내가

모르는 내가 미세하게 건드려지는 흔들림 같은 것을 경험했습니다. 지금은 아니지만.

그 후 정신분석학자 백상현 교수의 강연을 몇 차례 들었고, 그의 책을 읽었는데, 내 영감의 원천은 아마도 그로부터 왔다고 해도 과언은 아닙니다. 라캉세미나에서 개 머루먹듯 주워들었던 라캉이 백상현 교수를 경유하여 내 안에서 질서를 갖추었다고 해야겠네요. 여전히 모르기는 마찬가지지만요. 라캉의 정신분석은 임상과 상관없이 예술 일반에 대한 영감을 제공한다는 점에서 큰 의미가 있었습니다. 앞에서 『에크리』에 대해 언급했는데, 이 언급 자체가 내 시의 영감이라고 과장할 수 있습니다. 무슨 얘기냐? 『에크리』는 읽히지 않는 책이라고 말했는데 실제로 그만큼 난삽합니다.

이 책을 완독한 사람이 몇 명이나 될까요? 우리나라만 해도 서너 사람 될까요? 읽었다고 해도 그 의미를 제대로 이해한 사람은 또 몇일까요? 심히 의문스러운 일입니다. 그러나 라캉은 끊임없이 회자되고, 연구되고, 인용되고 오독됩니다. 『에크리』는 누구에게도 이해될 수 없는 책이라는 점에서 이 책은 무수한 오독의 근원이 될 겁니다. 이 오독이야말로 창조적 사유의 근원일 겁니다. 『에크리』를 읽고 제대로 이해하는 것은 의미 있지만 그래서 뭐 어쩌겠다는 겁니까? 백상현 교수의 지론대로라면 그래봐야 라캉의 하수인밖에 될 수 없다는 겁니다. 라캉을 오독하는 것, 훌륭하게 오독하는 일이 라캉을 읽는 사람의 몫이라는 말은 나의 생각을 흔들었습니다. 백상현 교수가 전달하는 라캉은 문학, 영화, 미술 등에 대한 새로운 시각을 열어주었습니다. 가령, 이런 얘기. 현대미술은 어려운 것이 아니라 거기에 아무 의미도 없기 때문에 어려워 보인다는 것. 보는 사람에게 공백을 경험하게 한다는 것입니다.

▷라캉 지지자인가?

◀그렇지는 않다. 백상현의 책에서 프롤로그 한 단락을 소개하고 싶소. 인용해도 되겠는가? 아니 그냥 죽죽 읽어보겠습니다.

▷읽어보시오.

◀(철학이라는 실천을 이해하는 하나의 입장에 관하여) 철학은 복잡한 텍스트의 전개와 사변적 이론의 나열이 결코 아니라는 것. 철학은 하나의 욕망이고, 그것은 변화하려는 욕망이며, 현재의 우리를 지배하는 고정관념의 권력에 대항하는 고함소리와 같은 것이라는 관점이다. 필자가 책을 쓰며 진정으로 하고 싶었던 건 그것 한 가지였다. 철학은 여러분의 마음속에서 꿈틀대는 반항하는 욕망이고, 꼰대들의 담론에 욕설을 퍼붓는 하드코어 랩에 다름 아니라고. 소크라테스가 아테네의 지배자들에게 했던 것이 정확히 그것이었고, 그래서 사형당한 것이라고 말이다.

▷어떤 책인가요?

◀『나는 악령의 목소리를 듣는다』. 우리는 나름 각자의 욕망의 환각을 살아간다는 것이겠지요. 시는 언어로 세공하는 각자의 욕망이라는 생각이오. 철학이 특수한 유형의 욕망이라면 시는 더 그렇게 이해됩니다. 다시 대화의 본 줄기로 돌아갑시다요.

▷네. 나도 막 헷갈립니다. 어떤 시를 쓰고 싶은가에서 어떤 시를 쓰고 있는가에 대해서 말하고 있는 중입니다. 언어와 의미의 관계에 대해서 말하던 중이었지요. 애기는 조금씩 곁으로 흘러갔지만 대화라는 게 본래 그런 것 아닙니까. 갈 데까지 흘러가보는 것이 좋을 것 같은데요.

◀이런 말을 하고 싶군요. 나는 현실을 픽션으로 본다는 것. 그 반대도 마찬가지이지요. 우리는 꿈을 꾸고 있는 거지요. 인생을 일장춘몽이라고 하는데 이만큼 간결한 비유는 없을 겁니다. 잠속에서도 꿈, 꿈속에서도 꿈. 온통 꿈인 겁니다. 언어도 꿈의 일부겠지요. 그러니까 가장 환상적인 것이 가장 현실적이라는 말이 성립됩니다. 내 생각이 여기 있습니다. 언어에 어떤 분칠을 가한 것이 아닌 날것 그대로의 언어가 가장 리얼하면서 환상이 됩니다. 사실을 사실대로 찍어내는 것. 가능한 가능성이 아니겠지요. 사진? 노. 그림? 노, 문학? 노, 그래서인데 나의 개똥철학으로는 비유즉 은유나 상징 같은 걸 믿지 않습니다. 언어와 같은 구태

의연한 의상을 걸치지 않은 말이 실재에 접근하고 더 환타스틱하지요. 언어는 은유 그 자체인데 그걸 가지고 뭘 또 은유한다는 겁니까? 바다는 파도치고 출렁대는 실재의 바다를 은유하고 있는 거잖아요. 지금까지 떠든 내 말을 내 식으로 다시 하자면 현실은 허구와 현실로 나뉘어지지 않고 통째 픽션이라는 것과 언어가 본래 은유이므로 수사학을 버린 언어가 리얼이고 환상이라는 말입니다.

▷다른 사람들도 그렇게 생각할까요?

  오늘은 한글날 대체 공휴일이다.
  어제 내렸던 가랑비가 창틀에 매달려 있다. 방울방울.
  '내일 결혼이라니 말도 안 돼에에에' 아침에 본 트윗.
  한글날 내가 이런 글을 쓰고 있는 것도 말도 안 돼.

▷몇 살이세요?

◀갑자기?

▷내년이 칠십이지요? 박세현 씨는 납품하는 책마다 정확하게 자기 이력을 쓰더군요. 예컨대, 1953년 강릉 출생. 관동대 졸업. 출생 연도와 출신 대학은 강박적으로 밝히더라구요. 그렇게 하는 이유라도 있으실까요?

◀사실이면서 그 또한 제도적 환상의 일부거든요. 그게 이상하다면 그렇게 보는 시선이 이상한 거지요. 매우 남조선식 시선이랄까? 허위의식의 전사회화 같은.

▷너무 나갔어요. 선생은 늘 그렇게 나갔다가 자기 수습이 안 되는 스타일인데.

◁사람들은 너무 나간 지점은 덜 보고, 수습이 안 되는 지점만 탓하려고 하더라구요. 내가 알게 모르게 나간 지점이 나의 자리인지도 모릅니다. 나갔다가 돌아서지 못하는 그 지점. 그게 평균적인 사람들과 나 사이의 균열이자 틈입니다. 봉합이 안 되는 거지요.

▷본인은 평균적 인간이 아니라는 말인가요? 내가 보기에는 평균적이 아니라 병균적이라는 표현이 적합해보입니다만.

◁그게 문학이나 예술이 선 자리가 되겠지요. 다소간 정신병적 구조. 사람들이 섬기고 따르는 사회적 구조가 도리어 낯설어서 당황하는 사람이 서 있는 자리 말이지요.

▷칠십을 앞에 둔 소감 한 말씀.

◁인생칠십고래희(히히). 두보의 시구보다 김영태의 칠순역이라는 말이 마음에 닿습니다. 내가 드디어 칠순역에 도착하는구나. 손님 여러분 다음은 칠순, 칠순역입니다. 잊으신 물건 없으신지 살펴보시고 안녕히 가십시오. 다음에도 우리 열차를 이용해주시기 바랍니다.

▷처음 내리는 역이지요?

◁그런 역이 있다는 소리는 들어서 알고 있었지요.

▷나이에 따라 시가 달라지지 않겠는가를 묻고 싶습니다만.

◁나이는 먹는 게 아니라 먹어지는 거지요. 이런 얘기 끝에

는 그저 그런 인생론으로 갈 수도 있겠지요. 나 같은 위인은 인생에 대해서라면 할 말이 1도 없습니다. 앞으로 어떤 시를 쓰고 싶으냐는 질문에 대답을 궁리할 때가 제일 궁색해집니다.

▷그런 질문 자주 받으시는가요?

◁처음 생각해본 겁니다. 계획 같은 건 없습니다. 그냥 쓰는 거지요.

▷덮어놓고?

◁그렇지요. 그 말 좋습니다. 덮어놓고. 약간의 허세를 섞어서 말하자면 이런 거지요. 질문에 답이 될런지는 모르겠습니다. 이십대에 이십대의 시가 있다면 그렇듯이 육십대에는 육십대의 시가 써질 것이고, 칠십에는 칠십이 당면하는 시가 있을 겁니다.

▷빌리 할러데이가 망가진 목소리로 부르는 재즈가 더 가슴을 치던 게 생각납니다. 나이에 순응하는 시가 아니라 자기 앞에 놓인 낯선 시간과 싸우는 시가 보고 싶습니다. 우리에게도 그런 선례가 있는지요?

◁내 생각과 다른 생각들도 있겠지만 나는 황동규 선생을 꼽습니다. 80대에 접어들었는데 흐트러지지 않고 긴장감을 잃지 않은 시를 쓴다는 점을 강조하려는 게 아닙니다. 그보다는 그분이 시를 통해 자기가 지나가는 시간대를 정확하게 들여다본다는 점입니다. 시만이 보여줄 수 있는 지

점을 보여주는 거지요. 황선생은 이미 그의 대표작을 다 썼습니다. 그런데도 그의 후기작 뒤편이 계속 궁금합니다. 그가 자기 시를 어떻게 긍정하게 될 것인지의 그 마지막 버팀이 궁금하지요. 지금으로선 누가 노벨문학상을 타먹는지가 아니라 노시인의 자부심이 더 궁금합니다. 누군가가 궁금하다는 것만큼 괜찮은 일이 있을까요? 문제적인 시인의 근황이라면 말할 것도 없겠지요. 시에 대한 앞으로의 대안 같은 걸 생각하면서 한 말입니다. 나는 아무런 대안이 없습니다. 굳이 있다면 이제 무대에서 내려오는 일입니다.

▷선생에게 무대가 있었던가요?

◀그렇습니다. 제자리에 가만 있으면 되는 거지요. 없는 무대에서 새삼 내려가는 액션을 취할 필요는 없겠네요. 알려줘서 고맙습니다요. 하나 물어봅시다. 어떻게 저런 것들이 대통령이 되겠다고 왔다갔다합니까?14)

---

14) 여기에 대해서 할 말이 조금 있다. 최근 20대 대통령 후보 경선에 나선 인물들의 면면과 그들의 행적과 언행을 보면서 적잖은 환멸을 경험하고 있다. 그들보다 그들을 지지하고 편을 드는 지식인, 예술인, 예능인, 문예인들을 보고 있노라면 생각은 더 복잡다단해진다. 남조선에서 줄기차게 지속된 민주화 운동은 도덕성에 대한 윤리적 우위를

▷박세현 시의 자가 진단을 해보시면 어떨까요? 문제점? 질문이 좀 섹시한가요?

◁내 시의 문제점이라. 질문은 잘못되었습니다. 내 시가

점유하고자 하는 싸움이었는데 이제 그런 판단 기준 자체가 사라졌다. 나는 이제 아무도 믿지 않는다. 그런 면죄부를 스스로 갖는다. 2021년 10월 26일 광주 학살의 일행 가운데 한 명이 죽자 정부는 아무 망설임 없이 그의 장례를 국가장으로 치르기로 결정했다. 여기에 대해서 대놓고 반대하거나 반대하는 척하는 일부 지역과 단체와 개인들이 없는 것은 아니지만(국가장의 알리바이 같은) 놀라움을 금할 수가 없다. 그동안, 그토록, 입이 아프게 떠들어왔던 이른바 광주 학살에 대한 문제제기는 이제 그 정도 하자는 정치적 제스처인가. 용서와 화해라는 위장으로! 나는 지금, 한국정치의 더러운 속성을 비난하고 있지만 더 서글픈 것은 내 안에 있지도 않던 윤리적 기준이 붕괴되었다는 사실이다. 그 점에 대해 애통하고 화를 내는 것이다. 정치가 아니라 문학의 눈으로 보자면 마냥 서글프다. 문학의 사회적 역능 같은 것이 다 물먹는 순간이다. 김수영 시의 어법으로는 '니에미 X이고, 최인훈 작중 인물의 어법으로는 '개 같은 새끼들아 너희들 다'다. 각주를 통해 낮게 떠들어대는 것은 그래서 바로 나 자신을 향하는 발언이기도 하다. 속지 않는 자가 방황한다. 속지 않으려는 자가 화가 나면 각주를 길게 달게 된다.

아니더라도 누군가의 시에 문제점이 있다고 보는 시각 자체가 문제일 겁니다. 모든 시는 작성자의 깜냥과 시론과 철학의 지휘 아래 기획됩니다. 그것의 문제점을 찾는 일은 헛수고이자 교만입니다. 누군가의 삶이 잘못되었다고 지적질하는 것과 다름이 없지요. 그렇게 살지 말어, 이따위 말들 같은.

▷박세현 시에 나타나는 변주나 반복을 염두에 두고 한 질문이었는데 그렇게 방어하면 민망해지는군요.

◁겹쳐쓰기, 덧쓰기, 갔던 길 다시 가기 뭐 이런 겁니다. 같은 걸 써도 어제 생각 다르고 오늘 생각 다르더라구요. 그것이 문제라고 귀띔하는 비평적 시선이 없을 수 없겠지요.

▷물론 고칠 생각은 없으실 테고.

◁누구 허락 받고 쓰는 건 아니니까요. 그렇지만, 고칠 건 고쳐야지요. 시 쓰는 일은 끝없이 자기를 고쳐가는 과정이기도 하니까요.

▷말이 난 김에 본인의 시에서 독자들이 읽어주지 않는 부분은 없는가요? 평론이니 해설이니 하는 측면에서 하는 말입니다.

◁있기야 있는데 그것까지 말하고 싶지는 않아요. 읽는 사람의 매뉴얼까지 간섭하기 싫은 거지요. 그것은 전적으로 읽는 사람의 문제거든요.

▷평론가가 자신의 시에 대해 쓴 글을 읽고 시인이 무릎을 치면서 공감했다는 에피소드도 종종 있잖아요.

◀그럴 수도 있겠지요만 그것 역시 그 사람들의 얘기지요. 시인이 시 속에 자기만의 보물을 감춰뒀는데 그걸 평론가가 찾아냈다는 얘기 아닙니까? 그럼 그건 시인의 겁니까 평론가의 겁니까? 누구의 보물일까요?

▷퀴즈군요.

◀나는 시에 무얼 감추는 일은 하지 않아요. 감출 만한 보물도 없거니와.

▷시는 쓰는 것이 아니라 쓰여진다고 말하고 싶으시지요, 선생님은. 뭐, 그럴 수도 있지요. 이렇게 대답하고 싶으실 겁니다.

◀정신분석에서 분석가를 찾은 내담자가 분석을 받으면서 이렇게 말하지요. 선생님 제가 할 수 있는 말은 다 털어놓았습니다. 더 할 얘기가 없거든요. 그럴 때마다 분석가는 내담자에게 더 말하라고 하지요. 더 할 말이 없을 때부터 내담자는 자기 언어를 만나게 될 겁니다. 주체가 되는 거지요. 그 이전까지의 말은 사실 자기의 말이 아닌 거지요. 이렇게 말하면 분석가가 좋아할 거다. 분석가는 이렇게 분석할 거다 하는 계산 속에서 나오는 연극적인 말입니다. 그것은 누군가에게 배운 말, 배워진 대로 하는 말입니다.

대개의 우리가 그렇게 사는 것처럼. 지금 그 생각이 나는군요.

시인은 분석가가 아니라 분석을 받기 위해 내원한 분석수행자와 유사한 위치에 있는 존재라고 생각합니다요. 마취가 덜 깬 상태로 중얼거리는. 어떤 분석가는 내담자에게 다 안다는 듯이 말할 수도 있습니다. 선생은 우울증입니다. 운명신경증입니다. 그러면 내담자는 고마워하며 저도 그럴 줄 알았습니다. 선생님 분석을 받고 나니 아주 개운합니다. 고맙습니다. 그러면서 분석실 문을 밀고 나설 것입니다. 그런데 이 분석은 실패랍니다. 분석가는 환자에 대해 다 알고 있는 입장이 아니라는 거지요. 분석가 자신의 이해 틀로 내담자의 환상을 이해해서는 안 된다는 거지요. 내담자가 자기의 무의식과 대면하도록 가이드만 하는 거라는군요. 그래서 정신분석의 경우는 정신과와 다르게 처방전이 없답니다. 주사나 약물 치료도 없고. 오로지 언어치료이지요. 소설을 쓰는데 세 가지 법칙이 있는데 안타깝게도 그게 뭔지 아무도 모른다. 서머싯 몸의 말입니다.

▷그 말을 하려고 길게 얘기했군요.

◀말하다 보니 그렇게 늘어졌습니다. 시쓰기와 정신분석의 과정은 정확하게 교차한다는 말씀.

▷더 할 말이 없을 때부터 시라는

◀나는 그렇게 생각

▷웃자고 하는 얘기. 한국문학에 없는 세 가지 혹시 아세요?

◀웃기지도 않는군요. 왜 세 가지만 되겠어요. 삼백 가지는 될 걸요?

▷누가 『나는 가끔 혼자 웃는다』를 국내 굴지의 문학상 후보로 추천했더군요.

◀일종의 스캔들이지요. 내 시집이 거론됐다는 사실보다 잘 알지도 못하는 시인이 천거했다는 사실이 내게는 더 흥미롭습니다. 상금은 누군가의 계좌로 입금되겠지요만 나는 아닙니다. 모든 상은 그 상을 작동시키는 메커니즘이 있을 테니까요. 내가 문학상 후보에 추천되었다는 사실도 한국문학에 없었던 일의 한 가지겠군요. 이쯤에서 내가 읽은 것 중에서 잊을 수 없는 한 가지를 소개하고 싶소. 괜찮겠소?

▷좋습니다. 부코스킵니까?

◀아니오.

▷혹시 대포알(DFW) 아닌가요?

◀국내 도서에서 읽은 내용입니다. 한 편의 독립영화라 생각하고 들어주시오 혹은 읽어주시오. 하하하. 출처는 정지돈의 『영화와 시』 75~76쪽.

영화평론가 정성일은 긴 강연 시간으로 유명하다. 한번은 부산의 백화점 문화센터에 강연을 갔다. 영화의 전당도 생기기 전, 영화를 사랑하지만 기회가 많지 않았던 반백 명내외의 시네필들은 강연을 듣기 위해 문화센터에 모였다. 이른 저녁에 시작된 강연은 예정된 시간을 훌쩍 넘겨 진행됐고 백화점 건물 전체의 마감 시간인 11시가 되었다. 경비원이 말했다. 이제 셔터 문을 내려야 한다고, 지금 문을 내리면 내일 아침 6시까지 아무도 나가지 못한다고. 정성일은 말했다. 저는 아직 영화에 대해 할 이야기가 남아 있습니다. 저와 함께할 동지가 하나라도 있다면 강연을 계속하겠습니다. 우정의 이름으로. 한 명도 자리에서 일어나지 않았다. 당시 그 자리에 있었던 청중 한 명은 후에 그 사건을 이렇게 회고한다. 새벽 4시쯤 되었을까요, 사람들 대부분 곯아떨어졌고 저도 더 이상 견디지 못하고 잠이 들었습니다. 얼마나 잤는지 모르겠네요. 동이 텄고 문화센터의 창문을 통해 햇빛이 들어왔습니다. 저는 겨우 눈을 뜨고 앞을 바라봤습니다. 모든 사람이 잠든 방 안에서 오직 한 사람, 정성일만이 강연을 계속하고 있었습니다. 그의 머리 위로 아침 해가 만든 후광이 빛났습니다……

▷미쳤군요.

◀왜 아니겠소. 그러나 아름답지요. 미치지 않고는 미칠

수 없다는 시네필 판본이지요. 저는 아직 영화에 대해 할 이야기가 남아 있습니다. 영화에 첫정을 바친 사람이 할 수 있는 말입니다. 어쩌면 그의 이야기는 지금이 시작인지도 모릅니다. 시처럼, 연쇄되는 기표처럼. 할 말 다 했는데 또 그만큼 고여 있는 샘물. 그게 아니라면 어떻게 시를 쓰겠소. 이제 쓸 거 다 썼다며 자신을 달래고 있을 처지들은 물론 이런 장면과 상관이 없겠지요. 더 이상 사랑은 내 것이 아니다.

▷정성일에게 자신을 투영하고 있는 거지요, 지금?

◀그런 건 아니지만 아닌 것도 아닙니다. 지금 내 모습이 그러하지 않소? 독자가 누군지도 모르면서 떠들고 있는 이 순간, 이 모습 말입니다. 정성일의 첫 영화는 「카페 느와르」인데, 런닝 타임 198분이지요. 세 시간 하고도 18분. 물론 영화를 본 사람은 거의 없을 테지만.

▷침묵하겠습니다. 묵. 묵.

◀그럽시다. 묵.

(잠시, 인터미션)

▷가을입니다. 오늘은 한글날.

◀좋은 날들입니다. 아무리 얘기한들 시는 시일 뿐이군요.

▷시와 무관해보이는 질문을 좀 할게요. 하루를 어떻게 보내시는지요?

◀내 입장에서는 보내는 거지만 시간의 입장에서는 흘러가는 거지요, 하루를 지내는 거지요, 지낸다는 말이 더 맞겠다. 그 말 좋네요, 좋은 일이 일어날 것 같은데 아무 일도 일어나지 않고 지나가는 날처럼 그렇게 지냅니다. 밋밋하게.

▷휴대폰 가득 충전해놨는데 쓸 일 없듯이요.[15]

◀그렇소. 황동규 선생 시에 그런 대목이 있었던 거 같소.

▷시 쓰면서 시에서 뭔가 누락되었다고 생각한 적 없는가요? 비어 있는 혹은 불구적인 요소 같은 거 말입니다. 질문이 이해되시나요?

◀있습니다. 내 시에는 삶이 거세되어 있는 게 아닌가 하고 늘 의심합니다. 삶의 거죽만 지나쳐왔다는 생각입니다. 인생에 대해서 할 말이 거의 없습니다. 살자, 더 살자.

▷더는 '더 오래' 이런 뜻인가요?

◀'더 진하게 살자.'(하하하) 책 읽고, 책상에서 자판 두드리고, 산책하고 뭐 이런 건 사는 게 아닌 거 같아요. 왠지 쓱 지나가는 카메오 역할 같아서. 종이에 코를 박고 살아온 시간이 급 공허해 보입니다. 이건 뭐지? 스스로 묻고 답합

---

15) 주말이 낀 지난 사흘 가득
충전해놓은 휴대폰이 내내 침묵하고 있다.
(황동규, 이런 봄날)

니다. 말짱 도루묵. 요즘은 요리에 눈길이 가지만 거기까집니다. 이때까지 해본 요리는 달걀 프라이 정도고 그것도 제대로 잘 되지 않지요. 내 삶이 꼭 이런 모습이지요. 나에게 삶이 없다는 건 이런 순간을 말합니다. 오래 혼자 살았는데 그땐 뭘 먹고 살았는지 갑자기 생각이 안 나는군요. 하하하. 줄리언 반스의 『또 이따위 레시피라니』나 뒤적거려봐야겠어요. 실천은 안 되겠고. 이젠 굶어야지요. 가나오나 먹는 얘기잖아요.

▷마구 이해됩니다.

◀작가들은 읽고 쓰는 직업에 메마름을 견디기 위해 다른 일들에 시간을 할애하잖아요. 하루키에게는 마라톤과 음악, 여행이 있고, 줄리언 반스에게는 요리, 블라디미르 나보코프에겐 나비, 부코스키의 경마, 마루야마 겐지의 자급자족 생활, 데이비드 포스터 월리스의 테니스, 김수영의 양계, 김영태와 이제하의 그림. 금방 머리를 지나가는 것들입니다. 나름 자기를 견디는 방편들이 부럽습디다. 실천되지 않을 계획을 몇 오픈하겠습니다.

▷왜 실천하지 않을 계획을 세우시는데요?

◀여러 이유와 조건으로 그렇게 될 것이기에 실천되지 않을 것이라 짐작합니다. 예를 들면 방통대에 입학하는 일입니다.

▷방송대가 아닌가요? 갑자기 대학이라니요. 대학 지겹지

않으신가요?

◀무슨 공부를 하겠다기보다 자퇴를 해보고 싶습니다. 아무개 대학 중퇴.

▷농담이지요?

◀농담입니다. 모든 농담은 진담입니다. 본의 아니게 말해진 내용이 바로 본의지요. 중퇴의 꿈 말고도 주식 공부를 해보고 싶고, 요리도 해보고 싶은 항목이지만 둘 다 실천하지 않을 겁니다. 글렌 굴드가 주식을 했다는 게 신기했습니다. 뉴욕을 가 봐야겠다고 늘 생각하는데 이것 역시 이루어질 수 없는 사랑 같습니다. 재즈의 수도를 걸어보고 싶은 거지요.

▷하나같이 이루어질 수 있는 내용들로 보이는데 왜 지레 연막을 치시나요?

◀물거품이 될 생각들이지요.

▷만약 그런 희망이 실현된다면 시 쓰는 일에 도움이 되겠지요.

◀시는 모르지만 삶은 더 살아질 겁니다. 알기 때문에 쓰는 것이 아니라 모르기 때문에, 모르면서 쓰는 것이 시일 것입니다. 역시 잘 모르지만.[16]

---

16) 모른다는 것은 몇 안 남은 축복이다. 알아가는 것은

오랜만에 재즈를 듣는 밤이다.

오늘은 재즈가 아니라 '오랜만에'라는 시간에 방점을 찍는다.

지금 시각은 열두 시 반. 한글날은 어제였군. 가랑비.

▷우린 참 긴 시간 동안 대화를 나누었습니다. 속말 같고, 독백 같고, 방언 같기도 한 말들의 잔치였습니다. 대체로 솔직하게 털어놓았다고 생각합니다. 그렇지요?

◀네, 그렇소. 이렇게 긴 시간 긴 말을 뱉아내고도 남는 말이 있소. 할 말이 남아 있다는 뜻도 됩니다만 그보다는 어떻게 말해도 말이라는 게 잔여가 남는다는 뜻입니다. 말이라는 게 그래서 다해질 수 없는 거지요. 그리하여 말하고 또 말하고 또 말하지만 말의 핵심에는 끝내 도달하지 못하는 헛걸음. 시에 대해서(관해서) 말한다고 했지만 아무것도 말하지 못한 듯 하외다. 나의 재주에도 한계가 있지만 그것과는 본질적(본능적)으로 다른 차원의 문제가 도사리

몇 안 남은 기쁨이다. 대상이 훌륭해서가 아니라 내가 그 대상에 대해 잘 모르기 때문에, 그 대상을 둘러싼 이미지를 통해 꿈을 꿀 수 있기 때문에 그렇다. 벤 러너가 진행한 〈파리 리뷰〉의 인터뷰에서 아일린 마일스는 말했다. 나는 절대 시를 소리 내서 읽지 않는다. 나는 내 목소리를 좋아하지 않고 내 시는 내 안의 어떤 목소리가 쓴 것이지만 내 실제 목소리가 쓴 것은 아니다. (정지돈, 영화와 시, 145쪽)

고 있을 겁니다. 시의 슬픔이자 자부심이겠지요.

▷시에 대해 토론하는 일이 그렇다면 시도 그렇겠지요.

◀나는 그렇습니다. 욕망이 기표의 연쇄이듯이 시를 향한 욕망 또한 그럴 겁니다. 시를 쓰고 나면 시가 완결되는 것이 아니라 나도 모르는 다른 구멍(결여)이 벌어져서 다시 그리로 들어가는 것이지요. 장시간에 걸쳐 얘기했지만 자세한 건 다음에 다시 만나 대화를 나누어야 될 것 같지 않나요? 얘기하고 또 하고. 환유적이군요. 기표의 연쇄.

▷시집「갈 데까지 가보는 것」을 빌어서 얘기를 나누었는데 마칠 시간입니다.

◀못다한 얘기는 다음에 합시다.

▷환유의 끝이 또 열리는 순간이군요. 하하하.

영혼의 빈 구멍

칠십에는 어떻게 사는가

▷또, 시집 인터뷰인가?

◁그렇다. 또, 인터뷰를 하게 되었다. 남한이 5년마다 대통령을 뽑는 거랑 다르지 않다. 출판사가 정한 디자인 규정을 따른다. 내 탓만은 아니라는 말이다.

▷인터뷰의 어조와 형식은 지난 번 시집 때와 같이 변한 게 없다.

◁사람은 쉽게 변하지 않는다.

▷올해 몇 살인가.

◁알면서 묻는 줄 안다. 그러나 대답한다. 칠십이다.

▷시인이 생각하는 칠십은 어떤 의미인가.

◁칠십은 일흔이고 일흔은 잃은으로 발음된다. 무엇인가

를 상실해가는 시간이다.

▷무얼 상실하는가.

◀가진 것을 잃을 것이고, 갖지 못한 것도 잃어버리는 계절
이라고 해야겠지.

▷시인 물이 많이 든 말이다.

◀(소리 없이 웃는다)

▷칠십에는 어떻게 사는가.

◀하루하루. 하루 벌어 하루 먹고 사는 일용직처럼 산다.
나는 그게 좋더라. 굳이나 행복하려고 발버둥치지 않는 생
활.

▷조선 나이 70은 무언가를 정리하는 타이밍이다.

◀그렇다. 연말정산 같은 시기다. 나는 정리나 결론이라는
개념을 좋아하지 않는 편이다. 사는 일은 매일이 정리고
결론이다. 흰 가운을 걸친 의사 배역이 등장해 운명하셨습
니다, 그렇게 선언하는 순간이 삶의 진정한 결론이고 정리
일 것이다.

▷지금 심정은?

◀모르겠다. 어지러운 문장 속을 나오는 느낌이랄까. 인생,
참 모르겠어. 이게 나의 대답이다. 정의하거나 단정하는
태도에 대해서는 귀 기울이지 않는다.

▷대충 동의가 된다. 시선집이나 전집 같은 걸 궁리하고
있는지를 물어본 거다.

◀그런 문제라면 죽은 뒤에 생각해도 늦지 않을 거다. 내 사전엔 그런 시시한 계획은 없다.

▷단호하시군.

◀조금 전에 강릉 단오장에 다녀왔다. 굿당에서 굿을 봤다. 삶이 온통, 온전히 굿판이라는 자기 확인.

영혼의 빈 구멍

▷앞전 시집 『갈 데까지 가보는 것』이 2021년 11월 10일이다. 이번 시집 『아주 사적인 시』와는 아주 촉급한 거리에서 인쇄되고 있다. 너무 촘촘하지 않은가.

◀촘촘하다. 그 표현이 딱이군.

▷밥 먹고 시만 쓰는가, 묻는다.

◀시인이 직업이 아니듯이 시쓰는 일도 일이 아니다. 다작이나 과작은 업자마다의 생산방식일 뿐이다. 어쩌다 내 시집의 터울이 촘촘했을 뿐이다. 나는 쓴다. 그냥 쓴다. 아무렇게나 쓴다, 이것이 내 작업방식이다. 이러면 안 되는가, 되묻는다.

▷요즘도 그러면 시를 많이 쓰는가.

◀나는 시를 많이 쓴다고 써 본 적은 없다. 타이피스트처럼 혹은 피아니스트처럼 앉아서 자판을 꾹꾹 눌러봤을 뿐이다. 내 말을 적절하지 못한 언어의 방편으로 해석하지 않기

를 바란다. 거듭 말한다. 나는 쓴다. 그것이 시라면 시이겠고, 시의 찌꺼기라면 찌꺼기다. 시라는 말에 속지 않으면 된 거다. 시라고 앞장 선 시들이 또 얼마나 수상한 것들인가, 그런 걸 따져보는 시간이 내가 키보드를 두드리는 순간이다. 그 순간에 굽어진 내 어깨를 나는 시라고 말하고 싶다. 너무 나갔나. 그럼 다시 뒷걸음으로 돌아와 출발하자. 시를 많이 썼네, 적게 썼네 하는 말이 너무 가볍게 들린다는 뜻이었다. 시에 일생을 건다는 표현도 들어봤다. 물론 구시대의 어법이다. 시가 나에게 자기 생을 걸지 않는데 내가 시에 생을 걸 이유가 없다. 그건 계산이 맞지 않다.

▷시쓰는 일이 좀 시들하거나 물릴 때가 되지 않았는가.

◁당근, 시들하고 물리고 꾀가 난다. 강릉말로는 손살이 풀렸다는 말도 된다. 손에 힘이 빠지고 엄두가 나지 않지만 엄두를 탓하면서 키보드를 두드리고 있다.

▷그런데도 계속 쓰는가.

◁주의할 말은 '그런데도'이다. 그렇기 때문에 쓴다. 할 말이 없어서 할 말이 없는 채로 쓰는 거다. 그게 더 시에 가까워지는 느낌이다. 이형기의 〈불행〉에는

텅텅 비어 있는 여기저기에
누구에게나처럼 벌레는 운다
행복하고 싶었던 그 시절이

실은 행복한 시절이었다

내가 좋아하는 경구가 들어 있다. 시를 쓰고 싶은 열망이 남아 있을 때가 좋았다. 그때가 시인이었다. 이제는 그런 열망을 추동하는 계기를 억지로 만든다. 詩들하다. 그만둘 수 없는 관성을 따라가면서 쓴다. 좀 더 나가면 이론이 된다. 시시한 문학이론들. 아시다시피 문학은 이론이나 지식으로 존재하는 형태가 아니다. 그러나 쓰는 순간은 구원이다. 구원은 다소 사기성이 있는 말이지만 문학에서 구원은 쓰는 순간에만 한정되는 특별한 자기 효과다. 자아의 빈 구멍을 메우는 그 몰입의 순간 말이다. 누구나 시를 쓰고 시인이 많을 수밖에 없는 필연성이 여기에 있을 것이다. 구멍의 종류나 크기는 저마다 다를 것이다. 타자가 대신 막아줄 수 없는 구멍들. 채울수록 더 헐렁해지는 자아의 슬픈 구멍들. 신체의 모든 구멍들이 허기의 아가리를 벌리고 있듯이, 한없는 비애이듯이. 결코 채워지지 않는 영혼의 구멍들이 나를 기다린다.

▷자아는 뭔가요. 그런 게 있나요. 헛소리 아니던가요. 자신이 그렇게 생각하고 자신의 생각을 신념하는 문제가 아니던가요.

◀(혼잣말로) 立破自在.

정점을 놓치다

▷좋은 시인은 각자의 시적인 정점 혹은 극점을 가지고 있다. 시인이 가진 시힘의 최대치가 터져나오는 지점을 가리키는 말이겠다. 물론 자신의 정점을 만들지 못하는 시인들이 대다수다. 정점을 오해하는 시인도 줄잡아 87%는 될 것이다. 본인의 경우는 어떤가.

◀시쓰기 경력만으로 본다면 정점이 한 두어 개는 만들어졌어야 마땅하다. 웃으면서 가볍게 답하겠다. 정색하지 말기를 바란다. 내 시의 정점 혹은 극점이라면 나는 이미 그곳을 지나쳐온 것 같다. 그래서 지금은 이게 아닌가 봐, 하면서 모르고 지나쳐온 정점 방향으로 되돌아가는 중이다. 아시겠지만 이제는 그곳이 또 어딘지 헷갈린다. 여기 같은데, 저기 같은데. 문학하기에서 확신만큼 비속한 것이 있겠는가.

▷시집의 볼륨이 꽤 두껍다. 일반적 관행을 위반하는 두께다. 이렇게 된 연유를 설득시켜 달라.

◀얇은 시집이 있으니까 상대적으로 두꺼워 보일 뿐이다. 혹시 시집은 얄팍해야 된다는 관습에 오염된 건 아닌지 돌아볼 일이다. 굳이 변명삼아 떠들자면 두꺼워야지, 해서 볼륨이 확대된 건 전혀 아니다. 좀 추렸어야 되는데 파스칼식으로 말하자면 선별할 시간이 부족해서 그렇게 되었다.

일종의 귀차니즘이다. 내가 쓴 시의 우열을 내가 손수 저울질하는 일이 서글퍼서 그냥 통과했다. 내 시집의 여러 성향들을 개관하면 기존 출판의 상식이나 안목과 잘 부합하지 않는다고 본다. 내 문학의 인연도 그 지점 어딘가를 떠돌고 있다. 이 사람 뭐하는 거야, 이렇게 생각하실 분들이 있을 것이다. 그래도 너무 뭐라고 하지 않았으면 좋겠다. 키 큰 사람이 있고, 작은 사람이 있듯이 그러려니 하면서 넘어가 주기를 바란다.

기우제식 글쓰기

문학이 싸우는 것도 고정관념이 아니겠나. 고정된 그 관념 말이다. 고정관념은 무섭다. 예를 들어서, 남조선이 민주주의라고 믿는 것도 일종의 고정관념이다. 중공이 사회주의 국가가 아니라 국가 독점 자본주의이듯이, 남한은 왕조 민주주의에 가까워보인다. 예를 들자면 입이 아프지만 진화하지 못하고 남아 있는 한두 가지 예만 슬쩍 들겠다. 대통령 처에 대한 호칭을 여사냐 —씨냐, 당선자냐 당선인이냐로 떠들어대는 것이 한국식 민주주의의 천박함이다. 정치자나 그들 빠집단의 머리에 고름이 들어 있다는 증거로 이해한다. 대통령의 '심기' 따위의 표현을 보자면 이건 가관이다. 왕조국가의 얄팍한 위장으로 보인다. 이것을 두고 나는 남한사회의 언필칭 민주주의라는 환각에 대한 고정관념(습)으로 이해한다. 이렇게 말하는 나는 부정적인 사람이다. 더 말해도 되겠는가.

▷계속

◀이런 말 하면 역시 당신은 그런 사람이라고, 고정관념의 잣대를 들이댈 것이다. 다른 지면에서도 같은 말을 떠들었는데 아무도 읽지 않아서 다시 반복한다. 나의 글쓰기는 이른바 기우제식 글쓰기다. 누군가 읽을 때까지 쓴다. 원하는 글이 무엇인지 모르는 채로 쓴다. 꾸역꾸역 쓴다. 미심쩍은 삶을 미심쩍은 언어로 번안하면서 쓴다. 기우제를 지내도 오지 않는 비는 오지 않는다. 그래도 기우제는 그 형식에 이미 비를 담고 있다. 마음은 늘 축축한 빗소리에 젖고 있으니까.

열린음악회, 가요무대, 전국노래자랑은 여러 면에서 남한사회의 척도를 생각하게 하는 티비 프로그램이다. 불특정 다수의 국민을 위로하는 오래된 국민프로그램이라는 점이 프로그램을 지속하는 근거라고 추측한다. 남조선 민중의 정서를 반영하는 지표인가 아니면 우리네 정서적 표준이 여기에 있다는 뜻인지, 모르겠다. 나는 지금 무슨 말을 떠들고 있는가. 내 말의 핵심은 우리가 진부한 고정관습의 자장 속에 무감하게 놓여 흘러가고 있다는 말이다. 문학의 여러 존재 이유 중 하나는 우리를 포위하고 있는 고정관념을 깨뜨리고 나아가 끝내 이겨내야 하는 작업이 아니겠는가. 반대로 고정관념의 품에 안겨 달콤하게 지내는 방법도 있다. 남한사회의 전개과정에서 보자면 그말이 그말이 되고 말았다. 권력독점의 임무교대 같은. 한국사회의 지배이데올로기는 먹튀에 있는 것 같다. 먹고 튀는 정치.

▷말을 다 했는가.

◀내가 하려는 말은 이제부터다. 앞서 말한 연장선을 문학으로 끌고 오면 먼저 눈에 드는 것이 신춘문예 공모제도다. 신춘문예가 이미 신춘문예가 된 지 오래지만 끈질기게 지속되고 있다. 투고하고, 심사하고, 당선하고, 시상식 하는 그 일련의 반복이 한국문학을 이끌어가는 동력의 하나라는 착각은 참 착하다.

▷그럼 어쩌자는 거냐.

◀그건 나도 모르겠다.

▷대책 없이 비판적으로 말하는 습관은 부도덕이다.

◀그것도 맞다. 그러나 그런 발끈 역시 문학제도의 뒷구멍에서 문학을 뒤로 잡아당기는 나쁜 순응이다. 대책 없음은 대책 없음이다. 그게 대책이다. 문예 지망자가 등단 지면이 없어 등단을 못하고 있습니다, 그게 말이 될까요. 한국문학은 이런 속 좁은 시스템 속에서 자살당하고 있는 것이 아닐까, 싶네요. 그 밥에 그 나물 같은 심사위원이 둘러앉아서 그저 그런 시를 뽑는 순환의 고리는 모순과 범상한 악의

형태라고 본다. 그 중심에 신춘문예가 있다는 게 내 생각.

▷그건 당신 생각이다. 남조선 사람 누구도 동의하지 않을 것이라 확신한다.

◀그만큼 내 문학의 적들이 많다는 말로 알아듣겠다. (같이 마음 놓고 웃음)

▷우울증의 반사적 표현으로 적어놓겠다. 남조선인들은 우울증에 대해서는 관대하다는 것도 참고.

오염된 시선으로

이번 시집의 볼륨 문제나 목차 생략, 생뚱스러운 부 제목 같은 것도 고정관념에 대한 어깃장인가, 묻는다. 보기에 따라서는 부담스럽기도 하다.

◀목차가 있어야 된다는 것 자체가 오염된 시선은 아닌지. 관행의 시다바리. 목차가 없는 것은 아무 페이지나 열어봐도 된다는 뜻이다. 거기부터 시작이겠고

▷각 부에 붙어 있는 소제목은 독자용 낚시 같은데

◀그렇기는 한데 요즘 사람들은 내성이 강해서 그 정도의 낚시는 물지 않는다. 낚시 기능이라면 그건 강태공의 낚싯바늘이다.

▷튀어보려고 억지를 부리고 있는 것은 아닌지

◀튀면 튀는 대로

▷독자는 그리 만만하지 않다.

◀안다. 독자는 만만의 콩떡이라는 걸.

▷시집이나 문예지를 읽는가.

◀읽지 않는다.

▷대답이 당당하다.

◀재미없다.

▷시를 재미로 읽는가.

◀재미로 읽는다. 재미에 대한 정의가 문제겠지만 하여간 그렇다. 입맛이 다르듯이 시에 대한 재미도 그렇다고 본다. 한 마디만 짚겠다. 진지한 척 구시렁거리는 시는 눈이 잘 가지 않는다. 그런 시에서 은혜를 받은 적이 없기 때문이다. 그렇다고 진지성을 재미없음과 동일시하지 말기 바란다. 바지를 내리고 있는 시를 재미로 착각하지는 않으시겠지들. 한 마디 더 보태겠다. 내 말의 요지는 6주 특강 같은 개인교습이나 문창과 커리큘럼을 통해 익힌 시들은 지하철에 내걸린 시민 응모작과 혈통이 다르지 않다는 점을 강조한다. 전국노래자랑이 현실 문학판의 방송 버전이라고 보면 어떨까.

▷역시 당신 생각

◀고맙다, 내 생각이 충만하다는 사실에.

▷침대맡에 두고 있는 시집이 있는가.

◀침대에서는 책을 읽지 않는다. 대체로 침대에서는 다른

업무가 기다리고 있거든. 그리고 개인적인 공간에서 읽는 은밀한 책을 누군가에게 알려준다는 것은 피차간에 해서는 안 될 일이라고 본다. 그건 민망하다. 금년도 노벨상 수상작이라 하더라도 달라지지 않는다. 이건 일종의 나만의 신념이다. 화장실에서 읽는 책은 알려줄 수 있지만 참는 게 좋겠다.

▷제목에 대해서 물어보자. 이 제목의 포괄적 의미는 무엇인가. 아니 무엇을 겨냥하고 있는가.

◀문예지에 시를 발표할 때 사진을 보내달라고 할 때처럼 시집의 제목을 궁리할 때는 난감하다. 내남없이 그럴 것이라고 본다. 우선은 단순한 제목으로 가자는 것이었다. 강릉 단오장에서 공연 중인 동춘서커스단의 공중묘기 같은 제목은 제외하자. 단순한 명사형의 제목을 골랐는데 그 중 하나가 동문서답이다. 나는 이 사자성어를 많이 생각해왔다. 동쪽을 물었더니 동쪽을 가리키는 응전형식은 시에서 충분히 봐 왔다. 정답이 없는 삶에서 이것이 정답이라는 식의 발언은 수상하고 재미없다. 일종의 어용화된 문학이다. 어긋나고 덧나고 방향을 잃어버리는 시가 시다. 무엇보다 내 시를 안아줄 수 있는 간판을 고심했다. 그런 과정에서 낙점된 제목이 '아주 사적인 시'다. 남한의 너절한 국회회원들 같으면 국민투표에 붙이려고 했을 것이다. 나의 시는 일인용 시다. 나만을 위한 시다. 공익성 같은 것이 알뜰

하게 제거된 시가 아니겠는가. 그래서 사적이라는, 단서를 달게 되었다. 내 생각이 여기에 있다는 것이다. 다르게 이해되는 여지는 저자의 몫은 아니다.

뜬구름 잡는 일

▷어디선가 말했다. 잘 쓴 시와 좋은 시가 있는 게 아니라 그것에 대한 환상이 있다고 했다. 기억나는가. 그 환상은 채워지지 않는다는 취지였다.

◁그렇소. 시 잘 써서 뭣하겠소.

▷그 말에는 다 아는 척 하는 싸구려 도사 냄새가 나는군.

◁틀린 말은 아니다. 잘 썼다는 말에 놀아날 일이 아니라는 뜻의 강조 어법이다. 자의식의 구멍에는 잘 생긴 구멍과 못 생긴 구멍이 따로 있지 않다. 서로 다른 구멍이 있을 뿐이다. 동의하시는가?

▷동의한다기보다

◁나는 꽤 공정하게 하는 말이다. 나의 발언이 옳을 것까지는 없어도 모종의 일반성을 확보하고 있다고 본다. 인생에 정답이 없는데 시에 답이 있다는 거, 그거 수상하지 않은가.

▷그건 그렇다.

◁'그건 그렇다'가 아니라 '그건 그렇다'를 넘어서는 문제다. 시쓰기는 국자나 조리로 내면에 떠 있는 건더기를 걸러

내는 일이다.

▷다 퍼내면 끝이란 말인가.

◀맞다. 문제는 그게 퍼내도 퍼내도 다 비워지지 않고 늘 찌꺼기가 남아돈다는 점이다. 그 찌꺼기를 긁어내는 작업이 시쓰기라고 보면 어떨까. 시지프스의 인연이지.

▷시를 다 썼다고 선언하는 건 뭐지? 자기 속의 찌꺼기를 다 긁어냈다는 뜻이 되는가?

◀그 차원이라면 도사의 경지이거나 내면의 오폐수 정화 작업을 포기했다는 뜻이 아닐까? (이 장면에 녹음된 웃음소리)

▷지금도 잘 쓴 시와 좋은 시에 대한 생각은 변함없는지.

◀그런 생각 자체가 환타지라는 점은 변함없음. 우리가 원하는 건 잘 쓴 시이기도 하지만 좋은 시라고 생각함.

▷잘 쓴 시와 좋은 시를 구분하는가?

◀소다간 말장난이지만 잘 쓴 시는 당대 시문법에 잘 적응한 시가 되겠지. 좋은 시는 그런 것을 격파하고 나아간 시라고 해야겠지. 학습된 시가 잘 쓴 시에 해당할 개연성이 있다면 좋은 시는 학습에서 먼 시들일 것이고, 중심과 당대 문학의 규약과도 먼 거리에 있다고 봐야겠지.

▷잘 쓴 시와 좋은 시가 포개졌을 때는 잭팟이겠군

◀그런 행운은 드물겠지. 꿩도 먹고 알도 먹는 일이니까

▷예를 들면

◀지면 관계상 예는 다음에 들도록 하자.

▷누군가 시를 열심히 쓰고 있다면 자기 내면에 뚫린 구멍 틀어막기에 열중이라는 뜻이겠다.

◀우린 늘 뒤가 깔끔하지 않잖어. 앉았던 자리, 바지 구겨진 자국, 애증, 존경, 숭배, 추억, 역사 같은 더러운 찌꺼기들이 늘 남아돌잖어. 어쩔 수 없거나 불가피한 그런 무의식의 어른거림으로부터 어떻게 달아난단 말인가. 시는, 에, 또 개똥철학으로 말하자면 그런 혼란을 견디는 문자적 응전 방식이겠지.

▷단정적 표현을 피하고 추측성 어미를 쓰시는군. 자기 생각을 다운시키는 인상이다. 확신이 부족한

◀앞에서 잭팟이라는 용어를 썼지만 문학은 도박이다. 도박성이다. 확실한 건 없다. 우스운 말이지만(웃지 않으면서) 시쓰기는 특히 뜬구름 잡는 일이라고 본다. 나는 그게 좋다. 뜬구름을 잡으려는 헛손질. 저 먼 옛날 학부시절에 고전문학을 강의하던 교수가 했던 말이 생각나는군. 시는 뜬구름 잡는 일이라며 시쓰는 제자들에게 정신 차리라고 훈계하곤 했다. 그 말은 정확했어. 나를 봐봐. 비실용적이고, 비현실적인 일에 속절없이 끄달려가고 있잖아.

▷그 일에도 보람이 있으실까?

◀소용없음, 그것만이 유일한 보람이다. 부수적으로는 문예지에 시를 발표하고 원고료를 떼일 때마다 쓸쓸한 남조

선 문학의 보람을 만끽한다. 그 돈이 단지 이삼만원일 때는 더 그렇다. 그 돈을 모아 네팔이나 우크라이나 난민을 돕겠다는데도 입금이 되지 않는 게 지금 이 순간 한반도 남부의 문화현실이다.

증상의 문자적 징징거림

▷그래도, 아니 그렇더라도 시쓰기는 충만한 자기만족 때문에 대부분의 문예인들이 손 놓지 못하고 시에 복무중인 것이 아니던가

◀자기만족이라 했는가. 재미있는 표현이다. 자위적 취미 활동이지. 자기만족은 그 말 속에 이미 분리할 수 없는 기만을 껴안고 있다. 다시 말하겠다. 자기 만족은 자기 기만이다. 그러지 않고 어떻게 시에 붙어 살 수 있을까? 시에 속고 시를 속이는 과정이 시쓰기라면 나는 한 표 던지겠다.

▷생각나는군. 어디선가 시쓰기를 징징거림이라 정의했더군. 좀 심하지 않았나 싶더군. 고상한 시를 징징거림이라고 하면 다른 사람들 뭐라 생각할까. 징징거리는 시의 예를 들어달라.

◀시간 관계상 예는 생략하겠다. 궁금하면 아무 시나 꺼내 첫 줄만 읽어보길.

▷증상의 문자적 징징거림?

◀사정이 이러하니 한국문학사 전체가 징징거림의 울림통이 된 거겠지. 오래되고 질긴 자기기만의 형식이 내가 알고 있는 시였음. 미학에 이르지 못하고 좌절하는 자아의 메마른 비극이 아닐까.

▷징징 (우는 소리를 흉내 냄)

◀시적 리듬이 몸에 붙었어. 잘 하시네.

언어만 믿고 싶다

▷박세현표 시를 쉬운 시라고 규정하는 시선도 있다.

◀누가?

▷아무도 그런 말을 하지 않고 있다는 침묵이 그것의 반증이 아닐까 싶은데

◀일종의 뒷구멍 합의?

▷그럴지도 모른다. 쉬운 시라고 해서 쉽게 쓰여졌다는 짐작은 아닐 것이다.

◀제작자 입장에서는 쉬운 시도 좋고, 쉽게 쓰여졌다는 독후감적 추리에도 반대하지 않는다. 나는 시 한 편을 쓰는데 오랜 시간을 들이지 않는다. 반대로 밤을 지새우고 다음 날 또 고심하는 경우도 있겠으나 그건 각자의 작업방식이다. 소설은 오래 붙들고 있으면 소설가에게 뭔가를 돌려주지만 시는 그렇지 않은 장르다. 시는 오래 붙들고 있으면

철학이 되기 쉽다. 시가 철학적이라고 하는 것은 시에 대한 경멸이다. 시는 고정된 실체가 아니라 쓰여지지 않는 무엇이다. 그러니 시는 전통이나 고전이라는 말을 견디기 힘들어한다. 자신이 그렇게 되는 것조차 경계한다. 시는 쓰여지면서 사라진다. 우리가 읽는 시는 시의 잔여물이자 찌꺼기가 아니겠는가, 싶다.

나의 시쓰기는 속기록적 방식이다. 말을 해놓고 보니 더 그럴 듯 하군. 쉴 없이 또 급속으로 흘러가는 생각에 언어의 둑을 쌓겠다고 고심하다 보면 생각이여, 무정한 나의 생각은 저만치 가버리고 없다. 생각이라는 환상도 생물이다. 고정된 실체가 없다. 고정된 건 언어라는 몹쓸 기표뿐이다. 나는 언어라는 방편을 믿지 않지만 이제는 언어만 믿고 싶다. 언어만이 진실이다. 언어에 담기지 못한 생각은 유령이다. 이렇게 중얼거려 보는 거다. 바닷가에서 손으로 모래를 움켜쥐었지만 모래알은 다 빠져나가고 빈손만 남는 거, 그게 언어 아니던가. 언어에 속고 싶다는 이 열망을 아시는지. 이렇다 할 문학적 자산 없이, 좌판 하나 달랑 들고 여기까지 온 거 기적이 아닌가?

▷기적은 무슨. 기적소리겠지. 그리고 여기까지 왔다고 했는데, 여긴 어디란 말인가.

◀뭘, 그런 걸 굳이 따져물으시나. 말을 하다보면 혓바닥 근육의 탄력이라는 게 있고, 제 힘으로 굴러가는 말도 있을

것인데 그 말을 해명하라는 건 심술궂다. 취소할 용의가 있다. 여기까지라고 했지만 나도 여기가 어딘지는 모르겠다. 살펴보겠다.

▷문학적 자산을 탕진했다는 말로도 들린다.

◀나에게는 출발부터 까먹을 문학적 자산이라는 게 없었으니 탕진이라는 말은 어울리지 않는다. 인건비 건지기 어려운 자영업 골목을 헤매다 이렇게 되고 말았다는 것이 내 자전적 진실의 일면이다. 또 이러다 말겠지만.

▷대화를 너무 진지하게 끌어가고 싶지 않다. 가벼운 토픽으로 가보자.

◀지금, 충분히 가볍다. 견딜 수 없이 가벼운데

▷가령, 코로나 시국이 종점에 왔는데 어떤 생각이 드는지 묻는다.

◀난리부르스. 인간은 서로에게 병균이라는 생각. 교수형 일순위는 정치자들이라는 결론. 질병의 정치학 또는 정치의 질병학. 중공발 우한폐렴 동안에 남조선 지성이나 논객들의 핸드마이크의 전원이 꺼져 있었던 것은 아닌지.

멜로드라마는 사양

▷홍상수가 〈소설가의 영화〉를 개봉했더군.

◀두 번 봤다.

▷그 정돈가?

◀경로 할인을 받으니까. 전철은 어르신 카드가 있고.

▷근데 칠순 영감이 극장에서 그것도 홍상수를 보고 있다는 거, 그거 우습지 않아?

◀전혀. 고작 두 명이거나 세 명이 앉아서 보는데, 송해가 95세 최고령 텔레비전 사회자였다면 나는 최고령 홍상수 관객이 되는 거지. 아무도 나를 신경 쓰지 않더군. 일테면 갈 데 없는 노인이 아무거나 표를 끊고 어두운 극장에서 시간을 죽이고 있다는 것이 평균적 시선이겠지. 계산해보니 〈돼지가 우물에 빠진 날〉이 1996년에 개봉했더군. 그때부터 보았으니 26년째 홍감독의 영화를 개봉관에서 보고 있다는 말이 되는군. 홍상수의 영화는 항상 같고, 항상 다르다는 한 줄의 영화평이 내 시에도 옮겨 붙었다면 엄살인가. 끝까지 가보는 것, 갈 데까지 가보는 것도 내가 유지하는 하나의 희망이다.

▷홍상수 또 볼 건가?

◀홍을 대체할 수 있는 영화가 있다면 볼 것이고. 가령

▷가령?

◀짐 자무쉬, 장률, 우디 앨런, 왕빙, 클린트 이스트 우드, 정성일

▷시인 약력이 두 줄이다. 불친절하지 않은가.

◀그동안 너무 친절했다는 반성의 표현이다. 구스타프 말

러의 묘비에는 그의 이름만 새겨졌다. 조기축구회나 문예
협회 회원 같은 정보는 없었다. 나는 그런 인류를 시인이라
명명한다. 자기 생을 멜로드라마로 만드는 일은 하지 말아
야 하겠다는 말씀. 시인이라면 서사니 스토리텔링이니 하
는 말은 몰각해야 맞다.

▷너무 사적이군. 아주 사적이야.

◀이 정도에서 나를 아는 사람들과 작별 인사.

▷포스트 크레딧으로 짧은 질문 몇 개 던진다.

시집 낸 걸 후회하면서

▷시집에서 애착이 가는 시가 있다면?

◀그런 시는 아까워서 시집에 삽입하지 않았다.

▷시집이 나오면 누구에게 줄 생각이신가?

◀민폐.

▷앞으로 쓰고 싶은 시의 방향은?

◀지금 쓴 시와 같거나 아주 비슷한 시

▷어떤 시인으로 기억되고 싶은가?

◀과하고 역한 질문이다. 못 들은 걸로.

▷인터뷰 끝나면 뭐하시나?

◀쓸쓸하겠지. 시집 낸 걸 후회하면서.

▷시의 길을 잃어버린 건 아닌가?

◀시에도 길이 있다면... 그건 시가 아니겠지요.

▷시가 아니라면?

◀엿.

쓰는 척 하면서 쓴다

이 대담은 상계역 부근에 있는 주점 '주이상스'에서 이루어졌고, 질문자는 이심정 시인이다. 형식은 없고, 두 시인이 편하게 속을 튼 대화록이다. 질문과 답변은 각각 기호(▷◀)로 구분하였다.

언어는 사물에 붙어 있는 초라한 흔적

▷잘 지내시지요?

◀그럭저럭이지요.

▷코로나19 백신은 맞으셨는나요?

◀안 맞았습니다.

▷왜요?

◀내 마음이지요.

▷주 거주지는 중계동이잖아요?

◀그런 셈이지요. 강릉에 가 있기도 합니다. 오라는 데도 없고 갈 데도 없습니다. 우한 폐렴이 나 같은 사람을 꽤 자연스럽게 정당화시켜 줍디다.

▷강릉 생활은 좋으셨나요?

◀좋은 것도 있고 안 좋은 것도 있습디다. 그 평균만 살다 오지요. 해변에 나가 커피 마시며 빈둥거리는 게 일과입니다. 먹는 일이 자존심을 건드리더군요. 누군가가 차려 준 밥을 먹고 살았다는 사실이 너무 미안했습니다. 이 자리를 빌어서 감사하고 싶습니다. 식사 대사가 몸을 파고듭디다. 지 밥은 지가 해 먹자. 안 되면 굶자.

▷과하십니다. 선생님이 그런 면이 좀 있지요. 그러니 주변에 사람도 없고요.

◀정색하는 표정이 싫습디다. 그건 직면한 현실에 속고 있다는 표정 같아서요.

▷엉뚱한 말로 현실을 덮으려는 태도도 속는 형태의 다른 형식이 아닐까요?

◀이심정 시인이 오늘은 업그레이드된 인공지능 같군요.

▷제가요?

◀네.

▷시집을 내시는 소회에 대해 언급해주시지요.

◀시들을 정리하면서 (정리라는 말이 걸리지만) 이제 나는 길을 잃어버렸음을 확인했습니다. 이 문장이 있는 그대로

의 심사입니다. 우울한 얘기지만 그냥 할게요. 이제 시집 같은 건 내지 않아도 되겠구나 그랬습니다. 그냥 내는 거지요. 때가 되었으니 위장을 채우기 위해 무엇을 먹는 습관과 다르지 않다는 생각이 왔습니다. 그것도 강력하게. 그러면서도 시집 인쇄를 포기하지 못하는 것이 정확한 나의 한계지요. 영리하거나 벌어놓은 문학적 자산이 있었다면 당장 그만두었을 겁니다. 나 같은 경우는 그날 벌어 그날 먹는 길거리 행상과 같습니다. 늘 하던 습관적 동작을 단번에 멈추지 못해 헛손질을 하는 정도라고 보시면 됩니다. 이심정 시인과 많이 토론한 얘기잖아요.

▷선생님과 저는 지금 공적인 대화를 나누고 있습니다만 저도 영 어색해요. 서로 말을 놓다가 다른 시선을 의식해서 말을 높이는 기분이거든요. 선생님은 지금 꽤나 신중한 문체를 선택하고 계시는 겁니다.

◀공식적인 자리니까요.

▷반은 농담인데요 어쩌면 이 대화를 다시 해야 할지도 모르겠어요.

◀왜요?

▷선생님이 솔직하지 않고 위선적으로 말씀하신다면 그럴 수도 있다는 말입니다.

◀난 솔직히 솔직이 뭔지 모릅니다. 그러니까 위선에 대해서도 잘 정의가 되지 않는 거지요.

▷선생님이 지금 솔직하게 말씀해주시는 겁니다. 선생님도 모르게 자기를 누설하고 있는 중이십니다.

◀넘어갑시다. 나는 솔직이니 뭐니 그런 것에 관심 없거든요.

▷솔직해지려고 시를 쓰는 건 아닐 겁니다.

◀말이라는 게 엉성한 바구니 같아서 무얼 담으면 이리저리 다 새어버립디다. 믿을 수 없지요. 거기에 의탁할 수밖에 없는 게 시인의 운명이잖아요. 실로 더러운 운명이겠지요. 언어는 사물에 붙어 있는 초라한 흔적이라는 말 누가 했는지 기억에는 없지만 이 이상의 정의는 없을 거요. 잘 모르면서 힘주어 하는 말인데요 그래서 언어는 착각이자 왜곡이고 오작동이라고 생각합니다. 간단히는 허구이구요.

▷한물 간 인문학 강의 같아요. (웃음) 정리는 누군가 하겠지요. 이번이 열 세 번 째 시집입니다. 시집이 몇 번째인가 그런 걸 헤아려보고 그러시나요?

◀네. 헤아린다기보다 헤아려지더군요. 몇 권은 내야지 하는 자기 속셈들이 있을 겁니다. 그 기준이 김소월이라면 한 권만 내면 될 것이고, 조병화 같은 시인에 맞추게 되면 줄잡아 50권은 내야 될 겁니다. 그러나 예외를 제외하면 대개 20권 안팎이 될 겁니다. 그 정도면 물량주의와 상관없이 자기 업무에 충실했다고 볼 수 있을 겁니다.

▷그것도 적은 양이 아닌데요.

◀그렇지요. 밤낮없이 두드려대야 할 테니까요. 많은 분량

의 시를 쓴다는 것은 자기 시를 무화시키는 첩경이기도 합니다. 시적 전술이라고나 할까.

시는 없다.
많은 시들이 있을 뿐이다.
아름답고 망상적인.

▷시집 볼륨이 업계의 통상 기준을 너무 무시했다는 건 인정하시나요? 두꺼우면 독자들이 거들떠보지 않는다고 하더라고요. 시집이 너무 두터우면 시집 같지 않잖아요. ◀나도 그렇게 생각해요. 너무 두터우면 시집 같지 않다는데 동의. 그런데 나는 이런 동의가 많이 거시기 합니다. 시집의 존재론적 형태까지도 다수 독자의 동의 속에 있어야 되는가 의심하는 거지요. 간단히 말하자면 시집들이 대개 얄팍하잖아요. 그래서 좀 두터워도 되겠다고 생각했을 뿐입니다. 다른 철학이나 신념은 없습니다. 반대로 생각해도 같은 결론인데요 다시 말해 시 대 여섯 편만 수록된 시집도 있어야 될 겁니다. 어떤 분들은 내가 이렇게 말하면 나를 극단주의자나 삐딱이로 몰아세우더군요. 이 선생님도 그럴 겁니다. 맞지요? 그러나 시는 이와 같은 평균적 이해, 통념에 묶여 있어서는 별로겠지요. '그렇습니다'와 같은 태도가 아니라 '그건 니 생각이고'(장기하)와 같은 발

상이 시적 출발의 영도라고 생각합니다.

▷편수로 보자면 300편에 가깝던데요. 이 분량은 통상 계산법으로 시집 5권에 해당하지요. 심하신 건 아닌가요. 아니라면 현실을 거스르고 싶은 억하심정이 작동하셨던가.

◀억하심정은 아닐 겁니다. 시집은 시인의 창고 같은 것인데 시집을 내려고 보니 시가 이렇게 많이 쌓였더라구요. 대표선수만 차출할 수도 있고, 몇 권으로 나누는 작업도 가능했겠는데 두 경우 다 문제가 있었지요. 좋은 시만 골라낸다는 말도 역겹습디다요. 몇 권으로 나누어 인쇄한다고 타협해봐도 개운하지 않습디다. 이 방법밖에 다른 도리가 없었어요. 이런 고민을 한 방에 퉁 치자는 뜻에서 한 권으로 묶게 되었습니다. 새뜻하게! 읽어보시면 알겠지만 시들이 다 어슷비슷한 부족들이라 한 권으로 구획짓는 게 옳기도 했습니다.

▷시집에 '일러두기'가 붙어 있는데 사실은 시인의 말을 대체하고 있기도 했습니다. 그런 의도였던가요?

◀시집에 대한 조출한 가이드이지요.

▷애착이 가는 시를 일러주실 수 있나요?

◀없습니다. 그런 시는 다음 시집에 포함시킬 겁니다.

▷다음 시집을 구상하고 계시다는 말씀?

◀그렇다는 말이지요. 다음이라는 시간대는 책임지지 않아도 되니까요. 다음은 사양이나 거절, 불확정과 같은 뜻이

지요. 다음에 시집을 낸다는 보장은 없습니다.

▷꼭 선생님 시처럼 말씀하는군요. 시에 특별한 가치를 부여하지 않으시려는 최근의 문학적 몸짓, 시짓이 (박세현 어법으로) 막 튀어오릅디다요. 독자들(이 있다면)이 오해할 여지도 있습니다. 이 분은 시를 하대하는 척 하면서 왜 시를 쓰는지 의심받을 수 있다는 말씀입니다. 그렇더라도 시에 표나게 쓰실 일은 아닌 것 같은데요.

◀손가락이 말을 듣지 않는 증상이지요. 나는 이러저러하게 작문하고 싶은데 손가락은 내 뜻과 다르게 키보드 위에서 막춤을 춥디다. 말장난으로 들립니까?

▷아니오. 박세현스러운 시적 배후가 드러나는 순간입니다. 이건 맘에 쏙 듭니다.

◀고맙습니다.

▷합의된 시의 가치나 위의를 부정하거나 폄하는 척 하면서 자신의 생각을 펼치는 게 선생님 작업이라고 보거든요.

◀누가 그렇게 보지요? 이 선생님인가요?

(웃느라고 잠시 대화는 끊어짐)

▷80년대를 시의 시대라고 불렀는데 그 많던 선생님 세대 시인들은 다 어디 갔나요?

◀자기 아파트에 있겠지요. 나는 모르는 일입니다.

▷선생님도 그 세대잖아요. 1983년 등당.

◀맞습니다. 그런데 나는 그 시대에 무엇을 받아들였는지 기억나지 않습니다. 1979년 박정희가 살해되었을 때 북한이 전쟁을 일으킬 것이라 생각했습니다. 지금까지 전쟁은 일어나지 않았어요. 나의 시대적 안목은 이게 전부였고, 무엇엔가 속고 있다는 생각을 버릴 수 없었네요. 전쟁이 있어야 마땅하다는 건 아니고, 한반도가 무슨 각본 속에 놓여 있다는 생각을 지울 수 없다는 말입니다.

▷선생님은 생물학적으로 80년대 소속이면서 80년대적 감성이 시에 덜 묻어 있는 편이지요. 독자들에게는 그 점이 의심스러울 수도 있지 않을까요? 덜 읽히거나 덜 팔리거나 평가가 유보되거나 건너뛰는 근거가 되지 않았을까 하는데요.

◀팔자 소관일 겁니다.

▷이런 시대에도 팔리는 시집들이 있답니다.

◀내가 알 수 있는 영역이 아닙니다.

▷독자가 교체되었고 입맛도 달라졌습니다. 선생님은 왜 이런 현실을 모르쇠 하실려구 그러세요. 선생님 작업실에서는 말이 되지만 작업실 문을 열고 나오는 순간 선생님의 그 고루한 세계관은 독자들의 눈총에 맞아 형체를 수습하기 어려울 겁니다. 문단 경력 10년이면 문학상 하나 정도는 약력에 삽입해주는 추세더라구요. 선생님은 등단 38년차인데 감감하잖아요. 그렇지요? 그건 선생님의 시가 한국문

학에 특별하게 포함될 만한 개성이 없다는 뜻이거나 문단 관계가 원활하지 못하다는 말이 됩니다. 물론 선생님은 문단출입이 생소해서 그렇다고 하실 겁니다. 틀린 말은 아니지만 선생님처럼 독립적인 시인이 되고 싶은 경우는 오히려 시의 독립성을 더 거세게 고양시켜야 한다고 보거든요. ◀내 말을 왜 이 선생님이 하시고 계신가요? 참고하시겠습니다. 내가 스스로 놀라는 자투리 뉴스 하나. 얼마 전에 후배 시인이 내 시집을 어떤 문학상 후보에 추천했다고 문자가 왔습니다. 이것만으로 기분이 좋았습니다. 상은 물론 못타겠지요. 상금이 워낙 좋아서 경쟁도 심할 것이고, 어떤 비평적 찬사에도 불구하고 문학상은 문단의 역학관계에 대한 거울상일 겁니다. 작품이야 금박을 두르면 다 번쩍거리지요.

▷첨언할게요. 화는 내지 마세요. 저는 선생님의 한참 후배 격이니까요. 등단 38년차라는 사실은 엄밀하게 말해 다시 등단하셔야 하는 세대입니다. 문단이라는 상징계의 인정을 새롭게 다시 받아야 한다는 겁니다. 한번 시인이면 죽을 때까지 시인으로 지속되는 건 아니라고 봅니다. 선생님 문단에 나가보세요. 10년 연하만 되어도 문인들 선생님 존재를 모른다니까요.

◀나도 그 사람들 모르거든요.

▷쫌 들어보세요. 요컨대 선생님은 문단의 듣보잡이라는

말입니다.

◀계속 들이대라는 뜻인가요?

▷요는 그렇지 않겠는가 하는 말입니다. 요즈음의 문학판 움직임을 잘 모르실 걸요? 계간지도 읽지 않으실 거구요.

◀이 선생님 말씀 맞고 옳습니다. 자기 시대를 상실한 자의 복수받음이지요.

▷정답.

잘못 쓰면 깊이 있다는 소리 듣지요.

◀그러니 어쩌겠소. 조용필로 다듬어진 목청을 가지고 BTS의 춤과 노래를 불러보려 하면 되겠소. 그렇다고 줄창 조용필 창법만 구사하면 누가 좋아하겠습니까. 이러지도 저러지도 못하면서 진작부터 내 이렇게 될 줄 알고 있었습니다. 자기 시대에는 뭐하고 놀다가 패자부활전에 나간 선수처럼 허덕거리느냐고 타매하겠지요.

▷그래도 저는 선생님을 지지합니다.

◀무슨 말씀?

▷선생님은 지금 열심히 쓰고 계십니다. 더 나은 실패에 도전하고 있다는 겁니다. 이 점은 기립박수입니다. 백댄서 한 명 없이 시를 쓰고 있다는 점이 그렇습니다. 선생님이 마라톤에 출전했다고 쳐요. 지금은 선두 주자들이 경기장

에 다 들어온 상황, 주 경기장에서는 축구 결승전이 한창 진행 중입니다. 그 즈음에 선생님이 운동장에 들어선 것이지요. 전광판엔 선수의 등위와 기록들이 떠 있고 종료된 마라톤에는 아무도 신경 쓰지 않는 운동장 모서리를 말의 똑바른 의미에서 '자기와 싸우면서' 홀로 돌고 있는 번외 선수인 것이지요.

◀마지막으로 운동장을 한 바퀴 돌고 마라톤을 끝내야겠지요.

▷글 쓰면서 이거 하나는 잘했다 이런 거 자신 있게 말씀 좀 해주세요.

◀대놓고 얘기할 만한 게 없다는 게 그중 잘한 겁니다. 남들 예는 들지 않을랍니다.

▷재수 없으면 백 살 산다는 우스개가 있잖아요. 시 잘못 쓰면 깊이 있다는 소리 듣는다. 이거 아니던가요? 수긍하시나요? 가만 계시는군요. 그래요. 심각하고 진지한 시적 태도와 다른 자리에서 세상적 의미를 격멸하려는 게 박세현 시라고 저는 정리합니다.

◀그렇게 말씀하니 정말 그런 것 같군요. 오로지 그렇게 쓴 것 같습니다.

▷사실 더 중요한 것은 자신이 격멸하려는 의미에 자꾸 되잡힌다는 겁니다.

◀주력은 많이 떨어졌어도 더 멀리, 더 빨리 달아나려고

애쓸 겁니다.

▷아직 쓰고 싶으신 시들이 남아 있는지요?

◀질문이 맘에 들지 않습니다. 아직이라는 부사도 그렇고, 덜 쓴 잔여 시가 있느냐는 선제적 질문 의도도 그렇습니다. 나는 그렇게 생각하지요. 내가 쓰는 시는 거창한 이론을 등에 업고 있지 않아요. 이론은 내 편이 아니더군요. 그러므로 내 앞에 던져지는 매순간이 나의 시가 됩니다. 그러니 '아직'이니 '남은 시'와 같은 말은 내가 받들고 있는 시와는 짝이 맞지 않습니다요. 누구나 그렇겠지만(다 그런 건 아니겠으나) 이미 쓰여진 시에 대해서는 아무런 느낌도 미련도 없습니다. 오직 쓰여지지 않은 시만 살아있습니다. 쓰여지지 않았다는 사실만으로도 그 시들은 싱싱하거든요. 쓰고 나면 그것은 내가 원했던 시가 아니니까요. 물속에서는 화려해보였는데 건져놓고 보니 거무죽죽한 문어와 같지요. 그래서 하는 말인데요 좋은 시니 잘 쓴 시니 심지어 남의 시에 밑줄을 그어가며 시를 가르치는 소문을 듣노라면 웃음이 납니다. 왜들 이러는지 모르겠습니다.

▷선생님이나 잘 하세요. (웃음)

◀데이비드 실즈의 무슨 책을 읽다 만난 구절인데 금과옥조로 여기면서 가끔 생각합니다. '지혜는 없다. 많은 지혜들이 있을 뿐이다. 아름답고 망상적인.' 이 문장들을 시쪽으로 비틀어봅시다. 시는 없다. 많은 시들이 있을 뿐이다.

아름답고 망상적인. 좋은 시라는 기표는 있어도 좋은 시의 기의는 텅 비어 있습니다. 시 속에 시가 없다는 말이지요. 햇살을 움켜주고 손을 펴보면 햇살은 흔적도 없지요. 시는 언제나 흔적 없음의 형식으로 존재할 겁니다. 그 목마름, 허기, 광기.

▷꽤 여러 말들을 나누었습니다. 시집이 13권이고, 산문집이 7권입니다. 게다가 올해 산문소설 『페루에 가실래요?』를 내셨습니다. 더욱이(웃음) 산문집 『변방 일기』도 교정 중이라면서요.

◀네. (웃음)

▷왜 웃으세요?

◀그냥 웃음이 납니다.

▷자부심인가 보다.

◀쓸 때는 정신없이 썼는데 인쇄하고 나니 내가 무슨 짓을 한 것인가. 그런 생각이 들면 지금처럼 앞뒤 없는 웃음이 나옵니다.

시를 믿으세요?

▷산문집을 자주 내는 이유라도 있으신가요?

◀내 시에 끼어 있는 잡음과 기름기를 제거하기 위한 방편적 글쓰기입니다.

▷단독 시집 열세 권이면 많은 건가요? 적당한 건가요?

◀많다면 많고 적당하다면 적당하겠지요. 『아무것도 아닌 남자』에도 세 권 분량이 수록되었으니 내가 이런 짓거리를 잘 하는 편이군요. 권수로는 13권인데 편수로는 1,200편을 웃돌겠지요. 쓸 만큼 썼지요. 그러나

▷더 쓰고 싶으시다는?

◀앞에서 내가 떠들었잖아요. 시쓰기에는 더나 덜이 없다는 말씀. 나는 할 말이 있어서 쓰는 것이 아니고 할 말이 없어서 쓰는 중입니다. 할 말 다했는데 듣는 사람 없어 또 떠들어대는 것이 내 시의 본질일 겁니다. 본질을 다른 말로 수정하고 싶은데 지나갑시다.

▷이제 『페루에 가실래요?』에 대해 짚어보고 싶어요. 산문소설은 뭔가요?

◀산문에 픽션을 피처링한 것입니다. 산문이면서 산문도 아니고, 소설이면서 소설도 아닌 변종입니다. 이 사람이 소설도 쓰는구나. 이런 판단은 틀린 것이지요. 시인의 이야기이고 시에 대한 추궁입니다. 이 산문소설을 읽고 '이게 무슨 소설이야'라고 타박하는 사람이 있다면 반대하지 않겠습니다.

▷기자 간담회는 하셨나요?

◀나를 섭외하는 매체가 없었습니다.

▷북콘서트나 독자 사인회 같은 것도 물론 없었겠네요.

◀그건 그렇습니다. 며칠 전 원로 불문학자의 인터뷰를 읽었는데 기자가 근황을 물었습니다. 그분은 무위도식을 배워야겠다고 했습니다. 나도 참고가 되었습니다. 내 속에는 몇 권 읽지 않은 남의 소리가 맨날 왱왱 거리거든요. 그런 걸 싹 쫓아내고 뇌를 리셋하고 싶습니다. 내 정신으로 즉 주체적으로 사는 것 같지만 나는 남의 정신으로 살아왔습니다. 시만 해도 그렇더군요. 한 줄 쓰고 한 줄 띄우고 이런 식은 어디서 배웠겠습니까? 그저 배운 대로 써온 것이지요. 독자와 업계의 관습에 충실한 게 과연 시일까요? 과연 그게 내 시일까요? 마치 이런 게 시라는 듯이, 시인이라는 듯이 살아진 겁니다. 시인이 아니라는 듯이 살지 못한 죄. 느닷없이 쓸쓸해지는군요. 서머셋 몸이 『서밍업』에서 제아무리 훌륭한 작품이라도 생명은 3개월에 지나지 않는다고 했습니다. 작가가 글을 쓰는 건 자기만족이라는 결론이지요.

▷나른한 자기 만족이 없이 어떻게 시를 쓰겠어요? 조지 오웰의 말을 빌리자면 순전한 이기심이지요.

◀맞지요?

▷누구나 그렇지 않겠나요?

◀자기만족 네 글자 속에는 기만이라는 말이 버티고 있잖아요. 글쓰기는 자기를 속이거나 자기에게 속는다는 뜻으로 새겨야겠지요. 독자도 속이면서.

▷독자는 속지 않을 겁니다. 요즘은 독자 수준이 작가 수준을 넘어가버렸습니다.

◀그런가요? 내 방에서 키보드를 토닥거리고 있으면 집사람이 지나가면서 시 그만 쓰라고 합디다. 집사람 없을 때 얼른얼른 몇 자 쓰고 치웁니다. 숨어서 쓰는 셈이지요. 어쩌다 집안에서도 시가 애물이 되었을까요? 이심정 선생님은 젊으시니 답을 알 것 같은데요.

▷평론가 김윤식 교수의 작고 전 인터뷰를 봤어요. 기자: (문학이 망해 가는데) 문학에 평생을 바친 걸 후회하지 않으세요? 김교수: 아니오. 후회도 그런 것도 없고 그냥 그렇게 되고 말았어요. 그분의 『한국현대문학사』 여백이 비로소 채워지는 순간이었어요. 시원섭섭하고 웃픈 보유(補遺).

◀그냥 그렇게 되고 말 일들. (둘 다 잠시 침묵)

▷시집 앞자리에서 너무 어두운 음계로 얘기를 나눈 게 아닌가요? 이러자고 시작한 건 아닌데요.

◀상관없습니다. 우리는 불멸과 필멸 사이에 잠시만 떠있는 존재들입니다. 사는 척 하기 위해 살아가듯이 시 쓰는 척 하기 위해 시를 쓸 것입니다. 난들 왜 가을날 투명한 유리창에서 미끄럼을 타는 햇살 같은 시를 쓰고 싶지 않겠습니까. 가죽 잠바 입고 종종 마약도 하는 헤비메탈 가수가 집에서 부르는 동요 같은. 최고급 호텔 서양요리 전문인 셰프가 휴일에 집에서 손수 끓여먹는 라면 같은. 할머니가

흥얼거리던 그 어디에도 귀속되지 않던 노래 같은. 생후 50일 된 손주의 옹알이 같은 시를 나라고 왜 쓰고 싶지 않겠습니까. 늙으면 그런 시를 써야지 했는데 그 늙음이 지나간 듯 합디다. 이제야 길을 잃어버리고 왔다리갔다리 하는 것이지요.

▷시 쓴 거 후회하세요?

◀뭐, 그런 건 없어요. 그냥 이렇게 되고 말았어요. 나에게 시는 읽는 장르가 아니라 단지 쓰는 장르니까요.

▷시를 믿으세요?

내가 니 에미다

숨쉰 채 살아 있다

❨ 근황은 어떤가.

▼ 근황이라 할 만한 근황이 없다.

❨ 그래도 숨은 쉴 게 아닌가.

▼ 마스크 쓰고 숨쉰 채 살아있다.

❨ 중공 발 우한 폐렴에 대한 시인의 입장은 무엇인가.

▼ 입장은 없다. 마스크 당하는 사람의 입장만 있다.

❨ 무슨 말인가.

▼ 우리는 시민 단계로 가보지 못한 채 '친애하는 국민 여러분'의 단계를 반복하고 있다. 마스크 쓰라면 마스크 쓰고 손 씻으라면 씻고, 집에 있으라면 집콕한다. 국민은 계몽과 통치의 대상일 뿐이라는 거다. 유사 민주주의.

))모두 역병에 걸려도 괜찮다는 말인가.

▼그런 저질스런 질문엔 대답하지 않겠다.

시가 싫어질까 봐 걱정

))이번 시집은 몇 번째인가.

▼12탄이다.

))앞 시집과의 터울은 얼마만인가.

▼터울이 무슨 의미가 있는가. 3류 학자 같은 질문이다.

))시를 쓸 때 시집의 터울을 계산에 넣고 쓰는지 묻는 것이다.

▼피임은 하지 않는다.

))한국문학이 매우 산만해 보인다.

▼그렇다. 매우 자연스러운 현상일 뿐이다. 혼란스러움이
문학이 노는 공간이다. 비질해놓은 절집 마당 같은 현실은
문학이 다리 뻗을 자리가 아니다.

))동의하지만 다른 때보다 더 혼란스럽고 뭐가 뭔지 더
모르겠다. 문단문학, 저널의 권위, 다양한 출판 형태, 등단
제도, 장르 혼접 등등 누구도 장악할 수 없는 시대가 와버
렸다. 독자들은 각자의 계정을 가지고 목청을 높이고 있다.
존경받을 만한 원로가 있고 그분의 기침소리에 각자의 문
학을 조율하던 시대도 아니고, 정기 구독 받아 잡지를 발간
하면서 문학의 흐름을 주도하는 척 가식을 떨던 시대도

지나갔다. 어떤 문인은 서른 이전에 문단을 주도하고 대가급 영향력을 행사하며 장기집권하기도 했다. 이후 세대는 불행하게(다행스럽게)도 그런 행운을 상속받지 못했다. 그날 벌어 그날 먹는 일당 형 기능직 문인으로 급전했다. 같은 말을 반복하자면, 이제 문학잡지는 무용해졌고, 등단 제도도 녹물이 새는 상수원 파이프 같아졌고, 비평은 잡지의 깔맞춤이 되어 버렸다. 문학보다 더 재미있는 게 많다는 걸 독자가 눈치챈 지도 한참 되었다. 어느 날 문득 코로나블루, 팬덤정치, 방탄소년단, 미스터 트롯, 2차 재난기금 등의 시대가 밀려왔다. 당황스럽다. 전제가 길었지만 이런 시대를 당면해서 문학은 무엇을 해야 하는가.

▼나로선 할 게 없다는 게 정직한 대답이다. 대답을 아는 분들에게 물어라.

◗시인으로서 무책임하지 않은가.

▼책상 앞에서 밤낮으로 자판을 두드리고 있는 사람에게 무슨 책임을 요구하는가. 그건 시쓰는 존재에 대한 모욕이다.

◗앙가쥬망에 관심이 없다는 뜻으로 해석되는군.

▼견적이 커지는 얘기는 하지 말자. 앙가쥬망은 체제 밖에서 체제를 향하는 삿대질이다. 체제의 품에 안겨 체제를 거드는 문학과 문학외적 행위는 정권의 백댄서다. 더는 묻지 마라. 나는 모른다.

◗주목하는 후배 시인은 있는가.

▼용서해준다면 용어를 정하겠다. 후배시인이라는 워딩은 30대 시인이나 40대 시인이라고 고쳐 말해야 윤리적으로도 옳다. 적어도 나에겐 그러하다. 시는 '내가 홀로 있는 방식'이다. 아무도 주목하지 않으려는 작업. 나는 나를 주목하기에도 힘이 부친다.

)일상의 걱정거리는 어떤 것인가.

▼한두 가지가 아니다. A4 용지 두어 장은 채울 수 있지만 생략한다. 당신이 내 일상을 관음할 필요는 없다.

)독자를 위한 자기 개방도 필요하지 않은가?

▼나는 독자가 없다. 독자는 시를 읽으면 된다. 한 가지는 말할 수 있다.

)그거라도 말해 달라.

▼나는 시가 싫어질까 봐 걱정한다. 시를 쓰지 않게 되는 것이 걱정이 아니라 시를 쓰지 않아도 아무렇지 않게 되는 것이 걱정이다. 문학적 우울증이다. 지금 그 단계다.

후쿠오카: 병신같이 또라이같이

)하루 중 아끼는 시간대는 언제인가.

▼아침에 눈뜨고 책상 위에 커피를 올려놓고 있을 때다. 책상 위에는 아무것도 없어야 한다. 사유의 영도처럼. 그리고 저녁 여섯 시. 전기현의 세상의 모든 음악의 오프닝이

열리는 순간이다.

》음악을 좋아하시는군.

▼나의 대답은 언제나 '좋아한다기보다는' 이다.

》말장난이 아닌가.

▼지금 언어와 문자에 대해 딱 주사파처럼 말하고 있다. 문자는 문자의 내용을 가지고 있지 않다. 잠깐 어떤 의미를 수탁할 뿐이다. 더 이상 말하면 거덜이 나기 때문에 이 문제는 여기까지다.

》우리 나이로 몇 살인가.

▼육십팔 살이다.

》육십팔 세면 다 산 것 아닌가.

▼그렇다. 그런데도 덜 산 부분이 있는 거 같다. 삶의 함정이다.

》그동안의 삶이 성공적이라고 생각하는가.

▼별 더러운 질문을 하세요.

》먼저 질문은 취소한다. 세상에 무엇을 남기겠는가.

▼(웃으면서) 내 뼛가루다.

》최근의 당신을 위안하는 소일거리는 어떤 것인가.

▼주말 자정에 재즈수첩을 듣다가 깜빡 조는 것. 정신 차리고 급 후회하는 일이다. 듣고 싶던 음악 두 세 곡이 지나갔다. 생애를 관통하는 어이없는 일이다.

) 당신은 장률의 후쿠오카를 보았을 것이다. 안 보았다면 당신이 아니다.

▼ 2020년 9월 10일 목요일 12시 대한극장 5층 9관 D열 3번에서 봤다. 관객은 50대 후반 여자와 나 둘이었다. 별 다섯 개. 기립박수다. 장률 영화의 지속이자 업데이트였다. 영화가 끝나면서 후쿠오카로 가고 싶었다. 권해효의 술집, 윤제문의 헌책방, 박소담을 한자리에서 만나고 싶다. 슬픈 영화지만 숨도 쉬지 않고 보았다. 68세의 남자를 붙잡는 이건 뭘까. 좀 알려주시면 후사하겠다.

) 자신도 또라이라는 의미가 아니겠는가.

▼ 병신같이 사는 거지. 박소담의 말처럼 너무 긴장하고 사는 건지도 모르겠다. 긴장할 내용도 없이 긴장하며 사는 내가 등신이겠지.

) 28년 전에 사랑했던 여자를 못 잊는다는 스토리는 그럴 듯 하다고 보는가.

▼ 가능하다고 본다. 등장인물 권해효와 윤제문의 무의식을 보면 충분히 그렇다고 본다. 나는 그 증상을 각자의 망상이라고 부르겠다. 평생 시인 코스프레를 하는 것과 다를 게 없다.

) ▼ (둘이 같이 웃음)

▼ 두 남자를 연결시키고 싸우게 하고 말리고 놀리는 여자 박소담은 매력적이고 신비하고 신기하다. 그녀가 28년 전

두 남자를 사랑한 후쿠오카 출신의 순이가 아니겠는가. 영화를 만든 장률의 영화적 멘탈리티이기도 하고. 크레딧이 올라갈 때 영화를 한꺼번에 감싸면서 함축하는 음악도 절경이었다. 들국화의 아침이 올 때까지였다. 후쿠오카의 절정은 여기였다. 영화를 보고 들국화를 들을 때와 그냥 들을 때의 음악은 같지 않다. 나는 들국화를 건너뛴 세대다. 한국이 민주주의를 생략하고 부조리에 취한 나라이듯이.

♪여전히 대한민국은 민주화 중이라는 말이겠지. 후쿠오카에 대해 남는 말은 없는가.

▼영화가 끝나고 가슴이 덜렁거려서 우동 한 그릇 흡입하고 남산 한옥마을을 산책했다. 권해효의 술집 벽에 붙어 있던 윤동주의 자화상이 남산에서 다시 낭독되는 환상을 즐겼다. 그제서야 영화가 내게서 멈추었다. 박소담 닮은 여자가 마스크를 쓰고 남산국악당 앞을 지나갔다. 기념으로 시 한 편 썼다.

♪후쿠오카를 본 뒤 쓴 시인가.

▼영화와 관계없이, 영화를 보기 전날 썼다. 오해는 다른 오해를 낳는다.

♪당신 스타일을 빌려 겉멋으로 얘기하자면, 모든 오해는 가장 극적인 이해다.

▼겉멋이 있고 참된 멋이 있다는 분별적 허위에 속지 말자.

♪당신의 후쿠오카를 들어볼 타이밍이다.

손 없는 날 저랑

후쿠오카 가실래요?

거긴 왜요?

하늘이 좋을 것 같아서요.

제정신이세요?

또라이지요.

후쿠오카 형무소 영업할까요?

그건 모르겠네요.

영화 후쿠오카 보셨나봐요.

네.

아직도 그러고 사세요?

네.

☽즉흥즉이다.

▼맘에 안 드신다는 말씀이군. 나는 내 시가 좋다는 독자를 만날 때마다 내 시가 실패하는 지점을 만난다. 지금은 안심된다. 박소담에게 권해효가 묻는다. 자기는 어떤 사람인가? 박소담은 대답한다. 먹고 자고 싸고 울고 웃는다. 아저씨랑 똑같다. 장률의 영화 후쿠오카는 시도 소설도 인생도 일거에 초과하는 어떤 형태였다.

☽장률을 접한 계기가 궁금하다.

▼지인을 통해 그의 영화 망종을 봤다. 그 후 홍상수와 다른 장률스러움을 필탐하게 된다.

◗군산을 찍은 뒤 장률이 시인에 대해서 말한 대목이 기억난다. '시인에 대해 좀 더 폭넓게 말하고 싶었다. 시를 쓰는 사람만이 시인이 아니고, 시의 정서를 갖고 있는 사람도 시인이라고. 사실 시 쓰는 사람 중에서도 정서는 다 잊고 시만 쓰는 사람도 있다.'

▼여보시게, 그 말을 왜 내 앞에 들이대시는가.

언어라는 픽션

◗장률의 영화는 공간이 주인공이기도 하다. 춘천, 경주, 제천, 제주, 북촌, 수원, 강릉 등등이 홍상수의 공간이었다면 장률에게는 경주, 군산, 수색, 후쿠오카가 세팅이다. 당신의 시에도 공간 혹은 지명이 많이 등장한다. 해명이 필요한가.

▼뭐, 해명까지. 정선아리랑, 치악산 같은 시집은 공간을 업고 있다. 시가 공간에 빚을 지고 있는 경우지만 그건 거기까지다. 내 시의 공간은 내 시가 움직이는 여백을 제공한다.

◗이번 12탄에도 반영되는 개념인가.

▼그렇지는 않다. 내 시집을 채우고 있는 것은 픽션이다. 픽션을 픽션으로 사는 것이 내 시의 동력이다. 그래서 현실

에, 현실적인 문제에 집중하는 시는 관심이 없다. 웃자는 얘기 한 토막. 이상의 오감도에는 13인의 아해가 나온다. 학자들은 13을 풀이하느라 고생이 많다. 13의 정체는 합의되지 않는 무엇이다. 근사치를 알 뿐이다.

◗ 당신은 13이 뭐라고 생각하는가.

▼ 평론가 식으로 말하지 말자. 무당한테 가 봐야겠다. 12나 15보다는 13이 발음하기 좋고 뭔가 숨어 있는 듯도 하다. 그런 수수께끼가 오감도의 전부다. 그 이상의 토론은 학자들의 생계적 관심사다. 율리시즈가 영문학자들을 논문 쓰게 만들 듯이 말이다.

◗ 그래서 당신의 시는 대상을 비껴간다. 미끌어진다. 요컨대 정곡을 찌르지 못한다. 않는다고도 해야겠다. 인정하겠는가.

▼ 시인처럼 말하겠다. 정곡은 없다. 정확하다고 말하는 것 자체가 기만이다. 내가 빗맞춘 자리가 정곡이다. 滿紙荒唐言 一把辛酸淚 한 페이지 가득 황당한 말이 적혀 있다. 그런데 마지막에는 한 줄의 쓰린 눈물이 흐른다. 장률 영화를 관류하는 조설근의 소설 홍루몽의 문장이다. 그리고 나는 이 대목에 오래 공감한다.

◗ 이번 시집도 그렇다는 뜻인가.

▼ 그렇다고 나는 생각한다.

◗ 당신처럼 독자가 없는 시는 남고 자시고 할 게 없지 않은가.

▼옳은 말이다. 모든 건 균형이다. 즉 많이 읽힐수록 어떤 작품은 거덜이 난다. 그건 좋은 시 안 좋은 시의 차원이 아니다. 반대로 읽히지 않은 시는 불가피하게 신선미를 향유하고, 이자가 붙듯이 부풀어오르기도 한다. 나는 독자를 믿지 않는다.

☽안 읽힐수록 괜찮은 시라는 뜻이 된다.

▼나르시시즘의 확대와 심화라고 이해해주라.

☽▼ (같이 웃음)

내가 니 에미다

☽오피셜하게 묻겠다. 당신의 시쓰기는 정신작업인가?

▼오피셜이라는 말을 취소하면 말하겠다.

☽그게 무슨 뜻인가?

▼나는 오피셜에 저항하는 사람이다. 철지난 로맨틱으로 들린다. 20세기까지는 유효했겠으나.

☽취소한다.

▼나에게 시쓰기는 정신노동이 아니라 수작업이지요. 손가락으로 토닥거리는 기능성 가내수공업.

☽부연 질문은 않겠다. 가벼운 얘기하면서 마무리 짓자. 시 안 쓸 때는 주로 어떤 일로 소일하는가.

▼산책

))시 쓰다가 산책하다가 그러는가.

▼그렇게 단순화시키면 건달이 된다.

))시인은 원초적 건달이 아닌가.

▼언어로 남을 속이는 사기꾼이지. 자신도 언어에 당하면서

))시를 쓰면서 도달하고 싶은 지점이 있는가.

▼그런 건 누구에게나 있을 것이다. 나는 그 지점을 이미 지나쳤다. 아직 만나지 못했다는 말도 된다. 그 도달점을 알지 못하기 때문이다. '내가 니 에미'라고 알려줘도 자기 에미를 알아보지 못하는 눈 먼 아이처럼 그렇게 시를 나는 작성하고 있다. 나의 불행이자 행복이다.

))수고하셨스므니다. (서로 악수)

비가 올라나 눈이 올라나

—저자와 시적 화자(speaker)의 대화[17]

〈메모〉

▽때: 2018년 5월 어느 날

▽곳: 카페 Blue & Blues[18]

[17) 이 글은 아리랑박물관 측의 의뢰에 따라 작성되며, 시집 『정선아리랑』의 저자와 시 속에 등장하는 대표 화자 간의 대화를 녹취한 것이다. 이 대화는 하나의 가상이기에 다소간의 과장과 허구가 포함되어 있으며, 그것에 속는 것은 전적으로 독자의 자유다. 자유는 아무것도 바라지 않는다는 뜻이다. 아울러 대화에 등장하는 진술들은 사실 여부를 떠나서 사실 그 너머를 가리키기도 한다.

18) 강원도 정선에 있는 재즈 카페. 대화가 전개되는 장소는 다른 곳이어도 상관없으며, 대화의 포맷은 희곡적 구성을 차용하고 있음. 본문에서 저자는 시인을 화자는 시적

▽등장인물

  시집 『정선아리랑』(문학과지성사, 1991)의 저자와

  시집 속에 등장하는 인물을 대표하는 화자

  기타 대화가 진행되는 동안 카페를 드나드는 손님들과

  카페 종업원

▽대화가 진행되는 당일의 날씨는 투명, 카페는 테이블 네

  개가 놓여 있는 작은 공간이며, 바깥이 오픈된 장소다.

  그래서 바깥 공기와 소음이 여과 없이 전면적으로 카페

  내부로 들어온다. 대화를 나누기에 적절하기도 하고 덜

  적절하기도 하지만 한적한 여백이 남아돈다는 점에서

  시적인 대화를 나누기에는 아쉬움이 없다.

▽카페에는 먼저 도착한 화자가 후줄근한 면바지와 (비싸

  게 보이지 않는) 흰색 티셔츠를 걸치고 창가 쪽(창은 없

  지만)에 앉아 있고, 약간의 시차 속에 저자가 등장한다.

  저자는 인문학 전공자들이 즐겨 입는 캐주얼한 복장으

  로 손에는 아무것도 들지 않은 채로 화자의 맞은편에

  마치 시인처럼 앉는다.

▽주인의 뜻에 따라 카페는 시종일관 재즈를 흘려보내지

  만 듣는 사람은 아무도 없다.

인물을 약칭한다.

근황

저자: 반갑습니다. 우리 서로 눈에 익은 사이지요?

화자: 그렇습니다. 모른다고는 할 수 없겠지요. 내가 당신 손끝에서 태어났으니까요.

저자: 뭐, 말 끝에 빈정거림이 느껴지는군요. 그건 내 개인기인데.

화자: 따지고 보면 나도 당신이거든요.

이때, 여자 종업원이 다가와서 주문을 받는다. 멀리서 보면 세 사람이 수화를 하는 것처럼 보이는데, 별것은 아니고 주문 커피에 대한 정보를 주고받는 과정의 원경이다. 가령, 화자는 설탕 없는 커피를 주문했는데, 종업원은 마침 설탕이 떨어졌다며, 길 건너 다방으로 가보라는 등의 대화가 전개되었다. 지젝 식의 정선화법이다. 이런 내용을 요약하면, 아메리카노 두 잔, 이렇게 된다. 요약의 본질은 언제나 폭력적이다.

저자: 커피 좋아하세요?

화자: 좋아한다기보다 그냥.

저자: 잘 아시겠지만 이 대화는 아리랑박물관측이 진행하는 인문학 강연[19]의 하나로 이루어지게 되었고, 내가 그것을 수용해서 성사된 것입니다. 저자에게 변명의 기회를 준

다는 뜻도 있을 겁니다.

화자: 저자의 손을 떠난 시집은 저자와 상관없이 잘 살아갑니다. 저자가 보탤 후일담은 없을수록 좋더라구요. 군더더깁니다. 관심 독자에 대한 서비스는 될 수 있겠지만. 시집에 붙어 있는 '시인의 말' 같은 것이지요. 이런 게 왜 필요합니까? 혹자는 시인의 말 읽는 재미로 시집을 본다는 축도 있습니다. 하기야, 카드결재를 할 때 서명하는 재미로 물건을 산다는 사람도 있습니다.

저자: 오늘 날씨는 완전 맑음입니다.

화자: 대화의 형식은 주로 제가 질문하고 저자가 대답하는 형식을 취하겠습니다.

저자: 좋습니다. 그런데, '저'라는 호칭은 사용하지 맙시다.

---

19) 인문학의 범주가 너무 넓어져서 본래의 의미를 상실하고 있다. 인문학은 처세나 치유의 수식어가 되고 있다. 실없는 의미를 하나 더 보태자면 시는 그 자체로 인문학의 전위이자 정점이다. 시를 쓰거나 읽는 행위는 이미 인문학에 깊숙하게 가담하는 일이 된다. 인문학 강연 따위를 듣는 것은 인문학의 근본을 항상 배반한다. 설악산에 오르는 방법을 학습할 게 아니라 설악산에 올라보는 것이 인문학의 본질이어야 한다. 인문학은 처방전이나 치유기술이 아니라는 점을 특히 각주한다.

우리는 나름 서로 잘 아는 관계이고, 갑을관계는 아닌 것이지요. 동등한 입장에서 대화를 진행하는 것이 대화에 윤기도 있을 겁니다.

화자: (약간 눈치를 보다가) 그게 좋겠다. 아예 말을 까는 게 어떻겠는지요?

저자: (인상을 조금 찡그리며) 까다니?

화자: 가면을 벗어놓고, 친구처럼 화통하게 이야기하자는 거지요.

저자: (할 수 없이) 그럽시다. 아니 그러자.

화자: 순전히 대화를 위한 것이니 오해는 하지 말기를 바란다.

저자: 굿.

화자: 묻겠다. 요즘 어떻게 지내시는가?

저자: 근황을 답하겠다. 나는 일 년 전에 명예퇴직을 한 인간이다. 현역에서 물러났다. 멋있게 수식하자면 현실의 그림자로 살아간다.[20] 구체적으로는 일주일에 하루 가톨

---

20) 그러므로 '이제 저는 어떤 사회적 직위도 없고, 어떤 집단에도 소속되어 있지 않아요. 어떤 분파나 종교, 모임에도 속하지 않고요. 어디서 봉급을 받는 것도 아니니 그 무엇을 위해, 그 누구를 위해 제가 노래 부를 일은 없습니다.' 파스칼 키냐르의 말은 전부는 아니지만 나의 처지와 주요 대목은 정확하게 일치한다.

릭관동대학교에서 한국현대문학사 강의를 한다. 재미있느
냐고 묻는다면 답하겠다. 재미없다. 문학의 역사가 문학현
장으로부터 소외되었다는 사실을 세 시간짜리 강의를 통
해 여실하게 돌려받는 중이다. 대신, 나 혼자 우디 앨런의
영화 '미드나잇 인 파리'의 한국판을 경험하는 짜릿함은
있다. 한국문학사의 후미진 골목을 서성거리는 맛. 지금도
한국문학은 세계문학과의 격차 속에 놓여 있지만 1920년
대와 1930년대의 한국문학을 관통하고 있는 다양한 혼란
은 지금의 시점에서 보아도 감각적 정점이 있다. 문학의
원목 냄새 같은 것이 맡아지는 시대다. 근대문학의 형성기
에 점멸한 전위들의 스토리는 늘 가슴을 친다. 간단히 요약
하자면 리얼리즘과 모더니즘의 세계다. 정치성과 문학성
이 혼거하거나 별거하는.

화자: 경고는 아니지만 되도록 단답형으로 요점적으로 말
해주면 좋겠다. 당신의 문학적 특성의 일부분도 여기 있다.
즉, 주제와 다른 엉뚱한 헛소리를 많이 한다는 것이다.

저자: 저자를 타박하지 말자. 저자는 다 외롭다.

화자: 화자도 나름으로 외롭다. 찌질하시기는.

저자: 영국에는 외로움을 관장하는 외로움 장관도 있다는데.

화자: 우리 쪽은 시인들이 각자의 외로움을 자가관리하고
있으니 시는 늘어날 수밖에 없다. 당신 식으로 말해서, 여
자 말고도 알 수 없는 게 한국 시의 전개다.

저자: 여자만이 여자인 척 할 수 있다. 여자도 여자를 모른다(이외수).

화자: 오해하지 마라. 당신도 주장하다시피 문학은 이론도 논리도 아니다. 이제사 하는 말이지만 나는 최근 당신의 시가 구축하고 있는 헛소리의 문체를 지지하는 쪽이다. 해부학적 사정으로 팔은 안으로 굽게 된다.

이때 커피가 나왔다. 30대 초반으로 보이는 여자 종업원. 카페 규모에 맞는 의상과 표정과 몸짓으로 커피를 내려놓고 자기 자리로 돌아간다. 저자와 화자는 커피를 들고 맛을 음미한다. 음악은 계속 재즈다. 역시 듣는 사람은 아무도 없다. 카페에는 종업원과 저자와 화자뿐이다. 저자가 가끔 귀를 음악 쪽으로 돌려놓는 게 보인다.

성공적인 오해의 방식

화자: 시창작 프로그램도 계속하시는가?

저자: 그, 그렇다.

화자: 오래 하시네. 시정신을 정면으로 배신하시는군. 관습의 하수인이 된 거지.

저자: 라캉이 27년간 세미나를 지속했듯이 나도 27년은 하려고 한다.[21]

화자: 누구를 가르친다는 일은 정신병적 증상이다. 당신이 더 잘 알겠지만.

저자: 커피가 생각보다 쓰군.

화자: 이제 당신의 시집 『정선아리랑』에 대해 입을 좀 열어 보자. 이 시집이 나온 지 27년이 되었다. 시집 출판과 동시에 나도 태어났으니까 내 나이도 스물일곱이어야 하지만, 나는 당신의 시적 분신, 시적 주체라는 점에서 당신의 나이와 같다고 해야 한다. 아니 그러신가? 그건 그렇고, 27주년[22]을 맞이하는 감회가 있을 것 같다.

저자: 엄두가 나지 않는 얘기군. 시집이 나를 잊고 있듯이 나도 시집의 존재를 잊고 산다. 내가 저작권자였다는 사실 자체를 깨우칠 기회가 없다는 뜻이다.

화자: 어떻게 그럴 수가 있는가? 놀랍기도 하고 궁금하기도 하다. 부모가 자식의 존재를 망각하는 문학적 패륜이 아닌가?[23]

---

21) 한국 영화판에 떠도는 3대 거짓말이 있다. 이창동의 '시나리오 다 썼다'와 박찬욱의 '이번 영화는 정말 오락물이다'가 그것이다. 세 번째는 '당분간 쉬겠다'는 홍상수의 거짓말. 나도 홍상수처럼 당분간 쉬고 싶다.

22) 우리는 몇 주년 같은 것을 자주 기념한다. 그게 무슨 의미가 있는지, 있어야 하는지 모르겠다.

저자: 화자의 입장과 저자의 입장은 같지 않다. 나는 지금 『정선아리랑』을 쓰던 그 저자가 아니다. 나는 그때 그 자리에 있었을 뿐이다. 나의 망각성을 나무라지 마시라. 내가 시집을 만든 최초의 저자이지만 시집이 출판됨과 동시에 저자는 죽었다. 게다가 저자와 시적 인물인 화자를 동일시하는 것에도 나는 동의하지 않는다. 조금 다른 얘기지만 이 시집은 벌써 오래 전에 출판사가 공식적으로 절판을 단행했다. 저자 입장에서 관찰하자면 조력자살 비스름하다. 더 이상 시집 『정선아리랑』이 서있을 시대적 맥락이 없다는 판단이겠지.

화자: 시집 속 인물의 입장에서는 조금 서운하다. 우리는 저작물과 운명을 같이하는 존재들이다. 그건 그렇고, 정선 지역에서는 아리랑이라는 용어보다 아라리라는 말을 선호한다. 정선사람들 몸에 더 맞춤하다는 뜻이다. 그런데 당신은 아라리를 쓰지 않고 아리랑을 선택했다. 어떤 연유가 있는지?

---

23) 문학적 패륜이라는 말은 써놓고 보니 멋있다. 그렇지만 이 자리에서는 다소 과도한 용법으로 쓰였다. 부모가 자식의 존재를 잊어버리는 것이 패륜인지 아닌지는 다른 의견이 있겠지만 일단은 저자가 자신의 저작물을 매정히 애도했다는 뜻으로 이해하면 된다.

저자: 그게 또 그렇다. 시인은 아니 나 같은 경우는 시를 착상할 때 말이 먼저 오지 않으면 시를 쓰지 못하는 쪽이다. '아라리'[24]가 아리랑보다 민요의 원형이라 주장은 수용하지만 나는 원형보다 보편성을 선택했다. 나처럼 언어적 편견이 심한 사람에게는 아라리라는 언어를 선택하라고 했다면 시를 쓰지 못했을 것이다, 거의 확실하게.

화자: 당신은 편견이 심한 인간이다.

저자: 스포일러다. 나의 시는 나의 편견에서 출발한다.

화자: 아라리보다 아리랑이 어딘가 좋다는 뜻이 아닌가?

저자: 취향 문제다. 본능적이고 직관적으로 나는 아리랑을 선택했다. 취향에는 우열이나 선악이 없다. 나는 그런 직관을 나의 시적인 생리작용이라 믿고 여기까지 왔다.

이때 여자 두 명이 카페로 들어온다. 역시 이 카페의 규모와 잘 어울리는 용모와 패션과 언어를 사용하는 두 명의 손님이다. 외형으로는 직업과 세계관을 짐작하기 어렵다. 이들이 들어오면서 카페의 밀도가 다소간 달라졌고 소란

---

24) 나는 왜 '아라리'에서 짙은 향토성을 먼저 보았을까. 왜 나는 본능적으로 그것을 선택하지 않았을까. 그리 대단한 까닭이 작동하고 있는 것은 아니겠지만.

스러워졌다는 점을 적으려고 이렇게 설명한다. 그들의 대화에서는 가끔 '서울에서는' 혹은 '검색해보니까'와 같은 말들이 지방어의 리듬에 실려 오고간다. 그래서 대화는 약간 주춤했다가 다시 줄기를 찾아간다. 역시, 재즈에 귀를 기울이는 사람은 없다.

화자: 당신은 1983년 '제1회 문예중앙신인추천'으로 등단한다. 시 10편을 당선작으로 발표하면서 새로운 관행 속에서 시인이 되었는데 그때를 좀 복기해주면 좋겠다.

저자: 말이 났으니까 간단히 말한다. 1983년 즉 1980년대는 창작과비평과 문학과지성으로 주도되는 문학적 흐름 속에 놓여 있었다. 심사위원이었던 신경림, 황동규는 각각 창비 시선과 문지 시선의 1번 타자였다. 두 사람이 같은 자리에서 심사를 한 것은 처음이고, 10편의 시를 동시에 당선작으로 발표하는 것도 처음이었다.[25] 문예지사상 처음 있는 일이다. 나는 창비와 문지의 시선을 대표하는 시인의 사이

---

25) 편집실에서는 문학관이 판이한 심사위원을 기용하면서 새로운 이슈를 만들어보고자 했을 것이다. 합의가 안 될 경우 각각 한 명씩 뽑아도 된다는 의견도 제시했다고 들었다. 두 사람이 자신의 고집을 적당히 포기한 지점에 내가 서 있었을 것이다.

에서 태어난 셈이다. 두 사람의 공감했거나 두 사람의 외면한 자리에서 나는 시인 영업을 시작했고, 그게 결국 내 시의 정체성을 만들었다고도 본다. 다른 사람들에게는 흥미없는 얘기지만 내 문학의 소중한 근거다.

화자: 시발, 시발, 박세현 시의 구체적 시발점이군. 근데, 당신은 정선 사람이 아닌데 어떤 연유로 이 시집을 썼는지 해명할 필요가 있을 것 같다.

저자: 어떤 사람은 내 고향이 정선인 줄 안다. 내 탓은 아니다. 작자가 정선아리랑에 대해 썼다면 아마도 이 작자는 정선에서 태어났을 것이라는 추론은 얼마든지 가능하다. 성공적인 오해의 판본이기도 하다. 이런 이해 방식은 시를 독해하는 데에도 적용된다. 나는 정선 사람이 아니다. 태생적으로는 정선과 거기가 거기인 산촌에서 태어나고 유년기를 보냈다. 정선처럼 수려한 이미지도 없고 별다른 스토리텔링이 없는 곳이 내가 태를 버린 곳이다. 이상의 에세이 「권태」 속의 한 장면 같은 시골에서 나고 자랐다. 나는 1974년에서 1979년까지 정선군에서 초등학교 교사생활을 했다.

화자: 그게 시집을 쓰게 되는 계기였군.

저자: 그게 아니다. 아니 맞다. 아닌 것은 정작 정선지방에 있을 때는 내가 정선을 발견하지 못했다는 뜻이다. 정선을 떠나고 꼭 10년 후에야 나의 정신머리는 정선을 돌아보게

되었다. 계속해서 정선 근방을 떠돌았다면 나는 정선을 쓰지 않았을 것이다. 그런데 정선을 떠나고 나서 이제는 역사가 된 저 1980년대를 맞이하게 되었고, 정치 민주화 운동과 더불어 민중문학, 노동문학의 거센 물결과 접하게 되었다.26) 예나 지금이나 나는 어느 유파가 아니다.27) 특정 주

---

26) 1980년대를 일러 '시의 시대'라고 불렀다. 그 숱한 시인들은 다 어디 갔는가. 1980년대 시인으로 호명되는 시인들의 두 가지 포즈. 하나는 아직도 그 시대에 묶여 있는 유형이 있고, 다른 하나는 마치 그 시대를 살지 않았다는 듯이 유니폼을 갈아입은 유형이 있다. 두 유형 모두 딱한 사연이다. 그 점에서 김수영은 시인으로서 오로지 행복하다. 그건 그의 지복이다. 김수영의 '온몸의 시학'은 생각만큼 행복하게 계승되지 못했다고 보는 게 내 생각이다. '온몸'의 시학을 온몸으로 밀고나가 싸우자는 쪽으로 이해한 시인들도 적지 않았다. 그나마도 이제 온몸으로 시 쓰는 시인은 없다. 온몸이 뭐지?

27) 영어로 이 대목을 'He is Not'이라고 번역해본다. 이 말을 다시 주석하자면 나 같은 인물은 어느 진영에서 보든 용도가 불분명하다. 쉽게 말해서 쓸모가 없다는 말이다. 손잡이가 없다는 말이지. 이런 내용을 나는 '비공식적 인물'이라고 개념화 하고 있다. 그래서인가? 내 시는 끊임없이 공식적인 이데올로기와 그것을 수행하는 담지자들에 대해 부정적이다.

장을 선전하는 유파가 '아니다'와 '못 된다'의 사이에 위치한 나의 애매성은 그러나 너무나 문학적이 아닌가 싶은데….

화자: 당신 말을 다 믿을 수는 없겠다. 왜냐하면, 당신 시집에는 뚜렷하게 계급적 편향성이 드러나고 있기 때문이다. 주로 사회적 약자들을 편드는 시가 정선의 중심을 이루었다는 뜻이다. 노동자, 농민, 광부 등등의 인물들에 대한 무의식적 애정을 과시하고 있다.

저자: 부인하지 않는다. 교통 범칙금은 자주 내는 편이지만 교도소에 간 적은 없다. 집회나 시위에 가담한 적도 없다. 나 같은 족속은 이론이 성가시다. 방금, '계급적 편향성' 따위의 말을 나는 좋아하지 않는다는 말. 그거 어디서 들었어? 그런 이론질이 싫다.

화자: 그게 자랑은 아니지 않은가.

저자: 1980년대라는 거대한 흐름 속에서 나는 나름의 균형 감각을 가지고 싶었다. 어쩌면 그 지점이 정선이었다는 뜻이 된다.

화자: 문학적 (철)면피?

저자: 나는 나에 대해서 어필하지 않는다.

화자: 지금 열심히 하고 있는데.

저자: 이건 최소한의 대화다. 당신의 질문에 대한 최소한의 예의다. 좀 더 부연해서 떠들어도 될까?

화자: 그럼, 적당히 충분히.

저자: 내 첫시집 제목은 『꿈꾸지 않는 자의 행복』이다.

화자: 아는 얘기는 빼자.

저자: 내 첫 시집 제목을 정확하게 알고 있는 사람을 만나지 못했다. 단 한 명도, 지금까지.

화자: 그게 서운했던 모양이네. 모든 독서는 비대칭적이다. 저자와 독자의 입장은 다르다. 달라도 너무 다르다. 독서의 출발점과 도착점이 다르니 두 사람은 만날 수 없는 게 당연하다.

저자: 서운했다기보다 서먹했다는 말이 맞겠다. 한 줌 독자마저도 '꿈꾸는 자의 행복'으로 내 시집을 기억하고 있다. 역시 성공적인 오해의 쓸쓸한 방식이다. 꿈과 행복 사이가 삑사리 났다는 것을 외면하고 싶은 무의식이 작동했다는 뜻이다. 꿈과 행복이 만나서 함부로 침대로 직행하는 관습적 의식의 소산이다.

화자: 잠자리는 좋은 게 아닌가?

저자: 그건 통속이다.

화자: 잠자리가 그렇다는 뜻은 아닐 테고.

저자: 자동화된 생각.

화자: 당신은 통속에 대한 트라우마가 있는 것 같다. 아님 말고.

저자: 트라우마 같은 소리 하지 마라.[28] 나의 강한 부정을

긍정으로 이해하면 될 거다. (녹음된 웃음소리 삽입 요망)

화자: 사실, 이런 기회가 아니라면 언제 물어보겠는가? 당신의 손끝에서 만들어진 우리는 시적 인물 또는 시인의 가면 즉 페르소나라고 부른다. 당신의 생각과 당신의 시적 인물과는 어느 정도의 밀도가 작동하고 있는지를 묻는다.

저자: 소외된 인물들의 고달픔과 답답스러움을 다루려고 했던 내 시집의 경우는 지금의 질문이 적실하다. 말하자면 농부도 아니면서 광부도 아니면서 그들의 생활을 추체험한 시들의 핍진성²⁹⁾을 질문하고 있는 게 아닌가?

화자: 그렇다.

저자: 나는 민요 '정선아라리'의 큰 흐름에 올라타고 내 생각을 변주했다고 본다. 소외된 지역의 소외된 삶을 시로

---

28) 나는 옛날에 여자들의 루즈 칠한 입술을 통해서 통속을 학습했다. 그것이 늘 문제다. 이는 왜곡이자 잘못된 인식이다. 이런 나쁜 인식의 잔재는 내 의식의 밑바닥에 남아 있다. 이것은 루즈의 문제를 넘어서 세상을 파악하는 눈으로 성장했다. 통계학적으로 오른손잡이가 많기 때문에 커피잔에 묻은 누군가의 입자국이 보이는 듯한 결벽 때문에 커피잔을 항상 왼손으로 잡는 습관은 나의 시에도 스며 있다. 내 시의 근본 문제다. 고질적 디폴트 세팅.

29) 이 말, 참 앤틱하군. 써놓고 보니 어딘가 오글거린다.

만들려고 했다.

화자: 그건 알겠는데, 다만 그것을 너무 표나게 하려는 과정에서 정선을 시적으로 과장한 건 아닌가?

저자: 과장이라고?

화자: 그렇다.

저자: (생각에 잠기는 듯 커피잔을 손으로 만지작거리면서) 음, 글쎄. 무슨 말인지는 알겠지만, 나는 여기까지만 말하겠다. 독자가 아니라 시집 속 인물의 입에서 튀어나온 말이기 때문에 나는 약간 당황한다.[30] 그런데, 우리 지금 너무 재미없다.

화자: 그러네. 시집이 워낙 칙칙하다 보니까 얘기도 그렇게 되었어. 내 탓은 아니다. 그럼, 솔직하게 말해볼까?

저자: 지겹다. 솔직하다는 말. 나는 이 연세까지 살아오면서 솔직한 사람을 만나본 적이 없어. 단 한번도, 단 한 명도. '솔직하다'는 말만 혹사당한다. 그러니까 그냥 즉설주왈.

화자: 오우케이. 당신 시는 첫 시집의 제목처럼 긍정성에

---

30) 인간은 신에 의해 창조되었지만 신 역시 인간에서 태어났다. 인간은 자신을 창조한 자를 창조한다는 지젝의 말은 저자와 화자의 관계에도 의미있는 암시를 던져준다. 그러니까, 시적 인물인 화자는 자신을 창조한 자를 (다시) 창조한다.

기반하고 있지 않다. 망설이지 말고 대답해주길 원한다.

저자: (좀) 그렇다. 그게 나다. 나는 그렇게 조립된 기계다. 그게 세상 인식의 방법이다. 긍정적이거나 한없이 긍정적인 시선을 나는 통념과의 접속으로 안다. 체제순응적 센티멘탈리즘. 그리고 그런 사유는 '교회오빠' 같은 기만성을 조장할 개연성이 크다고 본다. 이름은 거론하지 않겠지만 잘 팔리는 시집의 거개가 근거 없는 선함과 희망에 기반하고 있다. 위선이거나 기법이거나. 하여간.

화자: 너무 나가지 말자. 나는 화자일 뿐이다. 당신만큼 떠들 내용이 없다. 알지?

　　이때, 두 명의 여자 손님이 계산을 마치고 나간다.
　　그녀들이 주고받았던 소음도 함께 따라나간다.
　　저자와 화자는 잠시 대화를 끊고 밖을 내다본다.
　　바깥은 5일장의 저잣거리가 연출되고 있다.
　　자본주의가 5일장의 형태로 변신한 모습!
　　재즈는 계속 흐르지만 아무도 듣지 않는다.

저자: (느닷없이) 내가 정선에 며칠 산다면 아마 소설을 썼을 것이다.

화자: 뻔한 소설?[31] 당신 말로 돌려주면 순수문학을 가장한 통속?

저자: 말이 되네, 말이. 나는 이 햇빛에 대해 쓸 것이다.

화자: 정선에서 며칠 사셔야겠다.

저자: 여기서 재즈를 듣는 순간, 몸이 밝아온다. 재즈가 한국민요 속으로 귀화한 것 같아. 재즈랑 국악은 궁합이 잘 맞기도 하지. 4월 30일이 유네스코가 정한 재즈의 날이었지.

화자: 별날이 다 있다. 나라면 비의 날을 제정하고 싶다.

비가 올라나 눈이 올라나

화자: 당신 시집에는 '정선아리랑'이라는 개별 시가 없다. 어인 일인가 궁금하다.

저자: 별게 다 궁금하시군. 그래도 그것을 지적한 건 당신이 처음이다. 일종의 내부거래군. 나도 '정선아리랑'이라는 제목의 시를 가지고 싶었지만 그러하지 못했고, 또 그렇게 하는 것이 별 의미가 없다는 생각에서 그만두었다.

---

31) 주인공이 있고 스토리가 있고 구성이 있는 그렇고 그런 소설들. 여기서는 구성에 목매는 소설이라는 뜻으로 씀. 아직도 소설을 허구라고 생각하면서 현실을 조작하는 소설가들을 나는 신뢰하지 않는다. 현실은 충분히 허구적이다. 아니 허구다. 아니 환상이다.

시집 속의 시들이 모두 '정선아리랑'으로 귀속된다는 뜻도 된다.[32)]

화자: 시집은 좀 팔렸는가?

저자: 공식적으로 5쇄를 찍었다. 내 시집으로는 베스트셀러다. 요즘말로는 베셀이다. 이 시집에 속은 독자가 좀 있다는 뜻이다. 그러니까 내 시집 가운데『정선아리랑』을 읽었다면 나의 기본 독자다. 가령,『아무것도 아닌 남자』나 산문집『시인의 잡담』『오는 비는 올지라도』를 읽은 독자라면 내 교양독자로부터 한 걸음 더 나간 독자다. 불행은 그런 독자가 없다는 것이다, 딴 얘기지만, 저자가 된다는 일도 쉬운 노릇은 아니지만 누구의 독자가 된다는 일은 만만한 일이 아니다. 당신이라도 좀 읽어라.

화자: 5쇄면 선방했다. 돈은?

저자: 화자답지 않은 말씀. 시인은 직업이 아니다.

---

32) 시에 제목이 있어야 하는가. 무제라는 제목도 있다. 그것도 제목이다. 제목은 시의 내용을 다 수렴해버린다는 점에서 시를 왜곡시킬 수도 있다. 무제라는 제목 자체도 그렇다. 그러면 제목을 붙이지 말고 번호를 붙인다? 번호나 무제나 다를 게 없다. 하여간 제목은 좀 문제다. 숙제.

화자: 더러 시인을 직업으로 알고 사는 시인들도 있더라.[33]

저자: (침묵)

화자: 내 보기에 당신에게 『정선아리랑』은 당신의 시집 진행으로 봤을 때, 선행 시집에 존재했던 부정성이 이 시집을 계기로 전면적으로 잠복한다. 다시 말해 정선을 힘껏 긍정하고 껴안았다고 본다. 동의하는가?

저자: 그에 대한 대답은 내가 쓴 시집의 표4로 대신하겠다.[34]

---

33) 시인이 직업이 되는 경우는 무직이라는 뜻이다. 전업작가는 직업 없이 글쓰기에만 전념하는 작가를 가리키는 말이지만 이는 오용되기도 한다. 전업작가는 원고료, 인세, 강연료, 방송출연 등에서 나오는 수입으로 가족을 부양할 수 있어야 한다. 내가 왜 이런 얘기까지 해야 되지?

34) 나는 정선에서 5년을 보냈다.
스물두 살이었다.
마늘밭을 건너 엷은 어둠발을 타고 오던 여량천주교회의 쇠종소리를 기억한다.
안개에 흡인되던 창백한 광부의 얼굴을 나는 기억한다.
나의 정선 시절은 기소유예이다. 기억은 내 목을 쥔다.

기억은 槍이다.
정선은 고통의 텍스트다.
소외와 아름다움이 서로를 껴안는 혼음의 공감이다.

화자: 당신의 구강구조를 통해서 시 한 편을 읽어줄 수 있는가?

저자: 그렇게 안 하겠다. 시를 낭독하는 것은 시대착오다. 그러나 술자리에서 누군가가 소월의 「초혼」을 낭독한다면 공감할 준비는 되어 있다. 내 시는 아니다.

화자: 그럼, 누가 당신의 시를 낭독한다면 들을 용의는 있는가?

저자: 역시 그렇게 하고 싶지 않다.

화자: 꽤 장시간 떠들었다.

저자: 그렇기는 해도 그렇다고 내 시집에 대한 어떤 의문이

소외는 푹신해서 편하고 불편하다. 산천의 아름다움에선 섬뜩한 죄의 냄새가 물씬거린다. 전생의 業이 깊은 속을 얻은 자리가 정선이리라. 나는 이 등록되지 않은 변방적 삶의 켜를 뜯어읽으며 나의 전생을 만나고 있었다. 한때 나를 견뎌줬던 육체인 정선에 회로를 만들고, 정면으로 그 지점을 통과한다. 그것은 내게 부과된 푸닥거리요 피할 수 없는 지명방어전이다.

삶이 내게 던진 창날을 비로소 나는 받는다.

창날에 묻은 독을 핥아낸다.

시집에 착수한 애초의 뜻과 마지막 의도가 여기에 맞물린다. 부박한 필기 방법을 내 정신의 고압선이었던 모든 정선적인 풍속에 돌려주고 혹은 남겨둔 채 나는 이 자리를 떠난다.

해소된 것은 아니다.

화자: 당신의 시집에는 해소되어야 할 무엇이 있다고 생각하는가?

저자: 그런 건 아니고, 시집은 해소되고 말고의 대상은 아니라는 뜻. 내가 쓴 시집이지만 내가 주인은 아닌 것. 나도 이제 내 시집 속으로 돌아갈 수 없다. 나는 내 시집의 타자다.

화자: 그게 저자의 진정한 행복이 아닐까?

저자: 生而不有?[35]

화자: 나는 당신이 오로지 애정하는 시인 몇을 꿰고 있다. 물론, 대개는 죽은 시인들이다. 이상하지. 죽으면 존경하게 된다. 당신도 죽으면 존경한다고 떠드는 독자가 나타날지도 모르겠다. 대답하지 않겠지만 당신 눈에 띄는 젊은 시인들이 있는지 모르겠다.

저자 이름을 적자면 A4 열 장은 필요하다. 대신 어디서 읽은 배우 고현정의 말을 각주에 달아놓겠다. 시인들이 참고할 일이라고 생각한다. 나는 그런 깡이 좋다. 그게 시인 삘이다.[36]

---

35) 노자.

36) "재미있는 게, 선무당이 사람 잡는다고 아마 홍상수 감독 페이스에 말려들지 않은 배우는 저밖에 없지 않았을까 싶어요. 예컨대 저는 감독님한테, 나한테 술 먹이지 마

화자: 앞으로의 시의 대해 한 말씀.[37]

저자: 앞으로의 시는 앞으로 태어날 분들에게 물으셔.

화자: 노느니 시 쓴다고, 미래의 계획은?[38][39][40]

라, 술은 회식자리에서 내가 알아서 먹는다. 대신 연기할 때 원하는 게 있으면 얘기를 해라. 나 할 수 있다. 그러니 이상한 현학적인 말로 나를 헷갈리게 하지 말아라, 나 그런 말 사실은 아무것도 아니라는 거 다 안다, 했어요(웃음)."

37) 화자의 식견으로 보자면, 시는, 아무나 쓰면서, 아무도 읽지 않는 장르로 진화되었다. 이것이 한국현대문학의 목전이요 없는 지평이라고 나는 본다.

38) 시인은 평생 사례들린 자들이다. 콜록콜록.

39) 이 대목에서 화자는 저자에게 시에 대한 저자의 총체적 생각을 질문했다. 여기 녹취를 남긴다.

화자: 마무리하기 전에 시에 대한 요즘의 생각을 듣고 싶다. 당신은 10권의 시집과 5권의 산문집을 출판했다. 그것의 공적 의미를 들어보고 싶다.

저자: 두 가지 질문에 답하겠다. 먼저, 요즘에 내가 생각하는 시. 범박하게 말해서 내 시대의 시는 멈추었다. 1980년대의 대표시인들은 모두 죽었다. 생물학적 죽음이 아니라 산-죽음이라는 뜻. 자기 시대를 상실한 자들의 불가피한 침묵이다. 비유가 적절하다고 할 수는 없지만 지금 침묵하는 일급의 시인들은 장사로 치면 돈을 많이 벌어서 빌딩 하나씩 마련한 경우에 해당한다. 더 이상 사업에 손을 대서 까먹을

저자: 미래는 없고 계획도 없다. 닥치는 대로 그때그때 산다.

필요는 없다는 계산이 서 있다. 그러나 나 같은 난전은 아직 길바닥 위에 있는 처지다. 이런 입장에 포위된 나는 나날의 삶이 시다. 시라는 특별한 형식이 있다기보다 삶이라는 환상이 곧 시라고 생각한다. 여기 밑줄이 그어졌으면 좋겠다. 우리나라 시 너무 재미없다. 시는 아무것도 주지 않는다. 시는 시를 쓰는 사람조차 구원하지 못한다. 시를 많이 쓰면 타자 실력은 확실하게 향상 된다는 교훈은 실없는 말이 아니다. 공적이라는 말에 대해 부연한다. 시는 더 이상 공적 담론이 아니다. 시인도 공적인 인물이 아니다.

인터넷 공간에 댓글 달 듯이 시인들은 자신의 필연을 시라는 형식으로 작성할 뿐이다. 박인환 문학관을 답사했다. 박은 우리 문학사의 공간에 표류하는 유령이다. 시가 아니라 시라는 풍문에 묻어서 존재한다.

풍문이 아니고는 어디에도 실체가 없는 시인이 아닌가. 그들에게는 뚫고 나가야 할 벽과 내달려야 할 광야가 있었다. 박인환의 이른 죽음은 그 시대의 숨막힘을 표시하는 한 상징이다. 김수영은 박인환의 시에 대해 경멸의 돌직구를 날렸지만 박인환류에 의해 1950년대는 어떤 출구를 마련했다는 공감은 있어야 한다. 그러나 21세기는 그런 시대가 아니다. 시인은 그냥 동네 카페에서 노트북을 열고 자기 필연을 작문하는 인류로 존속한다. 두 번째 질문에 답한다. 시집 열 권은 물량주의에 대한 환상이었을 것. 한 권이라도 똑똑한 시집을 가져야 한다는 말을 신뢰하지 않는다. 시는

화자: 쓰고 싶은 시나 뭐 그런 거 있을 거 아닌가.

저자: 나는 나의 시대를 상실했다. 물갈이 된 독자를 설득시킬 창법이 없다.[41)]

'썼다'는 과거완료형이 아니라 늘 '지금 쓰고 있는' 현재진행형이어야 한다. 시인에게 이미 쓰여진 열 권의 시집은 무슨 의미가 있겠는가. 쓰는 자는 종이 위에 먹자국 지나간 것에 만족하지 않는다. 백 권인들 만족하겠는가. 지금 눈앞에 와 있는 한 줄의 시 때문에 나는 쓰는 것이다. 어느 시점에 나는 내 시집과 산문집을 다 불사르게 될 것이다. 얼마나 시원하겠는가. 내가 쓴 언어들과 결별하는 순간의 짜릿함을 맛보고 싶다. 내 시집을 내 손으로 거두어들인다는 상징성도 확인하고 싶다.

화자: 나도 화장된다는 말이군. (툭 던지듯이) 불만 제로요.

저자: 그동안 나의 대역을 한 거지. 대리운전. 고마워.

화자: (젊은애들 말로) 쩐다!

40) 나는 시를 이렇게 말한다. 즉, 나의 시는 내 손가락과의 타협의 산물이다. 내 시는 내 열 손가락이 수납하는 근질거림이다.

41) 은퇴 후 4년이 지난 피겨스케이터 김연아에게 올림픽 출전을 권유했을 때, 연아는 '나는 다른 시대 사람이라 비교할 수 없다'고 말했다. 정확한 자기 인식이 아닌가. 작가가 자기 시대를 상실한다는 것은 임기 만료 또는 유통기한의 소멸 과정이다. 대중음악계에서 일가를 이룬 나훈아와

(이 부분에 이르러 저자는 최근의 문학적 흐름에 대해 몇 가지 불만을 토로했다. 여러 사정으로 여기에 담을 수 없는 내용이기에 200자 정도의 분량을 녹취하고 삭제하기로 합의했다.)

화자: 이제 쓰지 않겠다는 뜻인가.

저자: 쓰지 않는다는 뜻이 아니다.[42] 쓴다는 것은 욕망의 산물일 뿐이다. 좋은 시를 쓰기 위해서 쓴다기보다 삶의

조용필이 자신들의 유통기한을 넘기면서 콘서트의 티켓을 팔아치우는 것은 예외적으로 보인다. 그러나 이런 현상은 유통기한에 묶인 정확한 예가 될 뿐이다. 이른바 그들의 팬덤의 중심은 노년세대이거나 아주머니급 이상의 세대일 뿐이다. 가수들의 노래와 함께 늙어온 세대이지 더 이상의 후속세대는 아닌 것이다. 조용필이 케이팝으로 이동한 젊은층에게 콘서트 티켓을 판매하는 것은 비관적이다. 우리 세대는 이제 돋보기 없이는 독서를 할 수 없고, 그나마도 책읽는 의욕을 상실한 세대다. 누구를 위해 쓸 것인가는 나 같은 세대의 전망 없는 숙제다. 될 대로 되라.

[42] 고상하고 심각하고 진지한 시들이 너무 많다. 힙한 시대다. 시 또한 '필멸하는 인간의 덧없는 방식'(DFW 에세이에서)이라고 생각한다. 쓴다 안 쓴다는 것은 시 이전이거나 시 이후의 적막이다.

순간순간을 시라는 형식에 집어넣고 싶은 욕망 때문에 쓴다. 손가락이 근질거려서 쓰는거지.[43] 정선아리랑 버전으로 말한다면, '비가 올라나 눈이 올라나 억수장마 질라나'와 같은 불투명한 미래 예측이겠지. 있잖아, 찬송가. 내일일은 난 몰라요. 하루하루 살아가요. 서비스로 각주에다 요즘 시 한 편 달아놓겠다.[44] 내 시가 각주로 처리되는

---

43) 오래도록 시를 쓰는 것이 부끄럽지 않으냐고 화자가 물었는데, 그에 대한 즉답이다. 쓰는 일은 부끄럽지 않다. 시를 시집에 담아서 누군가에 줄 때마다 묵은 졸음 같은 부끄러움이 몰려온다. 받는 사람이나 주는 사람이나 암묵적으로 '뭘, 이런 걸' 하는 심정을 피할 길이 없다. 그게 시라는 장르의 엄연한 본색이 아닐까?

44) 어느 날 나는

어느 날 나는 나로서

나라는 대명사로서

멸망한 나라의 부속도서처럼 살아간다

나는 나를 대속(代贖)하며 나를 연기하며

나를 대신하며 나를 신앙하며 나를 꿈꾼다

어느 날 나는 몽골이자 북한이고 네팔이고

어느 날 나는 뉴욕이고 잘츠부르크이고 핫도그이고

어느 날 나는 열차 떠난 상계역이고 맹추이고

시든 쇠별꽃이거나 요양원에 사는 아버지이거나

나는 막대한 외로움이고 방대한 슬픔이며

순간이군. 첫경험.

화자: 본문에 올리자. 학술 리포트도 아닌데.

저자: 일종의 겸손이다. 겸손과 오만은 짝패다. 읽을 사람은 각주까지 눈을 내리깔고 읽으라는 뜻이다. 발화되지 않은 명령.

화자: 당신스럽다. 나는 안다. 당신 속셈과 다르게 한 명도 눈을 내리깔지 않을 것이다. (이 자리에 미리 녹음된 웃음소리 삽입)

저자: 나는 그저 하는 만큼만 하고 싶다. 이렇게 만나서 속을 털고 나니 좋다. 그 점은 화자에게 고맙다. 날잡아내 시집의 화자들을 한데 모아서 엠티 한번 하자.

화자: 미 투(!). 저자를 찾아나선 작중인물의 여로였다. 우리는 그러니까 저자와 화자는 한몸이다. 떼려야 뗄 수 없는 분리불가한 존재론적 공동체다. 그러나,

---

초라한 기쁨이며 불행과 행복의 사잇길로 걸어간
초현실주의자이며 어느 날 나는 동네 편의점에
나를 맡겨두고 파주 문산 연천 산정호수 부근을
박자도 리듬도 없이 돌아다니며 나없이 슬프며
나없이 기쁘며 나없이 펑펑 눈보라치리라
어느 날 눈보라 속에서 나는 눈사람 되어
속삭이겠지 나여 나여 혹은 나요 나요

저자: 맞다, 그러나 우리는 너무 가깝지만 저자가 화자는 아니고, 화자가 또 저자가 될 수는 없는 '가까이 하기에는 너무 먼 당신'이다. 이것이 저자와 화자가 몸을 섞거나 몸을 분리하는 방식이다. 한때는 나였던 당신이여, 그러나 이제는 나일 수 없는 당신이여, 잘 가시라. 가끔, 카톡(같은 소리!)

화자: 멜로군.

저자: 아듀! 아무것도 바라지 않기를!

아무것도 바라지 않기를

커페에는 다시 종업원과 화자와 저자만 남았고

여전히 재즈가 흐른다. 여전히, 처음부터 끝까지 듣는 사람 없는 재즈.

대화를 마친 화자와 저자는 빈 커피잔을 가운데 두고 말없이 앉아 있다.

이런 모습을 카페 밖에서 누군가 바라본다.

그게 누군지 모른 채로 대화는 여기서 종료된다.

두 사람은 카페를 나와 '정선아리랑'의 리듬으로 시장 안 골목으로 사라진다.

이 모든 풍경이 누군가의 시선에 '쓸쓸한' 롱 테이크로 잡힌다.

짧은 자작 인터뷰

▷요즘 어떻게 지내고 있나.

◀밤이면 잠자고 아침이면 눈 뜬다.

▷구식 도사 같은 문체를 버리지 못했군.

◀그것은 버리고 어쩌고 하는 문체는 아는 듯. 내 신체에 적힌 그 뭐냐 문신 같은 것이지. 우리는 문신된 존재들이잖아. 누군가에 의해 문신된.

▷그렇군. 자기 삶이라는 거, 자기 생각이라는 거, 살았다는 거. 그거 다 한순간의 착각이 맞다.

◀그건 내 말인데.

▷그렇잖아. 다들 자기 생각인 듯 떠들어대지만 세상에 자기 생각이라는 게 있기는 한가. 아니 있을 수 있어? 우린 그저 남의 생각을 자기 생각인 것처럼 말하는 스피커들이지. 내가 격하게 동의하는 대목들이다.

◀냉소적으로 들리는데

▷그거야말로 당신 생각 아니여? 청군과 백군으로 분할된 남한사회에서 시골운동회 하듯이 손뼉 치며 살아가는 게 남조선현실이라면서

◀내 생각을 남의 입을 통해 들으니 좀 거시기하다. 어제 (2019년 7월 16일) 극히 짧은 시인의 인터뷰를 읽었다. 계획을 묻는 질문에 '멀리 가고 싶다. 더, 더, 멀리 가고 싶다'고 대답하더라. 나는 시방 이 짧은 대답에 붙잡혔다. 나도 그 문장의 뒤를 따라서 멀리 가고 싶게 되었다. 레이먼드 카버는 '자신의 초조함과 갈망을 따라 그것이 자신을 이끄는 대로 아주 어두운 곳과 그 너머까지' 나아가고자 했다. 작가란 그런 존재이겠지. 시인도 이와 같음. 뭐, 좀 없을까 하고 좀 더 나아가보는 인간이 시인이라는 존재겠지.

▷레이먼드 전기는 무려 940쪽인데. 말이 난 김에 하는 말이지만 우리 쪽은 변변한 작가 전기 하나 없다. 반도체 만들고 월드컵 16강은 성공했는지 모르지만 문학 쪽은 엉성하다. 대강 철저히 하는 군대식 의식이 문학에도 촘촘하게 박혀 있다. 쳇 베이커를 비롯한 빌 에반스 등 재즈 뮤지션의 전기 발간에 비춰보자면 우리는 무인지경이다. 김소월, 김수영 전기 하나 변변한 게 없으면서 맨날 김수영을 흔들어댄다. 참 아름다운 영혼들이다. 그런데도 무슨 문학관은 그리 많은지 모르겠다. 김소월 문학관도 없으면서(내가 알

기로 지금까지는 현실이 그러하다).

◀여기는 대한민국. 비분강개는 이불 속에서 하시고. 레이먼드 카버를 다 읽었다는 얘기는 아님. 그 두꺼운 걸 읽다가 남은 생 다 가겠지. 카버만 읽으면 됨. 내가 강조하고 싶은 건 책값이 38,000원이라는 정도.

▷어떤 책은 두께와 가격만으로도 권위가 발생한다.

◀시집은? 얇을수록 그렇지.

▷이 대목에 이모티콘이 들어갈 자리군.

◀모르겠음. 나는 이코티콘 사용을 억제한다. 그게 메시지를 왜곡하기 때문이다. ㅎㅎ나 ㅋㅋ 따위가 그렇고 sns의 '좋아요'가 그렇다. '좋아요'나 꾹꾹 누르고 앉아 있어야 되겠나. 아니면 '좋아요' 횟수에 일희일비해야 되겠냐는 거지.

▷그렇다. 그렇다. 그러나 그렇게 조립된 게 인간이지. 베스트셀러는 좋아요의 현금화겠지,

◀요새는 나름 화가인 김정운의 오리가슴도 좋더라. 언제 여수나 가자. 밤바다 여수.

▷밤의 해변에서 같이.

시인의 사생활

작가 노트

이 글은 읽기 위한 시나리오다. 실제로 촬영을 전제하기보다는 읽으면서 이미지를 불러들이려는 것이 이 작업의 취지다. 만들어진 이미지가 아니라 순수한 문자의 힘을 믿고 싶은 형식의 글이다. 부분적으로는 희곡이나 라디오 드라마의 성격도 혼재되지만 그런 것은 따질 것이 없다. 이 글은 연출이 아니라 시나리오 작성자의 의도에 방점이 찍히기 때문이다. 때로는 영화처럼, 때로는 희곡처럼, 때로는 소설처럼, 때로는 시처럼 읽히면 더 좋다. 그 어느 것도 아니어도 좋다.

등장인물

소설가(60대 후반): 그는 이 글의 중심인물이다. 소설가이며
여러 권의 소설을 찍은바 있다. 그의 외모는 누가 봐도 문인
냄새가 나지 않는 유형의 인물이다. 최근 그는 '시인의 사생
활'이라는 장편을 탈고했다. 그것을 인연으로 몇 사람이
그의 서재에 모인다는 것이 이 시나리오의 중심 흐름이다.
시인(50대 후반): 이 사람은 소설가의 소설 속에 등장하는
인물이다. 실제로는 존재하지 않는 순전히 허구적으로 존
재하는 인물이다. 누구와도 비슷하지 않지만 또 누구와도
비슷한 인물이며, 소설가의 부름을 받고 또는 소설가와 직
접 얘기를 나누기 위해 소설 속에서 빠져나와 등장하는
인물이다.
독자, 여성(40대 후반): 소설가와 친분이 있는 독자의 역할.
문학 기자(30대 후반이며, 지방에서 발간되는 생활정보지
의 편집기자이지만 화면상에 직접 등장하지 않는 징후적
인물이다)

무대 설명

이야기는 주로 소설가의 집필실에서 이루어진다. 집필실
은 개인주택의 거실이다. 거실의 한 면은 바깥을 조망하기

좋은 창이 있다. 큰 스크린 같다. 창밖은 먼 실루엣으로 산의 윤곽이 보인다. 벽 한 쪽은 서가다. 서가는 카메라가 한번 훑어주겠지만 이러저러한 책들이 뒤죽박죽, 얼기설기 질서 없이 꽂혀 있다. 소설가의 편견이 도드라질 만한 책들이 주로 꽂혀 있다. 책상에는 노트북이나 다른 문구류가 전혀 없이 조용하다. 아무것도 없다. 무슨 메시지 같다. 방 가운데에 둥근 티테이블이 있고, 의자가 네 개 있다. 오늘의 이야기들이 전개될 공간이다. 내러티브의 중후반에 간단한 주류와 안주류가 세팅될 것이다. 바깥은 9월 초순의 늦장마 비가 내릴 것이고, 시간은 대체로 오후 네 시쯤으로 설정된다. 초대된 등장인물들은 시간의 구애를 받지 않는 인물들이다.

1. 빗소리 총량

화면이 열리기 전에 1분 정도의 빗소리.
화면이 열리면 집필실 전체가 잡히고 일인용 의자에 앉아 빗소리에 묻혀 있는 소설가의 등이 보인다. 묵은 삶이 비치는 등이다. 이 장면에서 카메라는 고정되고 5분 정도의 시간이 흐른다. 비는 계속 오고. 음악이나 조명이 없기 때문에 생활 소음이 음악을 대체하고, 실내등이 조명의 전부다. 카메라는 한 곳에 고정되어 있어서 인물들이 화면 밖으로

나갔다 들어갔다 할 뿐이다. 이른바 영화 용어로는 롱 테이크다. 아무래도 괜찮다. 카메라는 없는 거나 마찬가지라는 뜻이다. 이런 시간의 한 구석에서 소설가가 전화를 받는다. 네, 네. 천천히 와. 그리고 전화를 끊는다. 다시 빗소리 들어온다.

2. 독자의 등장

현관에서 벨소리 들리고 소설가가 천천히 현관으로 이동한다. 문을 연다. 손에 무언가를 든 독자 여성의 등장이다. 소설가가 그것을 받는다. 뭡니까. 커피에요. 원두를 좀 샀어요. 좋지요. 등의 가벼운 악수 같은 말들이 오고간다. 이 순간은 소설가나 독자가 화면 안에 없다. 화면은 여전히 빗소리를 담은 채 비어 있다. 이윽고 두 사람은 테이블을 가운데 두고 양쪽으로 나누어 앉는다. 조명이 다소 어둡다. 소설가가 일어나 등 하나를 더 켠다. 그제야 독자의 얼굴도 환해진다. 독자의 의상은 비오는 날을 더 명랑하게 하려는 듯 밝은 톤의 긴 치마와 간단한 남방셔츠를 입었다. 수수하지만 신경 쓴 인문학적 차림이다.

독자: 오랜만이지요, 선생님.
소설가: 저번에 만나고 처음이니까요.

독자: 저번에 언제요?

소설가: 그러니까, 왜 저번 있잖아 (말을 놓으며)

독자: 다 알아요. 기억 못하시는 거.

소설가: 이 사람도 온다 그랬어. 본 적 있을 거야. 우리 동네 생활정보지 '데일리' 기자.

독자: 그 자가 왜요?

소설가: 비도 오고 한 잔 생각도 났던 모양이지.

독자: 혹시 그 사람이 선생님 소설 얘기를 같잖은 자기네 종이신문에 기사로 끄적대려고 오는 거 아닌가요. 저번에도 선생님 소설 제일 먼저 기사로 올렸잖아요. 쪽팔려 죽는 줄 알았어요. 검색하면 '데일리' 기사가 제일 먼저 끌려오잖아요. 문장 앞뒤도 못 맞추는 게 무슨. 개새끼.

빗소리, 음악처럼 방안 전체를 공습한다.

또, 한 십분은 이대로 가야 할 듯.

빗소리. 빗소리. 빗소리.

3. 시인의 등장

다소, 약간, 조금, 그러나, 그래도 막연한 침묵을 깨려는 듯이 소설가가 입을 연다.

소설가: 이 사람도 온다고 했는데...

독자: 누구요?

소설가: 내 소설 '시인의 사생활'에 나오는 등장인물 있잖아. 시인.

독자: (윗몸을 젖히면서 마구 웃는다. 그러다가 반쯤 정색하며) 선생님두 참. 소설에 나오는 인물이 어떻게 온다는 말이에요. 요새 점점 이상해지는 거 아세요, 슨생님.

소설가는 대꾸하지 않고 가만히 있는다. 분위기를 반전하려는 듯 고개를 돌려 창밖을 일별한다. 비, 여전히 비. 그 사이에 독자가 일어나서 커피를 끓이겠다고 한다. 소설가는 내 집이니까 내가 하겠다고 하는 등의 가벼운 실랑이. 소설가가 커피를 준비하는 동안 빗소리를 배경으로 독자의 프로필이 지나간다. 문학 근처에서 살아온 얼굴이다. 그 사이에 소설가가 커피 등속을 들고 테이블로 돌아온다. 원두가 싱싱하군. 삼일 전에 볶았대요. 랭보가 즐겨 마셨다는 커피가 뭐더라. 아직도 그딴 뽕짝으로 사세요. 이건 게이샤에요. 그거 좋아하시잖아요. 커피를 잔에 따르고, 맛을 보면서. 좋군. 네, 괜찮네요 등의 다이얼로그들이 지나간다.

소설가: 그건 좀 복잡한 얘긴데 간단히 말하면 내 소설 속의 등장인물이 작자인 나를 만나고 싶다는 거지. 그래서 오늘 찾아오기로 했어. 같이 만나면 좋지. 나도 내가 만들었지만 내 맘대로 안 되는 거고. 나도 소설 밖에서 그를 만나보고 싶었던 참이야.

독자: 왠지 소설가보다는 시인이 멋은 있잖아요. 소설가는 고증전문가들 같아요. 소설가와 시인은 기원 자체가 다른 부족들이에요. 조상이 달라요, 조상이. 선생님, 안 그래요? 시 잘 쓰고 소설도 잘 쓰는 사람 있나요?

소설가: (한참 있다가 문득) 없다!

독자: 거 봐요. 하이파이브는 생략합시다. 이 나이에 ㅋㅋ. 축구선수와 장대높이뛰기 선수가 스포츠로 묶이지만 달라도 너무 다르듯이요. 이번 소설은 그러니까 소설가가 상상하는 시인이라는 말이네요. 문단에 왔다리갔다리하는 시인이 선생님이 본 시인의 전부 아닌가요?

소설가: 맞습니다, 독자님.

이때, 현관에서 벨소리 들린다. 소설가가 일어난다. 현관에서 들리는 목소리들. 비 오는데 먼 길 오느라 애썼네. 뭘요. 빈 손으로 와서 죄송합니다. 괜찮아. 손님이 있나 봐요. 들어와 등의 잘게 부서진 애드리브들. 잠시 후 그들은 카메라 속으로 들어와 비어 있는 의자에 앉는다. 독자와 시인이 서로 눈인사.

소설가: 이렇게 만나는 거 처음이지? ㅎㅎ

시인: 소설 밖으로 나온 쌩현실에서는 처음입니다. 소설가 집을 방문한다고 생각하니 기분이 묘했습니다. 그런데 소

설가 집도 별 건 아니네요.

독자: 시인의 집은 별 건가요?

시인: 나야 현실적으로 존재하는 인물이 아니니까요.

독자: 말하자면, 서재엔 온통 시집들이 쫘악 꽂혀 있고, 한쪽에는 오디오가 있고, 벽에는 그림 한 점 이런 식인가요?

시인: 맞아요. 상투적이긴 하지만 시인들 대부분 그런 정신감각 안에 살지 않나요? 나는 태어나 소설가 선생님 집에 오는 게 전부입니다. 전무후무지요. 초대해주셔서 고맙습니다.

소설가: 고맙긴. 이 사람아.

시인: 근데 선생님은 아까부터 왜 말을 까세요? 처음 보는 사이인데.

소설가: 앗, 미안하네. 나는 우리가 소설 속에서 매일 만났기 때문에 구면이란 착각을 가지고 있어서 그만.

독자: 그건 맞네요. 지금 우리는 소설 속에 있는 게 아니잖아요. 그리고 두 분 선생님들 (카메라의 방향을 가리키며) 카메라가 저쪽에 있으니 말씀하실 때 카메라를 의식해주시면 그림이 더 좋을 겁니다. 이 짓이 다 카메라에 얼굴 한번 찍히자는 거 아닌가요. 아셨지요?

시인: 이거 개봉관에 걸립니까?

독자: 에이, 시인님도 개봉관 같은 소리 하시지 마시고요.

시인: 사실 말이지 나야 말할 권리가 없지만 선생님 소설

제목이 맘에 들지 않습니다. '시인의 사생활'은 좀 그래요. 시인에 대한 환상을 고착시키던가 아니면 환상을 일그러뜨리겠다는 작의가 느껴지거든요.

독자: 시인에게 환상 있습니까?

시인: 나는 소설가님에게 물은 겁니다. 우리끼리 좀 대화하게 빠져주세요. 당신들은 영풍문고나 골목서점 시낭송회 같은데 앉아 있으면 되는 거지요.

독자: 지금 독자를 개무시하는 거 아시나요. 시인의 사생활과 청와대 정무수석의 사생활이 다르다는 듯이 말하는군요. 아무튼.

소설가: 나는 비실용적으로 꿈꾸는 자의 이면을 상상해보고 싶었던 거야. 몽상이 현실적으로 도착한 지점 같은 거 있지 않을까. 사생활이라는 말이 거느리고 있는 일반적인 의미를 떠올렸다면 실망이겠지.

시인: 나는 가공의 인물이므로 소설의 서사 공간 안에서만 살아 움직입니다. 그러니까 소설 밖의 생활이라는 게 있을 수 없습니다. 그런데 선생님이 창조한 시인 즉 나라는 소설적 인물은 다소 허황되게 보였다는 말이지요. 비현실성의 농도가 너무 높은 시인입니다.

독자: (또 끼어든다) 본래 시인들 좀 그렇지 않나요?

시인: 현실 부적응자들이지요. 자폐적이고. 그러나 그건 그렇게 몰고 가려는 고정된 사회적 편견이지요. 시인들 얼마

나 약삭빠른데요.

독자: 그게 뭐 잘못된 건가요? 그건 좋은 것도 나쁜 것도 아니잖아요.

시인: 그게 아니라 내가 말하는 약삭빠르다는 말은 그 이상의 의미를 말합니다.

독자: 시인은 본질을 보려는 자들이니까 약빠른 게 옳지 않나요?

시인: 본질! (그러고는 웃는다. 점점 더 큰소리로)

독자: 선생님도 한 말씀 하세요. 왜 가만히 계세요?

소설가: 이 사람 늦어지네. 전화 해보지.

독자: 누구요? 그 기자? 오겠지요. 근데 이 빗속에.

4. 조금 늦은 낮술

앞 장면에 술상이 추가된다. 소설가가 준비한 간단한 안주와 술이 진열된다. 소주와 맥주. 안주는 김치찌개와 기타 소소한 것들. 시인이 소설가에게 예를 갖추면서 잔을 따른다. 이번엔 소설가가 시인과 독자에게 따른다. 건배! 잔을 부딪치는 사이로 빗소리 뚜렷하게 업 된다.

독자: 빗소리듣기모임 임시 총회 같아요.

소설가: 소설가는 소설 쓰는 사람이잖아. 소설이 뭐야. 스토

리텔링이지. 난 그 말이 싫어. 시인이 부러운 건 그 자들은 늘 자기 고뇌와 싸운다는 거지.

시인: 가짜도 많아요.

소설가: 가짜는 없어. 가짜 같은 진짜도 있고, 진짜 같은 가짜도 있지만 내 생각으로는 세상에 가짜는 없다. 우리가 의심해마지 않아야 할 것은 가짜가 아니라 진짜라는 거지. 진짜는 뭐야. 그게 수상한 거야. 다행스러운 것은 21세기 들어서면서 진정성 따위의 말이 사라졌다는 거 아니겠어.

독자: 비가 점점 더 와요. 기자라는 사람 오다가 돌아가겠어요. 전화해 볼까요? 그 사람은 진짜 진정성이 부족해보였어요.

소설가: 오늘 우리가 이 우중에 만났는데 내가 따로 할 말은 없어. 단지 내가 소설에서 생각해보고 싶었던 것은 시인이 가진 환상의 이면이었어. 환상이 아니라 환상의 뒷면. 그것이 늘 궁금했고 나는 그것을 시인의 사생활이라 생각했지.

시인: 소설 속에서 시인 역할을 떠맡고 있지만 제 생각에는 한계가 있더라구요. 그래서 소설의 문맥에서 빠져나와 이렇게 선생님과 술 한잔 하면서 얘기를 나누고 싶었습니다. 소설 속에 있을 때는 환상의 이면 즉 시인의 사생활이 있는 듯이 보였는데 소설에서 나와 현실 속에서 생각하니 환상의 이면은 환상의 표면이라는 생각이 들었습니다. 표면과 이면이 있다는 이원론이 바로 허구였다는 생각이지요.

독자: 이 대목에서 한잔 드시지요.

소설가: 이 사람 왜 아직 안 오지. 전화 해 봐야겠어.

시인: 그런데 선생님은 왜 시인의 고민을 대신 하세요?

소설가: 우리야 직종이 휴매니스트로 분류되니까.

시인: 선생님은 소설가라는 직업이 좋으세요? 말을 바꿀게요. 허구를 믿으세요?

독자: 재밌다. 오늘 나 잘 왔네요.

소설가: 내 영업을 의심하는군. 허구는 매우 파워풀한 거야.

시인: 현실은 더 파워풀하지요. 내 말의 요점은 소설가라는 작자들이 현실과 허구가 각각 존재하는 듯이 구분지어 생각하는 겁니다. 이건 말이 될 겁니다. 현실만한 허구가 없고, 허구만한 현실이 없다는 것. 이게 나의 허구철학입니다.

5. 가늘어졌다가 다시 굵어지는 빗소리

그 사이에 소설가가 자리를 뜬다.

각자 조금씩 취했다.

시인: 독자님, 오늘 처음 뵙는데 내가 말이 헤펐습니다.

독자: 재밌었어요. 그래도 그렇게 까놓고 말할 수 있는 사이는 부럽더군요. 한잔 하세요.

시인: 선생님과 가까운 사이세요?

독자: 무슨 뜻이에요. 주말 드라마도 이제는 이런 후진 대

사 안치거든요. 소설 속에서 충분히 느끼셨겠지만 소설가 선생님이 오늘은 아주 조신하고 인격 있는 척 하고 있는데요 저 분 아주 골때리는 분이라는 거 아시지요? 시쳇말로 모두까기 인형 협회 회장 같은 분이지요. 저 분이 사실 가장 존경하는 인물도 시인이고 가장 경멸하는 인물도 시인이랍니다. 극모순이지요.

시인: 어떻게 그렇게 잘 아세요. 아니면 아는 척 하는 자기 해석인가요? 나도 나름 저 분의 분비물 같은 존재라서 어느 정도는 안다고 할 수 있는 입장입니다.

독자: 분비물? ㅎㅎ 갑자기 홍건한 말이군요.

이때 무대로 소설가가 들어와 자기 자리에 앉는다.

비가 그쳤어. 혼잣말처럼 중얼거린다.

시인은 자작으로 소줏잔을 기울인다. 취했다.

시인: 솔직히 이번 소설 속에서 시인으로 등장하면 재미있는 일이 많이 생길 줄 알았는데 재미없었어요. 아마 소설가 선생님이 훼방을 놓은 거 같습니다.

소설가: 시는 뭐 재미볼려고 쓰나?

독자: 요즘에도 시인의 양심이라는 구태의연한 말을 쓰는가요?

소설가: 자네는 소설 속에만 있어서 모르는 모양이구만. 이제는 그 말이 죽은 말이 되었네. 정부도 그 말을 금기어

사전에 등록시켰다네. 양심에 관한한 시인들은 모두 거세된 거지.

독자: 전철노조와 시인노조가 다를 게 없군요.

시인: 선생님, 소설에서 저를 좀 수정해주세요. 머저리 같은 부분을 좀 쳐내고 얍삽한 인물로 조금만 고쳐주시면 안 될까요?

소설가: 얍삽이라. 하긴, 얍삽하고 날렵해야 시를 쓰지. 권투도 아웃복서와 인파이터가 있지. 시는 아웃복싱을 닮았겠지. 삶의 요점을 건드리는 거.

독자: 선생님, 삶에 요점이 있어요?

시인: 독자님 말씀에 한 표. 근데, 비도 오고, 낮술을 하니까, 홍상수의 〈당신얼굴 앞에서〉가 생각나는군요, 그 술집 '小說'의 분위기를 그대로 옮겨놓은 거 같네요.

독자: 역시 소설 속에서 나오셔서 현실이 헷갈리시는군요. 그 영화는 2021년 10월에 개봉했어요. 10월 며칠이더라. 하여간 우리는 지금 2019년 시월이니까 2년 뒤의 미래를 앞당겨 말씀하시니 재미있네요.

시인: 말씀은 맞는데요, 시나리오 작가가 거미는 『홀로 노래한다』 36쪽에서 53쪽 사이에 실린 글을 다시 꺼내어 수정하는 중입니다. 지금은 2021년 11월이니 〈당신얼굴 앞에서〉도 지나간 시점입니다. 말이 되네요. 작가도 틀림없이 그 영화 봤을 테니까요. 영화 보셨나요?

독자: 아직이요.

소설가: 봤음.

독자: 어때요?

소설가: 어떻긴. 영화지. 영화.

독자: 홍상수잖아요. 홍상수.

시인: 홍상수 영화 그게 그거라고 말하는 사람들 있지요. 그게 그거 같은 사람들의 얘기지요. 홍씨는 진화하는 있는 중입니다. 작가예요, 작가. 지을 작. 없었던 공간을 만들어서 우리 앞에 제시하는 사람이지요. 사람들은 그러지요들. 이거 무슨 일이고? 누구에게 이해받는 일처럼 지저분한 일이 있을까요?

독자: 그렇습니다. 작가라는 말은 아무나 쓰면 안 되지요. 그럼요.

소설가: 어느 사이에 2인 1조가 되었군. 근데 기자님은 정말 안 오려나 봐. 전화해봐야지.

독자: 그 사람 안 올 거에요.

시인: 그 사람이 뭐 고도라도 되는 겁니까?

소설가: 그렇다면 더 기다려야지. 고도는 없는 거잖아. 없는 줄 알면서 기다려야 하는 거잖아.

독자: 그 기자 사실 기자도 아니지 별 게 다 기자야. 하여간 선생님 그 작자 이름이 뭐에요?

소설가: 이름? 생각이 안 나네. 그냥 기자지 뭐.

시인: 고도라고 하지요. 성은 고, 이름은 도. 높을 고(高)에 길 도(道). 그럴 듯 하군요. 따지고 보면 시도 고도가 아니 겠습니까. 끊임없이 내게 오지만 언제나 그것이 아닌 것. 그래서 죽을 때까지 미치도록 기다리게 하는 것. 그것이 시인 것 같습니다.

독자: 멋있네요. 한잔 하세요. 박수. 누군가 '-인 것 같습니다'라는 어정쩡한 말투를 '시입니다'라고 확정지어 주었으면 좋겠습니다. 오늘, 우리가 다수결로 결정하면 어때요? (소설가와 시인을 쳐다보면서) 두 분 선생님들.

시인: (약간 어두운 말투로) 저는 취했습니다. 이제 돌아가 봐야겠어요. 오늘 즐거웠습니다.

독자: 시인 선생님은 어디로 가시는데요.

시인: 선생님 소설 속으로 돌아가야 하는데 다시 돌아갈 수 있을지 모르겠습니다. 돌아가는 길을 잃어버렸거든요. 혹시 거리에서 방황하는 노숙인을 보거든 저인가 여겨주 십시오.

독자: 나르시시즘이 심하십니다. 시는 읽지 않는 게 남는 장사 같네요.

소설가: 뭐, 내 소설 속으로 돌아오지 않아도 할 수 없네. 그건 시인의 자유라네. 하지만 이건은 명심하시게. 소설가 는 집이 있지만 시인은 깃들 집이 없다.

시인: 선생님, 헤어지는 마당에 또 사기를 치시는군요. 하

긴 시인들은 시 몇 줄로 사기를 치지만 소설가들은 아주 큰 볼륨으로 사기를 치잖아요. 장편 사기, 대하 사기 등등. 사기라는 말에 발끈하는 인간들은 학부로 돌아가서 문학개론을 재수강해야 합니다.

독자: (자기 잔에 술을 따른다.)

소설가: (자기 잔에 술을 따른다.)

시인: (자기 잔에 술을 따른다.)

셋이서 술잔을 부딪치는데 다시 빗소리 들어온다.

독자가 일어나 거실의 빈 공간으로 나간다.

독자가 빗소리를 배경음으로 춤을 추기 시작한다.

몸에서 나오는 리듬이다.

아주 느리게, 아주 조금씩 움직인다.

'추다'라는 동사가 '춤'이라는 명사로 굳어져 가는 일련의 과정을 보여주는 몸의 움직임.

춤에서 부드럽고 애틋한 카리스마가 솟아난다.

소설가는 의자 등받이에 등을 기대고 눈을 감고 있다. 자는지도 모른다.

시인은 취한 채, 먼 눈으로 춤을 어루만진다.

배경에서 들리던 빗소리가 춤 속으로 파고든다.

빗소리, 빗소리, 빗소리.

혼자 추는 이인무

—2014년 시창작 개강 라이브

일시: 2014년 3월 9일 토요일, 일요일(양일간)

장소: 서울시 노원구 중랑천변 물억새 군락지 옆 벤치

대담 취지: 봄학기 수업의 방향과 시쓰기 전체의 맥락에 대해 기탄없이 떠들어보자는 것. 이틀간의 대담에 참가해준 물억새 '들'과 오리 '들', 물속으로 숨던 고기 '들'(물 밖으로 나오지 않아서 이름을 댈 수 없음)에게 사의를 표하면서.

언어의 응시

▷시창작 수업을 시작하는 소감에 대해 한 말씀 해주세요.

◀(생략)

▷요즘 근황에 대해서 널널히 선전해주시지요.

◀(웃으며) 뭐가 궁금하신지 말씀해주시면 대답하겠습니다요.

▷요즘 시는 좀 쓰시나요?

◀'좀'이라는 말은 좀 그렇습군요. 그냥 '쓰시나요'라고 되물어주십시오.

▷질문을 수정하겠습니다. 시는 쓰시나요?

◀(틈 없이) 안 씁니다.

▷그럴 줄 알았어요. 다음 질문하실 게요. 시쓰기 강의를 기획하면서 바라는 중심은 어떤 것인지요?

◀질문이 어렵군요. 편하고 즐겁게! 그게 제가 생각하는 인문학의 실천이라 생각하기 때문입니다. 제가 방금 인문학이라 그랬던가요? 입문학이라고 기표를 고치겠습니다. 입으로 하는 것. 입은 말이 새는 구멍이지요. 구멍은 뭡니까. 언제나 어디서나 쉴새없이 감당해야 하는 결핍입니다. 수다와 농담과 진담과 노래와 시라는 열망들이 근거하는 육체적 위치입니다.

▷살살 하시지요. 첫 강부터 그렇게 정색하시면 갈 길이 먼데 심란해지거든요. 갑자기 수강료 환불하고 싶어질지도 모르잖아요. 쉽게, 재미있게, 맛나게, 구체적으로. 이것도 입문학이라 생각하는데요.

◀말을 끊으니 앞에서 무슨 말을 했는지 기억이 나지 않습니다요. 우좌지간(이 말은 폭력적이군!) 인문학의 첨병이시라고 떠들고 싶었습니다요. 아시겠지만 인문학이 공들이는 게 언어학입니다. 우리는 어떻게 말하고 있는가? 말

하는 태도를 문제 삼지요. 또, 언어가 요망한 허접임을 탐구하지요. 페터 한트케가 그랬던가요. '문학은 언어가 가리키는 사물이 아니라 언어 그 자체'라고. 인문학에 대한 정의가 많겠지만, 인문학은 '언어에 대한 사랑'이라는 말을 나는 좋아합니다. 그 말은 언어에 굴복당하지 않겠다는 뜻도 될 겁니다. 어떻게 하는 것이 굴복당하지 않는 건지는 나도 잘 모르지만. 듣고 있나요?

▷선생님, 죄송했어요. 갑자기 휴대폰 문자가 와서 그걸 확인하느라.

◀머, 삶이 다 그렇지요. 수업시간에 교사의 말을 듣지 않고 딴생각을 굴리는 존재들이 시인이 된답니다요. 그렇다면 지금 당신은 내 앞에서 시를 쓰고 있었던 것. 괜찮습니다. 저도 그딴 느낌 잘 압니다. 남의 얘기 듣는 척 하며 문자 해봤고, 받아봤고.

▷선생님, 대담에 진지하게 임해주세요! 삐딱선을 타지 마시고요.

◀알았습니다. 진지하게.

▷시를 쓰려는 초심자들에게 들려주고 싶은 말씀을 쫌, 가슴에 닿게 말씀해주세요.

◀더 바짝 가까이 오세요. 공허한 호기심이지요. 막바로 답하면, 시를 쓰지 않는 것이 시를 쓰는 것입니다. 시를 쓴다는 행위는 자기를 응시하는 일이고, 자기 삶의 미열과

증상을 문자로 다스리려는 언어적 실천입니다. 시쓰기는 언어와 언어의 문맥 속에 자기를 밀어 넣으려는 자발성입니다. 이 자발성의 중심은 존심이지요. 자기 삶과 대면하겠다는 사람에게서 무엇을 더 뺏을 수 있겠어요? 오해하지 말아야 할 일은 시는 언어로 하는 공사고, 일인 작업이고, 더구나 그것이 예술에 대한 갈망이라는 것을 잊어서는 곤란한 일들이 발생하기 쉽습니다. 지하철 시인이 될 수도 있다는 겁니다요. (혼잣말로) 그런데, 시는 이제 개인 복지가 되었지요. '그만 하면 됐다'는 누군가의 지휘 아래. 초심자라고 했는데.

▷네, 처음 시 쓰고 싶은 사람들에게 하고 싶으신 말씀
◀초심자가 어디 있겠어요. 그리고, 그런 분들은 스포츠 댄스나 수영을 하는 게 이득이 크지요. 시보다는 그쪽이 있어 보이고, 실용성도 높으니까요.
▷내 친구도 시인인데
◀다음!

언어의 거죽을 읽자

▷대개의 삶이라는 게 머 선생님도 아시다시피 다 별 볼일 없이 흘러가는 게 아닙니까. '흘러간다는 것'이 삶의 한 특징이겠지요. 그럭저럭. 그런 삶의 와중에서 시에 혹하는

일이 자존감과 관련된다는 말에 밑줄 긋고 있어요. 그러나 자존은 꼭 시에만 한정되는 것은 아니잖아요.

◀(말을 뺏으면서) 그렇습니다. 시만이 자존심을 채울 수 있다는 말은 망발이지요. 기만이구요. 큰 사기술이지요. 시가 자존심의 영역이 아니라, 시에 헌신하는 과정이 일말의 자존감일 겁니다. 대개의 사람들에게 시는 '가지 않는 길'일 겁니다. 가고 싶지만 엄두가 나지 않지요. 돈도 권력도 뭣도 아니거든요. 이제 그것이 교체된 대통령의 얼굴처럼 너무나 분명해졌습니다. 21세기의 은총입니다. 비현실이기도 하고요. 내 생각이지만.

▷그럼, 우리가 돈 내고 비현실을 토론하려는 겁니까?

◀발끈하시기는! (귓속말로) 아닌 건 아니지요. 시를 써서 생계를 유지하는 경우도 있는 모양인데 (이 뒷부분은 읽으시고 각자 삭제해주십시오. 저는 책임지지 않습니다) 아마 그쪽은 내 관할이 아닐 겁니다. 좀 다른 얘기 같지만, 재즈는 돈이 되지 않는 음악이랍니다. 그래서 아니 그러하기에 재즈가 순수음악으로 진화했는지도 모르겠습니다. 궁핍한 음악적 열정들이 자신의 꿈을 향해 쏘아올린 폭죽이 재즈의 프로세스였을 겁니다. 제가 말하고자 하는 바는, 자기 삶에 대한 열심입니다. 그것이 시를 쓰게 하는 에너지입니다. 동력. 구 버전이긴 하지만 '어떤' 진정성을 강조하는 것입니다. 진지함과는 또 다른 것입니다. 진지한 시는 좀

그렇습니다. 누군가에게 속는 듯한 시.

▷시를 잘 쓰자면, 시를 많이 읽어야겠지요?

◀그런 말 어디서 들으셨어요?

▷에이, 왜 그러세요? 삼척동자도 아는 얘기를 가지고.

◀삼척에 '아는' 지인이 있는데 그쪽 동자들은 모르는 말입니다.

▷빨리, 대답하세욧. 선생님은 말장난을 즐기는 게 문제지요.

◀너무 진지한 축도 나만큼 문제적일 걸요. 시를 적게 읽는 것이 좋습니다. 일년에 몇 편 정도만 읽어도 충분합니다.

▷자기 기갈을 내면에 저축하는 힘을 기르자는 겁니다. 할 수만 있다면 안 읽으려는 뻗댐도 필요하지요.

▷툭하면 시가 망했다고 하면서 선생님은 왜 시를 쓰시는데요?

◀좋은 질문. 이른바 물신주의적 분열의 주체를 자임하는 겁니다. 시가 끝났다는 걸 너무나 잘 알지만 모르는 척 엎드려서 자판을 두드리는 거지요. 솔직하게 말하면, 시가 아니면 달래지지 않는 국면이 있거든요. 가련하고 뻔뻔한 노릇입니다. 상황은 파국적이지만 심각하지는 않다고 보는 문학적 실천입니다. 상황은 심각하지만 파국적이지는 않다는 말도 되겠지요. 지젝의 말투입니다요. 그의 말은 아니지만.

시 비슷한 것

◀입 열린 김에, 제 말 더 해도 되겠습니까요?

▷말이 고프셨던 모양이네요.

◀2013년에 출판된 사화집을 읽었습니다. 삼백 편 정도니까 삼백 명의 시인들이 동원된 책이지요.

▷어머, 시인들이 그렇게 많아요? 저는 선생님뿐인 줄 알았어요.

◀딴소리 하지 마시고요.

▷그래서요?

◀그 시들을 통독하면서 이상한 문학적 미열을 겪었습니다. 세상에! 좋은 시만 모아놓으니까 좋은 시가 좋은 시가 아니더라구요. 이 이상한 가역반응을 어떻게 설명해야 좋을지 몰라 쩔쩔 맸습니다요. 삼백 몇 편의 시를 읽으면서 세 편의 시를 골랐으니 저의 감식안도 참 궁금합니다요. 뒷방이 된 제 우울증을 달래며 조용히 엔솔로지를 덮었습니다. 시 속에 시가 없다는 것. 이것이 바로 지금, 시 이야기를 꺼내면서 살아야 하는 저의 속쓰림입니다. "엎질러졌으나 스밀 데 없는 물처럼 새벽 세 시에 깨어나 서성인다"(김병호, 「지금쯤」)는 문장에 눈이 갔습니다.

▷그렇군요.

◀우린 다 속절없이 엎질러진 물이올시다.

▷선생님

◀왜요?

▷(단도직입) 시는 뭐예요?

◀미리 말하면 영업에 지장 있는데…에, 시라는 것은

▷잠깐요, 전철 지나가고 나서요. 됐네요, 이제 계속하시지요.

◀재즈라는 것은,

▷선생님, 시라니까요

◀아, 죄송, 시라는 것은 잘 모르겠어요. 벤야민이 이렇게 말했대요. 개념은 번역될 수 있는 게 아니다.

▷있어 보여요.

◀그렇습니다. 공감. 시도 그럴 겁니다. 정의할 수 없는, 정의되지 않는, 정의할수록 빗나가는. 이거다저거다 말씀할 수 있으나 그게 다 맞으면서 조금씩 균열이 생긴다는 것이지요. 영국어 시가 있고, 프랑스어 시가 있고, 일본어 시가 있듯이 한국어 시가 있는 것이지요. 김소월의 시가 있고, 한용운의 시가 있듯이, 서정주의 시가 있고, 백석의 시가 있듯이, 김종삼의 시가 있고, 김춘수의 시가 있고, 김수영의 시가 있을 겁니다. 어쩔 수 없이, 어쩐다는 도리 없이, 당신의 시가 있고, 나의 시가 있어야 하겠지요. 시인의 수만큼의 시가 있다고 보면 될 겁니다. 시에 대한 개념도 그렇게 여러 갈래라는 것. 구로사와 아키라의 자서전을 아시나요?

▷누가 선물로 줘서 읽었어요. 「자서전 비슷한 것」

◀기발성이 있지요? 의표를 찌르는 제목. 저 제목이 주는 놀라움은 그것이 바로 '언어'의 본질을 가리킨다는 점입니다. 우리가 말하는 사랑은 사랑이 아니라 사랑 비슷한 것에 지나지 않습니다. 평미레로 싹 밀어버린 개념이지요. 요점만 들이대자면, 우리가 읽고 쓰는 시는 '시 비슷한 것'입니다. 이게 시의 얄궂은 운명이겠지요. 그 비슷한 공백을 자신의 뜨거움으로 메우고자 하는 열망. 그 공백이 너무 커서, 너무 넓어서, 너무 뜨거워서 시인들은 그 공백을 몸으로 메우려고 극단으로 치닫기도 하지요. 언어의 극단 혹은 삶의 극단. 질문하시는 분은 대충 뜨겁기를 바랍니다. 이게 시가 아닌 줄 나도 잘 알아, 그러나 나는 이게 시라고 굳세게 믿으면서 쓸 거야, 이런 태도. 좋잖아요. 한 입으로 긍정하고 부정해야 하는 입장이 오늘날 시인들이 선 자리일 겁니다. 한 마디 더 해도 되겠습니까?

▷네

◀제프 다이어의 『But Beautiful』에서 인용합니다. '자신만의 소리를 낼 수 있는가. 다른 누군가와 다르게 연주할 수 있는 길을 찾을 수 있는가. 이틀 밤 동안 결코 똑같은 연주를 되풀이하지 않을 수 있는가. 이것이 바로 재즈란 무엇인가에 결부된 질문들이다.' 재즈를 시로 대체하고 한번 나직하게 읽어보십시오.

지름길은 없다

▷각자의 시를 찾아라, 그 말씀이시군요. 선생님, 이발하셨군요. 어디서 깎으세요?

◀딴 얘기 하지 마시고, 시 얘기만. 오직 시!

▷각자의 시를 찾는다는 게 꿈이지요.

◀찾는 것보다 더 중요한 애티듀드는 찾는 척 하는 겁니다.

▷갑자기 문자 쓰시네요, 애티듀드?

◀가끔 그런 말 써야 먹힙니다요. 스펠은 몰라요, 저도.

▷갑자기 생각나서 저도 여쭤보실게요. 수업시간에 창작시 첨삭지도도 하실 건가요?

◀할만 하면 하는 거지요. 가령, 자기의 이름을 잘못 썼다든가, 맞춤법이 틀렸다든가 등등. 언어는 사용자의 산물입니다. 자기의 눈물이자 입김이자 호흡입니다. 머 그런 걸 고치고 달고 하는 것은 제 소관이 아니라고 생각합니다요.

▷시를 쓰기 위한 방법 같은 게 따로 있을까요?

◀그런 얍삽한 생각일랑 애저녁에 버리세요. 문학은 김수영이 아니더라도 온몸으로 하는 것입니다. 젊은 말과 나이든 말이 달리는데, 물론 젊은 말이 힘 있게 달리겠지요. 나이 든 말은 지름길을 안답니다. 문학은 노털이 알고 있는 지름길이 아닙니다. 물불 가지지 않고 길을 찾아 나서는 행로! 풀섶에 가려진 길을 발견하는 게 아니라 없던 길을

맨들어가는 비즈니스입니다. 그게 문학의 길인데, 시창작교실 주변에 지름길이 있다는 생각은 오산! 인문학의 범람이 인문학 자신을 속이고 있다는 생각도 이와 다르지 않습니다. 논어가 궁금하면 논어를 직접 읽으면 될 것을 굳이 누군가의 입을 통해 들으려고 하는 것 즉 자발성을 양보하고 누군가의 안목을 거쳐야 직성이 풀리는 관성은 인문정신의 근간은 아닐 겁니다.

▷요점은요?

◀요점 없습니다요. 제 생각에 한정되는 것이지만, 자기와 만나는 것. 자기의 통점(痛點)을 지나는 것, 어루만지는 것, 위무하는 것, 삶의 허구성을 들여다보는 것 등등. 저 같은 부류가 할 일은 일말의 가이드이지요. 저쪽 어디에 가면 우물이 있을 겁니다와 같은. 입을 열고 물을 떠주는 것은 저의 일이 아닙니다. 시를 찾는 것은 각자의 일입니다. 저마다 다른 인생, 저마다 다른 시의 얼굴.

▷시를 쓰는 사람에게 특히 필요한 것이 있을라나요?

◀필기구는 있어야겠지요.

▷저렴한 농담하지 마시고요.

◀저한테 지금 대드시는 겁니까요?

▷고정하시고.

◀제 특징이 잘 고정하는 겁니다. 미국 소설가 윌리엄 포크너는 소설가가 되기 위해 필요한 것으로 99%의 재능, 99%

의 훈련, 99%의 작업이라고 했습니다. 시도 그렇겠지요. 훈련과 작업은 알겠는데 99%의 재능은 의외입니다. 검증받기 난감한 것도 재능이고 오해하기 쉬운 것도 재능입니다. 재능이 열정과 동의어로 쓰이는 것도 이와 같은 맥락이겠지요. 열정은 호기심일 것이고, 움직임입니다. 몸과 마음의 움직임이 새로운 생각을 자아냅니다. 딱한 재능은 시를 쓰기 위해 시만 읽는 부류들입니다. 다양한 체험의 종합성이 없이 시를 쓴다는 것은 모래를 쪄서 밥을 짓는 일과 다르지 않을 것입니다.

▷포크너의 말이 포크로 찌르는 것 같아요.

◀대충 들으세요, 포크너 말에 감동받으면 잘해야 포크너밖에 더 되겠습니까요.

▷선생님 말씀 듣고 보니, 그럴 듯 해요. 가끔 영화도 봐야겠어요. 다운받아 봐도 되지요?

◀불법 다운로드가 시적인 참으로 더 시적인 사고에 준할 겁니다요.

사랑스런 밥맛의 초상

▷어디서 읽었는데 생각이 나지 않네요. 어쩌면 좋아요?

◀그건 제 소관이 아닙니다요. 죄송.

▷생각났어요. 시인이란 신이 말을 걸어주는 자라고 했어

요. 아마, 오르한 파묵의 말 같아요.

◀무신론자들은 누가 말을 걸어주나요?

▷자문자답

◀디테일 속에 신이 있다는 말도 공감이 깊습니다. 〈인사이드 르윈〉 보셨나요?

◀봤습니다. 르윈, 그 사람 저주받은 시인 같은 존재더라구요.

◀저는 못봤습니다요.

▷제가 영화 리뷰 한 토막 리뷰해도 될까요?

◀바쁘지 않으세요?

▷저 오늘 시간 남거든요

◀그럼 그렇게 하십시오.

▷할게요. 〈인사이드 르윈〉의 주인공 르윈 데이비스는 포크송을 잘 부른다. 그것 말고는 매력이라곤 찾아볼 수 없는 천상 루저다. 버릇없고, 무책임하고, 게으르다. 아무한테나 빌붙어 하룻밤을 자고, 저녁이면 뉴욕의 지하카페에서 노래 부르고 푼돈을 받아 겨우 하루를 버틴다. 인간성도 별로다. 빌린 돈 갚지 않는 건 예사고, 다른 동료 가수들을 재능 없는 속물이라고 빈정댄다. 그들과 달리 자신은 예술을 한다는 은근한 자부심을 내비치는 허세이기도 하다. 그런데 이런 밥맛이 기타를 튕기며, 호소력 있는 목소리로 노래를 부를 때면 주위를 감동시킨다. (…중략…) 결론부터 말하자

면 감독 코언 형제는 데이비스를 예술가의 한 초상으로 보고 있다. 아무도 자신의 재능을 인정해주지 않고, 간혹 자기 자신도 그것이 의심스러워 다른 일을 찾아 방황하기도 하지만, 그런 궤적 자체가 예술가의 일상 혹은 운명의 수레바퀴라고 보고 있다. 이렇다네요. 어때요?

◀밥맛입니다요. 시인과 르윈의 공유점은 속물이지만 그 속물성을 벗어나려는 경계점에 서 있다는 것. 하나는 시로, 하나는 음악으로. 더 하실 말씀 없으세요?

▷설거지하느라 저도 자세히는 보지 못했어요.

◀생활과 꿈은 공존할 수 없는 드라마이지요. 사랑이 혼외에 있는 것처럼. 당신에게서 갑자기 시인의 아우라가 느껴집니다.

▷꽤 시간이 지났습니다. 하시고 싶은 말씀 있으시면 더 하시지요.

◀질문이 탕진된 시점이군요. 가히 시의 시간이 시작되는 순간입니다요. 시는 말이 끝난 지점부터 시작되는가 봐요. 입을 다무는 순간부터. 길이 끝난 곳에서 여행이 시작되듯이.

▷수업이 어떻게 진행되기를 바라시는가요?

◀시처럼 흘러가기를 바랍니다. 시를 호명한다고 시가 나타나는 것은 아니지요. 풍류가 아닌 곳에 풍류가 있다고 했던가요. 시는 우리가 눈 감고 있는 사이에 우리를 지나가

는 무엇입니다. 시수업 시간은 시가 아니라 시에 '대해' 떠드는 시간이 될 것이고, 시라는 꿈을 지원하는 근본들을 확인하는 즐거움이 깃들었으면 좋겠습니다.

▷앞에서 시 삼백 편 읽으시고 그저 그랬다는 말씀, 귀에 남아 있어요. 그건 뭘까?요.

◀일종의 시적 허무주의, 시적 숭고에 대한 상실감일 겁니다. 다르게 반복하자면, 참 좋은데... 거기까지였다는 겁니다. 어쩌라구, 하는 심정이었지요. 잘 썼으나 매혹이 없는 시들의 물결.

▷선생님 시도 끼어 있던데요.

◀끼어 있다니요?

▷발끈하시는군요.

◀돼지의 셈법은 본래 자기를 제외하는 것이잖아요.

▷난 그런 거 몰라, 내 책임은 아니야. 이런 뜻으로 들려요. 헤겔의 용어로는 '아름다운 영혼!'이 되겠지요.

◀나의 최근 관심은 —물어보지 않았는데요. 그리고 문체를 바꾸어서 왜 '저를 버리고 '나'를 선택하시나요. 이유가 있으신가요?

◀저라는 겸양어는 미지근한 자기 비하가 숨어 있고, 그러하기에 발언하는 주체의 확신감이 주저되고 있다는 생각이 들어서, 강하게 말하고 싶을 때는 주어를 바꾸는 편입니다. 자동차 기어를 변속하는 것과 같습니다요.

스캔들

▷기어를 바꾸셨으니 가속기를

◀막, 멋있게 말하고 싶은 욕망이 솟구칩니다. 최근 읽은 책에 의지해서 제 생각의 일단을 펼쳐보이시도록 하겠습니다. 이렇게 스스로를 스스로 높여보니 기분도 살짝 좋아집니다. 『장미의 이름』으로 알려진 기호학자이자 수설가인 움베르토 에코가 인터뷰에서 질문을 받았습니다. 당신 소설에는 성적 장면이 딱 두 곳밖에 나오지 않는데 그 이유에 대해 설명해달라는 것. '성에 대해서 쓰는 것보다는 직접 하는 걸 좋아하기 때문이라고 생각하네요.' 음, 시를 쓰는 것보다 시를 한다는 말은 말이 되는가요? 나도 모르겠습니다. 등단했을 때, 그 소식을 알려준 본이 전화 걸려와서 자기를 '시 하는 사람'이라고 소개했던 기억이 지금 떠올랐습니다. 그때의 '시 한다'는 말은 시 쓴다는 의미겠지만 시를 살아낸다는 뜻으로 나는 새깁니다. 시를 살자! 한국시가 기기묘묘한 테크닉의 진열대 위에서 각자의 시적 현란을 전시하고 있는 동안 독자들은 그래서? 하고 딴 데를 쳐다봅니다. 그 시간에 종편의 떼토크를 보거나 개그 콘서트를 보기 십상입니다. 시를 더 재미있게 쓰자는 뜻도 독자를 모아야 한다는 뜻도 아닙니다. 언어의 매혹 삶의 매혹을 동반하는 시들이 쓰여졌으면 좋겠습니다. 시적 댄디즘 같

은 것. 이 수업을 통해 여러분들이 그런 시를 쓰시거나 발견하는 즐거움이 있었으면 좋겠다는 말이 될 겁니다.

▷시와 독자의 별거는 인정하시는군요.

◀별거가 아니라 디보스, 이혼.

▷어떡해요? 저 같은 아마들은 손 떼면 되지만 선생님 같은 분들은 어떡하나요?

◀고맙습니다. 생각해주는 시늉을 해주셔서요. 영구혁명을 꿈꾸는 레닌처럼 자기 삶의 좌파로 살아가는 거지요. 그런 생각은 하지요.

▷어떤?

◀에, 그러니까 무대가 있고, 왼쪽에 피아노, 오른쪽에 드럼, 가운데에 더블 베이스가 놓여 있지요. 연주자는 없고. 좀 앞에 테너 색소폰, 트럼펫, 기타가 있다고 상상합시다. 악기 다섯이면 퀸텟이고, 넷이면 쿼텟이 될 것입니다. 그 풍경은 음악이 시작되기 직전이거나 공연이 끝나고 연주자들이 퇴장한 순간 뒤의 정적일 겁니다. 무대 위로 누군가 올라오기를 기대합니다. 그걸 상상하는 순간 행복합니다. 아직 울리지 않은 피아노, 아직 연주자의 입에 닿지 않은 목관악기, 긴장한 드럼. 오지 않은 음악, 아직 덜 가신 음악의 여운들. 거기 젖어 있는 언어. 가보지 않은 길. 악보에 없는 길. 언어와 언어의 사잇길, 쉼표도 마침표도 사라지고 문장들이 허물어지면서 깨어지는 의미들. 그것을 그것이

라 믿었던 의미의 붕괴. 나는 그런 무대 앞에 앉아 있고 싶은 것이 아닐까.

▷선생님, 그만해야 되겠어요. 상태가 급 안 좋아지고 계세요. 끝으로 하나만 물을 게요? 시는 가르쳐질 수 있는 겁니까?

◀가르쳐질 수 없다는 걸 가르치지요.

▷그럼, 이 강좌는 뭡니까?

◀일종의 스캔들이지요. 간혹 배우는 게 있다는 분들도 있으니까요. 내 이렇게 될 줄 알았지요. 말미에 시나 한 편 달아주시오. 제목은 「삼척에서 시 쓰는 여자」.

삼척에 시 잘 쓰는 여자 있다는 소문 듣고
거기 갔다 돌아오는 길이다
라디오에서는 선명한 음악이 흘러나온다
저렇게 분명한 리듬, 또렷한 노랫말, 망설임 없는 선율은
귀를 여는 수고를 덜어주어서 좋다 다시 말해
스스로 뚝딱뚝딱 북치고 장고 쳐주니 좋다
그렇지? 그럼으로 이어지는 혼잣말 같다

삼척에서 시 쓰던 여자는 몇 년 전에 이사 가고 없었다.
할 수 없이 그 여자가 살던 집이나 답사하고
생각보다 높고 힘든 언덕을 걸어서 내려왔다

과꽃 몇 포기 본 것 같다
과꽃이 아닐 수도 있다

『본의 아니게』를 펴낸 후

2011년 10월 19일 수요일 택배로 시집을 받았다. 발행일자는 10월 31일로 되어 있고, 출판사 측이 예언한 날짜보다도 며칠 빠르게 시집이 손에 들어왔다. 통산 일곱 번째 시집이 되는데, 셀프 인터뷰 형식으로 시집에 관한 소회를 정리한다. (2011년 『본의 아니게』를 펴낸 후)

▷시집에 대한 소감을 정리해달라.

◀소감은, 늘 사후적으로 정리된다. 임신은 했는데, 출산하고 싶지 않은 모순을 어떻게 정리해야 하나. 일곱 번째 시집이니 느낌이 덤덤해질 것 같은데, 그것만은 학습이 안 된다. 시집을 매년 내는 것은 아니니까, 아마도 지난 번의 감정이 잊혀졌기 때문이라 본다. 설렘은 습관이 되지 않는다. 시집 자체에 대한 본질적인 소감은 '감이 좋다'는 것. 독자보다 먼저 시인 자신을 흥분시켜야 한다고 본다면, 이 시집은 그 점은 통과다. 그럼에도 불구, 산후 우울증은 겪게 되더라.

내 손을 떠난 시집과 시집으로부터 튕겨져 온 내가 대면하게 되는 낯선 감정들이 결국 우울증으로 귀착된다. 그때는 쓴다는 행위 자체를 부인하게 된다. 그 부인행위를 껴안게 되는 것이 내가 시를 쓰는 어쩔 수 없음이다.

▷가을에 시집을 내고 싶어했는데 특별한 이유가 있는가?
◀없다. 아니 있다. 정확한 기억은 아니지만, 첫시집 이후로 대개의 책들이 봄쪽에 쏠려서 출판된 편이다. 가을의 화려함 속에서 책을 내고 산후조리를 하고 싶었다. 출판 일정의 조율에 작가가 관여하기 어려운데, 이번에는 운 좋게도 그것이 맞아주었다. 아니다. 10월에 책을 낼 수 있게끔 스케줄에 압력을 가할 수 있었다. 그 점에서 나는 행복하다.

▷시집의 제목으로 뽑은 '본의 아니게'는 느낌상으로는
◀다소 껄끄럽게 들린다는 말을 하려는 것일 테고. 그렇지만, 여러 겹의 울림을 가질 수밖에 없는 말이 아니던가. 마지막까지 다른 제목이 경합을 벌였다. 그런데, 원고 넘길 때 가제가 '본의 아니게'로 보내졌고, 해설자 역시 이 제목을 의식하면서 글을 썼기에 제목을 바꿀 수 없는 단계였다. 본의 아니게, 『본의 아니게』로 결정되었다. '본의'는 늘 '본의 아니게'의 실현이듯이. '본의 아니게'는 정확히 '본의'를

가리키게 되지 않던가.

▷이번 시집에서 특별히 공들인 점이 있는가?
◀없다. 아니 있다. 읽어보려는 사람들에게는 괜한 거품일
수 있겠지만, 이번 시집은 라캉 세미나에 참가하면서 나는
깊이 들어가지 않고 적당한 지점에서 돌아나왔는데, 그게
나에게는 힘이 되었다. 라캉에게서 들은 상상계, 장징계,
실재계는 시를 쓰는 나를 자극했다. 말해도 다 말해지지
않는, 손에 쥐어도 무언가 자꾸 빠져나가는, 이해할 수 없
는, 위반의 순간에만 드러나는 그 무언가를 나는 라캉의
용어로 대상a라 이해한다. 나에게 라캉은 지젝을 경유한
라캉이다. 지젝이 이해하고 해석한 라캉이라는 뜻이 된다.
지젝이 라캉의 생각을 대신했다는 점에서 이런 독서는 은
유가 된다. 라캉은 라캉으로 읽어야 되는데 뭔가 비켜선
독서다. 직접 읽어야 하는 시를 평론가의 해설을 통해 읽는
다면 그게 옳은 일이겠는가, 그말.

▷살살 얘기하자. 시집을 준비하면서 힘들었던 점이 있다
면 정리해보라.
◀흩어져 있는 시들을 불러모으고, 그것을 다시 배열하는
작업이 성가셨다. 원고를 정리하는 기간에 삶을 갈구는 일
들도 많았다. 시를 만지는 작업이 그래서 지지부진했다.

시와의 대결보다 시 외적인 정서적 톤을 정리하는 게 힘들었다. 여기에는 늙는 과정도 포함된다고 생각한다. 손이 식는 소리.

▷시집에는 발표작보다 미발표작의 비중이 커 보이는데
◀당연하다. 그만큼 덜 청탁받았다는 뜻이 된다. 쇼프로그램에 출연한 가수를 보고 진행자는 말한다. 우리 프로그램에 자주 좀 나와주세요. 이 문맥은 가수의 사정으로 출연하지 않는 것으로 왜곡된다. 시인들에게 청탁도 그런 것이다. 편집자에게 잊혀지면 청탁이 끊어진다. 내게도 그런 현실이 다가왔고, 어느덧 '미사리 가수'로 호명된 것. 증상은 언제나 맞대면의 원인을 갖는다. 즉, "주인집 장 떨어지자 나그네 국맛 없어진다"는 속담처럼, 청탁이 소원해지면서 발표에 대한 욕구도 사그러든다. 이제 이렇게 말하는 것이 어울릴 연세가 되었다. 젊은 시절에는 지면 하나 얻는 것이 큰 설렘이었다. 종이가 흔해지면서 지면이라는 게 역할 때가 있다. 발표에 대한 자존심을 세울 수 있는 자기기만조차 많이 사라졌다. 나 어느 지면에 시 발표했다. 이런 거. 자기 혼자 읽는 시를 남들도 다 봤으리라 믿어 버리는 착각도 이제는 접혔다. 그런 와중에도 시를 꾸준히 쓸 수 있었던 것은 시창작 수업과 같은 교실이 있었기 때문이다. 시창작반은 정신분석학의 임상과 같은 구실을 한다. 그것이 내게

는 수혈의 장이자 매혈의 순간이기도 했다. 글쓰기의 욕망과 발표의 허기를 달래고 있다는 뜻. 나와 수강생은 분석가와 내담자의 위치이지만, 더러는, 이제는 그 위치가 바뀌기도 한다. 선생과 수강생간의 상호 모방!

▷느낌상으로는 시집이 기습적으로 나온 감이 있다. 그런가?

◁다소 그런 흔적이 있다. 이웃들도(없지만) 몰랐다. 일종의 깜짝쇼다. 그러나 충격을 노린 것은 아니다. 시집은 단지 하나의 작업일 뿐이다. 독자와 의논할 일은 아니다. 나름대로 훌륭한 일이다. 이 기술이 진화해서 시집을 내지 않는 단계까지 갔으면 좋겠다. 꿈이다. 썼으면 발표하고, 읽혀지기를 바라는 게 시의 본능이지만 한편으로는 읽히지 않기를, 덜 읽히기를, 숨길 수 있다면 숨기고 싶은 것도 내 시의 역설이다. 이 모순을 이해하는 자가 내 시의 독자였으면.

▷시집을 받고 처음 한 일이 있다면서

◁시집 나왔다고 국립묘지를 참배하고 선산을 돌아볼 일은 아니기에, 물소리와 단풍이 이쁜 가까운 산사에 가서 쉬었다. 지인 두 분이 동행해서 감미로운 술도 마셨고, 시집 얘기도 흐뭇하게 나누었다. 나는 인디밴드의 보컬 같은

기분이었다. 내 시의 지지자들 덕분에 시집을 내는데 들어갔던 노력이 달래졌다. 앞자리의 얘기들은 작문이다. 실제로는 시집을 보낼 리스트를 만들면서 복잡해졌다. 시집 출판은 결국 '-님께'라고 쓰는 발송 작업이다. 내 어릴 때는 혜존이라는 말을 썼는데 그 말 쓰지 않으면 큰일 나는 줄 알았고, 그래서 그 말을 쓰고 싶은 적도 있었다. 김소월 선생님 혜존. 지금 보니 참으로 웃기는 노릇이다. 속으며 사는 거지. 속지 않는 자가 방황한다. 시집에는 서명도 해야 한다. 서명하지 않는 것도 나의 꿈이다.

▷낯선 출판사가 선택되었는데, 할 말은 없는가?
◀없다. 아니 있다. 출판사는 낯설지만 출판사 측의 시에 대한 뜻은 낯설지 않았다. 그 집이 고마운 것은 내게 시집 출판을 제의했다는 사실이다. 등단하고 딱 두 곳에서 시집 제의를 받아봤다. 그것은 묘한 쾌감이 아닐 수 없다. 나와 문학적 취향이 아주 다른 출판사에서 제의했는데, 그때 나는 이미 다른 출판사의 계약서에 서명했기에 응할 수 없었다. 재미있는 것은, 훗날 그 출판사는 내 책의 출판을 거절하기도 했다. 억울하지 않은 그 기분이 너무 이상했던 것으로 기억된다. 이번 시집을 펴낸 출판사 측은 내게 시선 넘버 5번을 배정했다. 야구에서 3~5번은 클린 업 트리오다. 기분 좋은 번호다. 출판사 주인인 시인 김충규 사장이 '선

생님 시집을 만들면서 행복했다'고 말했을 때, 그의 행복이 나의 것임을 알게 되었다. 저자가 저자로 대우받는다는 일은 귀하고 소중한 것이다.

▷다른 계획은 있는가? 없다고 말하고, 다시 있다고 부정하시겠지.

◀있는 것도 아니고 없는 것도 아니다. 시를 또 써야겠지. 쓸수록 남아도는 찌꺼기가 있으니까. 그게 언어의 지랄 같은 운명이고, 삶 또한 그러한 것 같고. 언제나 전부가 아니라는 not-all 점에서 시는 미완이다.

▷앞의 답변에 더 보탤 말이 있을 것 같은데?

◀가까이는 시집의 터울을 좀 짧게 가져가는 것이 소망이다. 시집 열 권을 가지고 싶은데, 5년에 한 권이면, 15년이 소요된다. 75세까지 시를 쓴다? 그 나이까지 생멸의 불이 켜져 있다고 보장할 수 없다. 죽는다는 것은 알지만, 내일 죽을 줄은 모르는 것. 멀게는 장편소설 한 권은 쓰고 싶다. 아주 헷갈리고, 재미없고, 스토리 자체가 부서져 있고, 시와 생활이 혼재하는 그런 책. 보이스 오브 내레이션 같은 소설. 말이 소설이지. 잡념에 현미경을 들이대는 글이었으면 좋겠다. 살 날이 많지 않다. 이렇게 계획을 세우는 것이 나의 계획이다.

▷소설가가 되겠다는 말인가?

◀말귀가 어둡다. 소설 한 편을 쓰고 싶다는 차원.

▷그게 그 말 아닌가?

◀그렇게 알아듣는 그대는 소설가는 되겠으나, 소설은 못 쓸 것이다. 내 시를 뭉개면서 깔고 앉은 듯한 글덩어리를 구축해보고 싶다. 그러면 안 되는 건가?

▷말장난 아닌가?

◀그럼, 또 어떤가.

▷『설렘』 같은 산문집을 또 쓸 생각은?

◀없다. 아니 있다. 시인이 산문집을 한 권 정도 갖는 것은 독자에 대한 예의이자 자기 알리바이가 된다. 습관적으로 산문집을 내는 것은 시인이 에세이스트가 된다는 경계도 된다. 산문집을 낸다면, 나는, 내가 쓴 시가 아닌 쪼가리 글들을 묶을 요량이다. 산문집이라기보다 쪼가리 글모음이 되겠다. 나의 뜻에 반대하는 사람도 있을 것이지만 나는 그런 책에 손을 대고 싶다. 시와 시 사이의 울렁거림과 잡음을 정리하는 나의 방식이다.

▷끝으로, 이 시집의 독자가 있다고 보는가?

◀나를 무시하지 마라. 나의 시대는 오지 않겠지만 나에게도 한 줌 독자는 있다. 시집 교정을 본 편집실 직원도 있고 (교정을 내가 봤으니 이 말은 사실과 다름), 집사람도 있고 (집사람이 시를?) 자식들도 있으나(자식들이 읽을 시는 아님) 나의 독자는 한 줌 정도 겨우 존재할 것이다. 하나, 둘. 거의 없는 거와 다름없이! 최선의 독자는 그러나 나 자신일 수밖에 없다. 그래도...그래서 힘내자.

법사와의 대화

이생: 선생님, 그동안 어떻게 지내셨습니까?

법사: 뭐, 어떻게어떻게 지내졌다네. 요즘엔 시를 쓰고 있다네.

김생: (다소 놀라는 몸으로) 시를요!

조생: 외람스럽지만 저는 시가 멀어지던데 말씀이지요.

법사: 시는 아무래도 당신들이 나보다 윗길이지. 시가 쓰고 싶다기보다 시가 쓰여진다는 말인데 시가 아니라 시라는 형식이 다가온 거지.

이생: 좋은 현상 아닙니까.

법사: (묵묵부답)

유생: 학자나 평론가의 생애보다 시가 선점하는 길이 있다는 뜻으로 들립니다.

h: (침묵)

유생: 원고가 되면 시집은 제 출판사에서 맡겠습니다.

법사: 고맙네. 시집은 묶지 않을 생각. 복사집에서 한 권만 제본해서 날 좋은 날 동네 커피집에서 읽어보려네. 그리고 없애는 거지.

h: (박수)

이생: 아깝지 않습니까.

법사: 아까우니까 없애버리는 거지. 허허허.

김생: 선생님, 그래도 우리들은 읽게 해주셔야지요.

법사: 다음에 몇 편 읽도록 하겠네.

김생: 고맙습니다. 꼭 그렇게 해주세요. 저희들도 예비역이 되어서 그런가, 시 한 줄 끄적이는 게 겁이 나고 두렵습니다. 외람스럽습니다.

법사: 그런가. 그건 당신들이 꼰대가 되었다는 증거겠지. 시에 대해 무얼 좀 아는 척하는 교만한 액션이야. 본인은 꼴 같지 않은 얘기라고 생각해. 시에 무슨 경지가 있겠어. 그냥 자판을 두드려대는거지. 신인, 중견, 원로 이런 분류가 얼마나 난감한 미스 터치인지 당신들도 잘 알 걸. 내 보기에 남조선 시인들 하나같이 중고 신인급이야. 차라리 플라이급, 미들급, 헤비급, 슈퍼 헤비급 이런 분류가 어울리겠지. 순전히 체중으로 말이지.

조생: 자신을 표현할 수 있는 수단이 오직 시밖에 없을 때 펜을 잡아야 한다.

이생: 그럴 듯 하군. 그치만 문청 냄새가 물씬하네.

조생: 마야코프스키가 한 말이라네.

김생: 그런가. 그건 그 사람 말이고.

법사: 조생은 어디서 그런 걸 잘 수집하더라. 그건 미신이야 미신.

이생: (법사의 성대모사를 하면서 조생을 향해) 미신에 매달리면 쓰겠는가, 이 사람아.

조생: (다소 해학적으로) 네, 잘 알고 있습니다. 미신은 문젭니다. 그러나 이단 종파는 많을수록 좋은 거라 생각합니다. 사실, 다 이단이거든요. 정통일수록 수상하지요.

법사: 그건 쓸 만한 통찰이네. 나도 이단이 좋거든.

조생: 선생님의 낙서시론은 지금도 유효하신 거지요?

법사: 물론. 당신들은 동의하지 않겠지만. 시는 낙서야.

이생: 저희들은 선생님 문하에서 시와 학문을 익혔습니다. 지금 선생님 말씀 듣고 보니 시집 여러 권을 낸 바 있고, 지금도 시를 쓰고 있는 저희들이 심히 부끄러워집니다.

법사: 천만에. 나는 그런 뜻으로 한 말이 아니니까 그렇게 생각하지 마시게들. 나는 그저 내 입장을 피력한 것뿐이네. 1950년대, 1960년대, 1970년대, 1980년대를 쳐다보거나 살아본 나로서는 시가 현실을, 삶을 통과하는 힘이 있다고 생각했다. 그러나 지금은 아니다. 늙어서 그렇다면 부인하지 않겠다. 자기 삶을 살아가는데 어째 남의 의상을 걸치고

돌아친 듯 해, 일생이. 내 말은 고상하거나 오래 기억될 무엇이 절대 아니다. 오늘 이 자리에서 듣고 버리는 푸념 정도지. 활자는 힘이 없다는 게 활자(活字)의 역설이지. 언어라는 의상 없이는 세상의 맨살을 만져볼 수 없지 않던가. 우리는 언어라는 천조각을 조물락거리면서 세상의 맨살을 만지고 있다고 착각을 하는 거지. 그게 시라고 생각해. 은유니 환유니 하면서. 그건 사기잖아. 언어가 은유인데 달리 무슨 은유가 필요하겠어. 강아지소리지.

조생: (너털웃음을 웃으며) 선생님, 말씀이 오늘은 과하십니다.

유생: 말 끊지 마라.

조생: 죄송.

법사: 바람소리 듣는 거지. 빗소리 듣는 거야. 눈 오는 날은 눈 소식 듣고. 이제 내게는 그것도 벅차다네. 바람소리가 있는데 음악이 왜 필요하냐고 누가 그랬어. 딴은 그렇겠지. 받아적게. 허허허. 제발 시 좀 잘 쓰지 말게. 지겹다네. 보기 안타까워. 그건 언어의 예능이야. 미안하네. 칠판 앞에서 떠들던 증상을 아직 졸업하지 못했어. 이 자리에서 뱉은 말은 내 혼잣말이었어.

유생: 오랜만에 이생이 시집을 내려고 합니다. 선생님께서 표4사를 써주십시오.

법사: 표5라면 기꺼이 쓰겠네.

김생: 표5는 없습니다. 선생님. 허허허.

법사: 그러니까.

각주와 한단

한단: 선생은 올해도 시집을 내셨더군요.

각주: 네

한단: 자주 내시는 편입니다. 밥 먹듯이.

각주: 네

한단: 독자들 반응은 괜찮습니까?

각주: 네

한단: 다음 시집을 준비하고 계시겠군요.

각주: 네

한단: 이번 시집이 십탄이지요?

각주: 네

한단: 물량주의 아닌가요? 새마을 정신 같은

각주: 네

한단: 이제 쓸 만큼 쓰셨습니다.

각주: 네

한단: 아직도 쓸거리가 남아 있다는 뜻입니까?

각주: 네

한단: 내 독서로 보자면 거의 동어반복이던데요.

각주: 네

한단: 한 소리 또 하고, 한 소리 또 하는 식이던데 곤란하지 않습니까? 또, 새로움에 대한 탐구는 없고 오로지 각주 선생 시대 혹은 그 세대가 만든 벽들을 허물지 못하고 있더라는 애깁니다. 답답하지 않습니까? 예컨대 새로운 시대에 포획된 자의 열패감이 크실 듯 한데요? 그런 답답함을 뚫고 나갈 생각은 없으신가요?

각주: 네

한단: 선생님 세대는 아니 각주선생은 그 점이 한계라고 생각되지요. 죄송합니다. 한계라는 부적당한 말을 썼군요. 내가 좀 경솔하지요. 양해해주신다면 편의상 한계라는 용어를 조금만 더 사용하겠습니다. 누구에게나 선의의 한계라는 지점은 있습니다. 우리 문학의 역사만 보아도 그렇지요. 가령, 뛰어난 시인들은 하나같이 뛰어난 한계를 보유하고 있습니다. 그게 그들의 시적 자산인 셈이지요. 온전하게 성공적인 시인이 있습니까? 없습니다. 다들 결핍을 세공하는 거지요. 농담이지만 나는 가끔 십대 시인, 오대 시인을 꼽아보곤 합니다. 어떤 시인도 온전한 문학적 존경에 값하

지 못합니다. 구상화는 추상화를 모르고, 유화는 수채화를 모르는 식이지요. 그걸 알아야 된다는 뜻은 아닙니다. 각자 자기의 길을 가는 것에 시비할 일은 아니거든요. 그러나 한 시인이 성취한 지점도 중요하지만 그가 실패한 지점이 더 소중해 보일 때가 있더라구요. 더러 실패한 대목이 커 보일 때 그 시인이 존경스러울 때가 있습니다. 문학은 비즈니스가 아니라 언어를 가운데 둔 정신적 싸움이니까요. 어떤 평론가들은 내가 이것저것 옮겨 다니며 시풍을 바꾼다고 나를 씹었습니다. 그게 할 소립니까? 시가 고여 있으면 썩습니다. 세상이 바뀌었습니다. 바뀌어도 너무 많이 바뀌었는데 새로움을 갈구하는 시인들이 자신의 작업시간을 과거에 맞춰 놓고 있는 것은 크게 잘못된 일입니다. 시대착오지요. 새로운 시대의 숨결을 새로운 언어에 담겠다는 게 뭐가 잘못 된 건지 모르겠습니다. 평론가들이 시를 스는 고뇌를 알겠습니까. 그들은 그저 맛있네 맛없네 하는 것으로 자신들이 중요한 일을 하고 있다는 착각을 하는 존재들입니다. 재단하고, 도식화하고, 이론 대입식으로 시를 구획하려 한단 말입니다. 한 편의 시가 가진 고유한 창작상의 내면 리듬을 살펴볼 겨를이 없는 거지요. 정정하겠습니다. 그들은 한 편의 시를 오로지 비평의 대상으로만 바라보지요. 그건 아쉬운 대목입니다. 한 편의 시를 자신의 비평으로 대체하려는 것이지요. 그럼 어떻게 되는 겁니까? 시는 사라지고 그 자리를 비평이 대신하는 거지요. 골키퍼가 나간 자리에 풀백이 들어와 수비를 하는 모습이지요. 안 그렇습니까?

각주: 네

한단: 말이 난 김체 하는 말이지만 나는 나름 최선을 다하고 있습니다. 생각해봅시다. 성악을 하는 사람이 도레미파솔라시도 하고 발성을 하는데 날마다 연습해도 새로운 음계에 이르지 못해서 그것을 깨고자 삑사리를 내면서까지 사나운 고음을 소리지르는 게 뭐가 잘못이겠습니까. 그게 납니다. 얌전히 한 줄 쓰고 한 행 띄우고, 또 몇 줄 모아서 연을 만들고 지겹지 않나요. 그리고 적당히 절제와 깊이를 동시에 가진 척 하기는 어려운 일 아닙니다. 일기 쓰듯이 뱉어버리면 정직하다고 칭찬하고 비 맞은 중 염불하는 소리 하면 전위적이라 거들더라구요. 그렇게 생각하세요? 내 이름이 한단이기도 하지만 나는 늘 한단지보를 생각합니다. 한단의 걸음을 배우려다 자기 걸음도 잊어버리고 기어서 돌아왔다는 한단지보의 경고는 나 같은 시인에게 정확하게 맞는 말입니다. 자기 걸음만 열심히 걷는 시인을 나는 신용하지 않습니다. 세상에 자기 걸음이 있다는 믿음이 얼마나 촌스럽습니까? 그런 건 어디에도 없습니다. 나는 차라리 제 걸음 버리고 남의 걸음을 걷다가 그것도 버리고 비틀거리며 기어다니는 그런 시인이고 싶습니다. 선생님,

내가 기어다니는 게 보이지 않습니까? 세상에 정답이 없으므로 시인은 각자 무수한 오답을 제출하는 게 맞습니다. 소설을 스토리텔링이라고 생각하기에 기승전결식 플롯에 매달리는 소설가는 얼마나 그렇습니까. 답이 없는데 정답인 듯 제출하는 시를 배격해야 합니다. 수정하겠습니다. '-합니다'와 같은 당위적 판단은 문학 안에서 있어서는 안 될 격한 격한 표현입니다. '죄송합니다. 배격했으면 좋겠습니다' 정도로 다듬겠습니다. 언젠가 각주 선생이 취중에 한 말이 떠오르는군요. 우리나라 시들은 하나같이 언어의 서커스를 하고 있다던 말. 재담이 아니면 아포리즘이고, 민간철학 수준이고 사랑타령은 하나같이 나훈아의 '사랑은 눈물의 씨앗'의 대용품에 머문다는 말 새삼스럽군요. 지금 나오는 시집의 제목들을 한번만 흘깃 봐도 감이 오는 말입니다. 간단히 정리하겠소. 제목들이 곡예라는 말입니다. 상업적 낚시겠지요. 자존심을 지키는 출판사가 없어요. 그거 옛날과 다른 것이지요. 자존심 좋아하네. 이런 흐름을 시대유착으로 접수하는 거지요. 인정하시나요?

각주: 네

한단: 하긴, 내가 지금 너무 엉뚱한 소리를 지껄이고 있군요. 나도 압니다. 그냥 그렇다는 말이지요. 내 말은 우리의 문학적 언어가 많이 오염되었다는 겁니다. 오염이라는 뜻은 예컨대 일부의 문학적 흐름이 문학 흐름 전반을 지배하

고 있는 현상을 가리킵니다. 보네쇼. 그게 그거 같지 않습니까. 개별적 차이를 지우고 서로 닮으려고 애쓰고 있습니다. 그것을 몇몇 편집자들이 진두지휘하고 있습니다. 대표적인 출판사들이 별 것 없는 시집을 별것인 듯 찍어내고 있는 그 상투성을 오염의 진원지로 지목해야겠지요. 다들 힘 있는 시선의 등번호를 배정받고 싶어 합니다. 시인에게는 당연지사입니다. 어떤 시인들은 원하는 출판사에서 시집을 내기 위해 수년을 대기하기도 한답니다. 시인으로서 더 좋은 일은 그런 시선에 끼지 않으려는 저항일 겁니다. 고정된 문학적 관념의 체계 속에 포함된다는 것을 거부하는 것이지요. 물론 그런 생각을 하는 시인들이 없는 것은 아닐 겁니다. 대표적인 시선에서 벗어나면 차상위 출판사가 없다는 게 문젭니다. 어수선한 편집자들이 어수선한 시집을 만들면서 어수선한 편집자 행세를 하고 있지요. 제작비 얼마고요, 해설비는 별도입니다. 해설 필자는 우리가 소개해드릴 수도 있습니다. 후줄근한 직업주례 같은 비평가들이 기용되겠지요. 이런 관행에 동의하지 않는 시인들은 소규모의 듣보잡 레이블에서 시집을 내기도 합니다. 그것은 아주 잘 하는 일이라 봅니다. 동의하시나요?

각주: 네

한단: 역시 시는 재정의 되어야겠지요.

각주: 네

한단: 계속 시 쓰실 거지요?

각주: 네

한단: 쭈욱 하던 대로 하실 거잖아요? 걸음새의 교체 없이.

각주: 네

한단: 커피값 계산하세요.

각주: 네

  (각주는 **각주**구검일 것이고, 한단은 **한단**지보라고 봄.
  둘의 개념에 물든 시인들이 나눈 대화였을 것임)

근황

이 서면 인터뷰는 『동안』 2018년 가을호 작가조명 해설의 일환으로 마련되었습니다. 질문은 총 10문항이며, 각 문항 당 200자 원고지 5매 내외로 답변해 주시길 부탁드립니다. 작성해 주신 내용은 편집을 거쳐 해설에 포함될 예정입니다. (편집자)

▷서면 인터뷰에 응해 주셔서 감사합니다.
먼저 선생님의 근황은 어떠신지 독자들에게 소개 부탁드립니다.

◀뉴욕에서 어제 돌아와서 시차 적응이 덜 된 채로 이 글을 작성한다. 이러고 싶은데 그건 아니고, 허공을 걷거나 무호흡 견디기 또는 김수영과 김춘수는 왜 현실공간에서 만나지 못했는가 등을 생각하면서 '있습니다'. 어제는 대학로에서 '류이치 사카모토-코다'를 보면서 음악이라는 게 소리

를 억압하는 게 아닌가 생각했고(그래서 갑자기 플롯이라는 말이 좀 수상해졌고), 질 크레멘츠의 『작가의 책상』을 몇 페이지 보았습니다. 존 업다이크, 스티븐 킹, 토니 모리슨, 필립 로스 등등이 자기 책상에 앉아 포즈를 취한 집필 사진첩입니다. 다들 타자기 세대이기에 작가라는 말이 더 실감났습니다. 작가의 책상 위에 있는 재떨이에 눈이 갔습니다.

어제 아침에는 강릉에서 머리맡에 있는 김영태의 유작 일기를 몇 줄 읽고 더 읽지 않았습니다. 그는 자신을 가리켜 풍경인이라 했는데 그럼 나는 뭔가 생각하기도 했지요. 방금 전 은행에서 아버지에게 청구된 요양비를 자동이체하고 왔습니다. 그보다 조금 전에는 시커멓게 볶은 탄자니아를 마셨습니다. 이 커피는 질 나쁨을 감추기 위해 강배전을 했을 거라는 의심을 했습니다. 커피 마시기 전에는 근착한 계간지 두 권의 봉투를 뜯었습니다. 많이 외로웠지요. 필자 명단이 낯설기 때문입니다. 내가 낯선 지하철역 의자에 앉아 있는 느낌이었지요. 자신의 노래를 부르는 후배가수들 앞에 앉아서 덕담하는 조용필을 화면에서 본 적이 있습니다. 자기 시대를 상실하면 저렇게 되는구나.

나는 지금 어디에 있는가 하는 것이 나의 근황이기도 합니다. 나는 대학에서 2017년 4월에 명예퇴직을 했습니다. 정신적 이사인 셈이지요. 명예교수가 뭐냐고 물었더니 친구가 말했습니다. 학교 그만뒀다는 거지. 2층집 세입자는 날 보고 꼬박꼬박 사장님이라 부르더군요. 내 근황의 특징은 학교를 그만뒀다는 것이 아니라 아직도 내가 교수인 듯 착각한다는 것입니다. 죽은 사람이 연구실에 돌아와 논문도 쓰고 강의실에 가서 연구도 하는 형국입니다. 자기가 죽은 줄 모르고 살아있다는 것은 쓸쓸한 일입니다. 연극이 끝났는데 무대에 남아 연기를 하고 있다는 말은 비유가 아닙니다. 이렇듯이 현실을 픽션화 하는 장면들을 살고 있습니다.

▷선생님의 문학적 이력에 있어서 결정적인 사건이 무엇인지 궁금합니다. 가장 기억에 남는 문학적 경험이라면 무엇을 들 수 있을지요?

◀나는 범상하고 그저 그런 사람입니다. 음악으로 치면 C 메이저 같은 사람이지요. 아니, Am에 가까운 형입니다. 비공식적이고 극히 개인적인 인물. 어디에 있어도 눈에 잘 띄지 않지만 다소간은 네거티브한 측면이 발달한 인간형일 겁니다. 좋습니다가 아니라 나쁘지는 않다고 말하는 쪽입니다. 김남주나 황석영이나 헤밍웨이 같은 행동력이나 현실에 강하게 부딪쳐본 체험이 없습니다. 그러므로 나의 문학적 이력은 거의가 다 활자를 통해 학습되고 활자로

수렴되는 거지요. 어려서부터 엄청난 독서를 하고, 세계문학전집을 독파하면서 성장한 사람이 아닙니다. 그냥 어영부영이지요.

중학교 3학년 때 친구가 신석정의 시집 『빙하』를 들고 다니는 걸 보고 희미한 질투심에 그걸 같이 읽은 적이 있고, 그것이 내 시의 출발이었다고 할 수 있습니다. 그러면서 행정공무원이었던 아버지가 가져오는 '지방행정', '세대'라는 잡지에 실린 시와 소설들을 읽었어요. 뭔지는 몰랐지만 그냥 좋았던 기억은 지금도 생생합니다. 1969년 드디어 초등학교 동창생 몇이서 『한여울』이라는 제목의 등사판 동인지를 만들면서 문학장 안으로 들어왔습니다. 동인지 1집은 '천탄(淺灘)'이었는데 그 당시 동네 중학교 국어교사가 지어주었습니다. 소리는 그렇지만 한자어로는 시적인 데가 있지요.

강원대 교수인 박기동, 퇴직한 초등학교 교사 이종린이 동인이었습니다. 시골 초등학교에서 시인 세 명이 나왔다는 건 유네스코가 돌아볼 일 아닌가요? 듣는 분 표정이 안 좋으시군요. 그냥 넘어갑시다. 진담이었을 뿐입니다. 뭘 모르면서 뭘 선언하면서 뭘 장담하면서 시를 쓰는 척 했던 것입니다. 그때만 해도 문학의 밤, 시화전이라는 게 문청(문학청년)들의 심심풀이였지요. 고등학교 시절에 그런 데 참가는 했지만 불성실했습니다. 무슨 뾰족한 신념이 있어서는 아니었을 겁니다. 행사의 잡다함이 싫었던 겁니다.
이런 인연을 시작으로 대학, 대학원, 직장 등 일생이 문학
에 매몰되었지요. 과장해서 강조하자면 차범근이나 정명
훈처럼 한 구멍으로만 빨려든 인생이지요.

내가 지금 이런 너절한 스토리텔링을 하는 것은 다음 얘기
를 하기 위해서입니다. 1987년 1988년 내 지도교수가 손을
댄 문학계간지 『문학과비평』의 편집장으로 차출되어 두
해 동안 편집실에서 일했습니다. 아마 이 대목이 내게는
잊을 수 없는 문학적 이력이 됩니다. 문예지 이름도 기가
막힙니다. '문학과지성'과 '창작과비평'에서 한 단어씩 떼
어다 조립한 느낌이니까요. 그 시절은 공교롭게도 앞의 두
계간지가 폐간된 시기였습니다. 이런 무주공산에 나타난
잡지가 내가 일한 잡지였는데 여기서 여러 필자들의 원고
수발을 들게 되지요. 책에서만 보던 시인과 소설가를 코앞
에서 본 날은 잠을 잘 이룰 수 없었습니다. 뭐, 이런 흥분
없이 어떻게 글을 쓰겠습니까? 나는 그런 흥분상태의 지속
력을 꽤 즐겼습니다. 잡지사에서 이른바 문단이라는 것을
구체적으로 경험하는 것이지요. 생산자의 입장과 제작자
의 입장을 동시에 겪는 곳이 편집실이면서 문학의 유통구
조도 대충 알게 됩니다. 한국문학의 주방에 들어가본 셈입
니다. 편집실 경험으로 보면 내 시가 편집자의 입맛에 들지
않는 이유를 분명히 알 수 있습니다. 그게 소득이라면 소득

이지만 우리나라 편집자는 제작자이지요. 이렇게 떠들었지만 결정적이라는 말에는 미치지 못합니다.

▷시인의 등단 과정은 독자들의 관심사는 물론이고 시세계 연구의 주된 자료이기도 합니다. 선생님의 등단 무렵에 대한 상세한 정황을 알고 싶습니다.

◀그렇군요. 등단이라는 관문이 있지요. 크게 보자면, 어느 지면을 통해 시를 발표했는가의 문제일 뿐인데, 한국사회에서는 등단 자체가 무슨 공인중개사 시험처럼 비쳐지고 있습니다. 아직도 종이신문사에서 신춘문예라는 이름으로 공모전을 지속하고 있는 것은 하나의 넌센스일 뿐입니다. 뭐, 그거야 그렇고요. 내가 등장한 시대는 1980년대이고, 아시다시피 1980년대는 시의 시대였습니다. 창작과비평, 문학과지성, 실천문학, 노동문학, 세계의문학과 같은 문예지의 제호만 보아도 그 시대의 이념적 풍경을 눈치챌 수 있을 겁니다.
나는 1983년 문예중앙 여름호로 등단합니다.
이때의 공모전 이름은 '제1회 문예중앙 시인추천'이었지요. 신인상인 거지요. 몇 가지 점에서 이 공모전은 새롭습니다. 여타 잡지사에서는 추천제가 살아있었고, 어떤 지면에서는 타이틀 없이 시를 발표시키는 새로운 제도를 도입하고 있는 중이었습니다. 신춘문예가 보통 5편 정도의 시를 요구하고 한 편을 당선작으로 지면에 올리는 것이 관례인 시대에 문예중앙은 당시로서는 가장 많은 10편 이상을 요구했고, 10편을 당선작으로 지면에 올렸습니다. 나는 달달 긁어서 시 28편을 응모했고, 그중 10편이 당선작으로 발표되었습니다. 문단으로서는 새로운 시도이기도 해서 당선소식이 주요 일간지에 보도되었습니다.

또 다른 시도는 심사위원 기용인데, 이때까지만 해도 신경림, 황동규 선생이 한자리에 앉아서 심사를 한 일이 없었습니다. 그 후 두 분은 환상의 콤비가 되어 신춘 심사를 많이 하셨지요. 이를테면 당대 문학의 풍향 같은 것을 보여주는 짝입니다. 한 분은 창비 시선 1번 주자이고, 다른 한 분은 문지 시선 1번 주자인 것이지요. 창비와 문지의 노선이 첨예하던 시절이기에 두 분이 작품을 뽑는데 합의하기 어려우리라는 예상이 잡지사측의 관측이었습니다. 합의되는 당선자를 뽑으면 좋지만 합의가 어려울 경우 각각 한 명씩을 뽑아도 좋다는 것이 주최 측의 제안이었습니다. 그러니까 나는 창비노선과 문지노선의 사잇길에서 태어난 셈입니다. 어중간한 출생이지요. 그것은 창비와 문지 사이에 놓여 있는 문예중앙의 현실과 상상력을 동시에 아우르는 중간자적 편집태도와도 맞아떨어지는 선택이었을 겁니다. 누구에게나 자기의 시대가 있습니다. 1950년대에 젖을 뗀

세대들에게는 1980년대가 그들의 병풍이지요. 한 십년. 이제 그들은 자기 시대의 협력 없이 고군분투해야 합니다. 길을 잃어버린 거죠. 누구시죠? 이런 황막함을 밀고 나가는 겁니다. 한국문학사를 통해 알 수 있듯이 시인은 자기 시대를 '통해서' 자기 시대를 '넘어가는' 존재들일 겁니다.

▷문학에 대한 선생님의 태도가 궁금합니다.

그 일환으로 문학사에 대한 입장을 여쭙고자 합니다. 2018년은 김경린, 문익환, 박남수, 박연희, 심연수, 조흔파, 황금찬 등의 문인이 탄생한 지 100주년이 되는 해입니다. 그에 따른 다양한 행사가 관련 단체나 지역을 중심으로 진행되었거나 준비 중인 것으로 알고 있습니다. 이들은 중일전쟁과 민족말살정책 등 제국주의 폭력이 가속화되던 시기에 청년기를 보냈고, 해방과 한국전쟁이라는 민족사의 변곡점을 온몸으로 체험했다는 공통점을 지닙니다. 하지만 각각의 문학적 경향은 파란만장한 시대적 격차만큼이나 다양하게 변주됩니다. 이들 중 선생님께서 주목하는 작가는 누구이며, 그에 대한 소회나 전반적인 입장을 간략히 설명해 주십시오.

◀2018년에 탄생 100주년을 맞는 문인들이 여러 명이군요. 살다보면 금방 100년 지나가는 거지요. 나이가 벼슬이 아

니라면 단지 100주년이 된다는 것이 무슨 의미가 있을까요? 게다가 우리는 등단 몇 주년까지 챙기더라구요. 이거야 출판사의 영업전략과도 상관 있겠지만 등단한 지 오래되었다는 것은 새롭지 않기 시작한 지 몇 주년이 되었다는 사실을 힘주어 고백하는 일이기도 할 겁니다. 편집실에서 제공한 문인 중에 내가 주목하는 시인은 박남수뿐입니다. 정지용 추천으로 '문장'지를 통해 시작활동을 한 1950년대 시인이거든요. 손창섭처럼 조국을 떠나 미국으로 이민한 것이 아쉽다면 아쉬운 시인입니다.

올해가 김수영 작고 50주년이 되는 해입니다. 갑자기 무슨 김수영. 그런데 김수영의 중요성은 내가 보기에, 한국문학사의 아래위를 다 혁신시켰다는 점입니다. 살아있는 시인은 물론이고 이미 작고한 시인까지 무덤에서 불러내어 혁신시켰다는 것을 강조하고 싶습니다. 가끔 나는 한국의 대표시인 10명을 꼽아봅니다. 김소월, 이상 어쩌구저쩌구 꼽게 되지요. 그런데 늘 판박이로 들어가는 시인이 있는가 하면 어떤 때는 열 명에 끼기도 하고 어떤 때는 밀려나기도 하는 시인이 있습니다. 나는 그 예외적 존재에 애정이 갑니다. 그가 시인 같기 때문이지요. 나는 시론 같은 게 없는 사람입니다. 그냥저냥 쓰는 거지요. 문학사 내에서든 밖에서든 내가 좋아하는 시인은 '무엇이 시인가'를 질문하는 시인입니다. 이승훈 식으로 말하자면, 너무 심각하고, 너무 고상하고, 너무 진지한 시들이 의심스럽습니다. 의미강박에 붙잡힌 시들 또는 너무 멋있는 시들 또는 근거 없이 난삽한 시들 다 좀 수상하지요. 추신으로 말씀드리는데 100주년 시인 중에 내가 모르는 시인도 많네요. 가령, 심연수는 누굽니까?

▷위와 관련된 질문일 수도 있겠는데요, 선생님은 강원 강릉 출신으로 해당 지역의 본격적 현대 문학장을 개척한 선배 세대로 기록되고 있습니다. 예컨대 『강릉문학사』(2017)는 선생님에 관한 소개를 '1980~1990년대의 시' 항목에 분명히 할애하고 있습니다. 그 위의 시기는 역시 지연을 근거로 심연수(강릉)나 황금찬(속초)이 주요하게 거론되고 있습니다. 지역 문학사의 관점에서 볼 때 이들이 지니는 의미는 절대적이라 할 만합니다. 이들 작가가 지역 연고를 근거로 해당 문학장의 주요 콘텐츠로 전유되고 있는 현상에 대해서 어떻게 생각하시는지요? 또한 지역문학의 관점에서 미학적 근거로 다뤄져야 할 로컬리티에 대한 선생님의 이론적 입장은 어떤 것인지요?

◀『강릉문학사』를 본 적이 없기에 딱히 할 말이 없습니다. 앞에서 계속 떠들었지만 사실 지역문학사라는 게 어떤 의미를 가져야 하는가에 대해서는 일정한 준거가 발견되지

않습니다. 그것도 강원도 그것도 강릉 정도에서는 더 낯설게 느껴집니다. 내가 자란 강릉을 일컬어 문향이라 부릅니다. 지금도 그렇게 부르는지는 모르겠습니다. 왜 문향이라 칭하는지 잘 모르겠습니다. 강릉이 문향이라는 이름에 값하기 위해서는 1980년대까지 기다려야 했을 것입니다. 1950년대의 '청포도 동인'(1950년대 초반 강릉에서 결성된 시동인이며, 동인은 황금찬, 이인수, 최인희, 김유진, 함혜련 등) 이후 강릉문학의 가장 빛나는 순간들을 만들어간 문인들은 1980년대 이후에 등장하게 되고, 대체로 서울에서 활동하지요. 줄여서 말하자면, 양질의 책임 있는 지역문학사를 가지는 것은 지역의 권리이자 책임이기도 할 겁니다. 그렇지만 문학사라는 게 작가와 작품만 나열하고 추상적인 해설을 덧붙이는 것으로 해결되는 것은 아닐 겁니다. 지역 출신의 문인을 추모하고 숭상하는 일을 반대하지 않습니다. 내 말은 어거지를 부려서는 안 된다는 겁니다. 지하철 문짝시 같은 문학에 세금을 낭비해서는 안 된다는 말씀. 작가동인 동안이 지역의 문학장에 대해 지대한 관심을 가지고 있는 것으로 압니다. 어느 모로 보나 바람직한 지향이라 보고 지지해왔습니다. 기우겠으나 지역문인이라는 말이 때로 향토문인과 동의어로 쓰이고, 함량미달을 관용적으로 수용하는 핑계가 되기도 합니다. 이것은 지양되어야 할 테지만 그 방법에 대해서는 나도 모르겠습니다.

나의 막연한 결론은 지역에 거주하는 문인의 떼를 지역문학이라 부르는 것은 오류입니다. 지역적인 작품의 생산 없이 지역문학은 무슨. 강릉을 예든다면, 가장 강릉적인 시나 소설이 쓰여져야 한다는 말인데, 말처럼 쉽겠습니까? '경포대에서'라는 제목의 시를 썼다고 강릉 시가 되는 것이 아니겠지요. 지역장에서 그런 안이한 발상부터 추방해야 될 건데, 아마도 동안 같은 미디어와 문학 리더들이 해야 할 고민이 아니겠는지요.

▷이번 신작시 5편에 주목해 보겠습니다. 해설자가 보기에 선생님의 이번 작품들은 일종의 메타시적 구도를 형성하고 있는 듯합니다. '나'와 '나의 시'에 대해 작정하듯 진술하고 있는 것입니다. 그 과정은 예의 요설 투 문장, 언어유희, 시공을 넘나드는 감각장의 현전 등으로써 박세현 식 개성과 재미를 동반합니다. 구체적으로 보자면 문학으로의 입문을 천운으로 확신하던 그날의 '새'(鳥, 「새가 울던 날」)는 시공과 범주를 가로질러 '나'를 분화하는 '새'(間, 「말랑말랑한 시」)가 됩니다. 그리하여 나는 초현실적 양태를 변주합니다. 예컨대 나는 "늘 당신이고 싶"은 뉴저지의 인물(「패터슨 시에 사는 패터슨 씨」)입니다. 동시에 "몽골이자 북한이고 네팔"이거나 "뉴욕이고 잘츠부르크이고 핫도그"라는 식으로 장소이자 사물(「어느날 나는」)이 됩니다. 이

말장난과 같은 비약은 "그러나" 언어유희에 그칠 수 없습니다. "나는 내가 지나가지 못한 지점을" 그저 "다시 지나가고 있을 뿐"인 것(「지나왔다」)입니다. 선생님의 근작은 최근의 관심과 시적 지향에 연동되리라 봅니다. 이와 같은 메타시 양상에 주목하는 이유와 의미를 보다 설명적인 언어로 듣고 싶습니다.

◀죄송하지만 질문을 조금만 인용하겠습니다. "'나'와 '나의 시'에 대해 작정하듯 진술하고 있는 것입니다. 그 과정은 예의 요설 투 문장, 언어유희, 시공을 넘나드는 감각장의 현전 등으로써 박세현 식 개성과 재미를 동반합니다." 이 문장 작성하신 편집자에게 감사드립니다. 다소 먹물기가 묻어나기는 하지만 내 시를 개념화하기에 적절한 문장이라 생각되어 인용했습니다. 시에서는 여러 말을 중얼거렸지만 시 밖에서 나는 시를 설명하는 일에 흥미를 느끼지 못하는 편입니다. 앞에서 지나가는 말로 던졌지만, 시 쓰는 사람에게 시라는 정의가 고정되는 순간 그의 시는 정지된다는 믿음을 나는 가지고 있습니다. 순간순간 '무엇이 시인가'를 탐문하는 것이 시가 되어야 한다고 보거든요. 모든 의미는 언어로부터 기원하고 우리는 언어의 하수인이거든요. 언어를 쓰는 순간 의미의 포로가 되는 겁니다. 나는 내 시가 나의 뜻을 백퍼센트 입증하는 증거는 아니지만

어쨌거나 의미를 의심하고 의미에 종속되지 않고 의미를 배신하고 의미로부터 달아나야 한다고 생각합니다. 언어적 깽판이 필요한 겁니다. 그러나 나는 그런 묘수와 방법과 용기를 가지고 있지 못합니다. 그래서 달아나다가 붙잡혀오곤 하는 거지요. 내게 시 쓰는 작업은 세상에, 언어에, 의미에 속지 않으려는 몸부림입니다. 아니 언어부림이지요. 되묻습니다. 시를 잘 쓸 필요가 있을까요? 그건 기만입니다. 대충 쓰면 되는 것이지요. 안자이 미즈마루 어법으로 최선을 다해 대충 쓰는 시. 잘 쓴 시들은 널려 있지요. 그런 시들 읽고 나면 그래서 뭐? 거기까지거든요.

▷완고히 설정된 자아에 의해 시적 정조와 시상 전개가 통어되는 양상은 자선 대표작에서도 두드러집니다. 서정적 화자는 "시라는 게/ 공들여 읽으면 남는 게 없다는 거"(「내 시 어떤가요」)라든가 "뻔한 시는 당신만이 아니기 때문"(「당신의 시」)과 같은 단언을 통해 시라는 장르 자체를 선험적으로 규정하고 있습니다. 뿐만 아니라 "외로우세요?/ 그럼, 꿀꺽 삼키세요"(「혹시, 외로우세요?」)나 "그런 게 아니라면 미쳤다고/ 강문에서 경포까지 혼자/ 밤길을 걸어가리"(「헛것에 살다」)와 같이 정서의 작동조차도 미리 재단됩니다. 이러한 류의 시적 표현들은 이른바 경구의 기능을 강하게 지닙니다. 분명한 메타포와 의미 전달에 효

과적일 것입니다. 반면 언어의 물성적 효과 혹은 시어 스스로가 파생하는 의미의 생성에는 취약할 수 있습니다. 독자들이 반응할 감각의 범위가 상대적으로 좁아질 수 있다고 봅니다. 이 같은 시어들이 지닌 형식적 효과에 대한 시인의 입장이 궁금합니다.

◀뭐, 내 입장이 딱히 있는 건 아닙니다. 손님이 짜다면 짜다는 말을 믿는 편입니다. 질문을 비대칭적으로 이해하자면, 내 시에는 독자가 반응할 여백이 없다는 뜻이겠지요. 이렇게 말해도 될까요? 괜찮다고 응답하시는군요. 고맙습니다. 단언, 규정, 재단과 같은 용어들이 질문 속에 들어 있는데요, 그 말들은 모두 일방적이라는 특징이 있군요. 그렇다면 옳은 지적입니다. 거기에는 내 시의 특성 혹은 한계 같은 것이 도사리고 있거든요. 기본적으로 나의 시의 배후에는 따뜻함이 없지요. 일종의 네거티브인 셈입니다. 다르게 보자면 내가 잘 다스리지 못하는 에고의 덩어리 같은 것이 독자와의 소통구조를 차단하고 있다고 봅니다. 경험적으로 볼 때, 나는 내 시의 독자에 대한 불신이 있는데 이 또한 내 방식이지요. 가장 신뢰감 있는 독자는 나밖에 없는 것이잖아요? 아쉬워라.

농담: 시를 읽고 울었다는 사람도 있음. 이건 시인이 할 일이 아님. 누구를 울리는 것은 하수의 시이고, 울기 전이

나 울고 난 뒤의 시를 써야 할 것임. 추가 농담 하나 더: 어떻게 이런 표현을 썼어요? 역시 시인은 다르다니까요. 이런 독자 반응이야말로 한국시의 어떤 단계를 지하철 문짝시로 붙잡아두는 반응이지요. 그러니까, 한국시가 의미 과잉이거나 의미집착에 붙잡혀 있다는 뜻이고, 이것은 나의 소박한 불만입니다. 의미가 아니라 형태에 대한 고민이 문학사적 방향이 아니던가요? 월드컵에서 16강 진출이 그저 목표인 한국축구가 늘 참조되어야 하는 대목도 여기가 아닌가 싶습니다. 시라고 하면 메타포, 심볼, 패러독스 등등으로 몰아가려는 이론도 이제는 고리타분하게 되었습니다. 시창작법 따위가 기만이라는 것이 이를 의식하는 말일 겁니다. 언어 자체가 메타포인데 달리 또 무슨 메타포가 필요하겠습니까?

▷앞서 거론한 『강릉문학사』는 시인 박세현에 대해 "절제된 자기성찰과 반성의 힘이 내면에 깊은 자연 친화력과 종교적 성향을 지니고 있는 시인으로 하여금 그 어떤 휘발성의 초월로도 인도하지 않고, 오히려 누추하고도 신선한 일상과 삶을 지극히 인간적인 시선으로 껴안게 만든다. 박세현 시인은 허약하고 고갈된 정신의 이념과 해석에 좌초된 자신을 구원하기 위해 시를 쓴다."고 적고 있습니다. 이러한 평가에 대해 어느 정도 동의가 가능하신지 궁금합니다. 또

한 본인의 문학세계 혹은 "다시 지나가"(「지나왔다」)려는
문학의 길에 관해 독자들에게 덧붙이고 싶은 점이 있다면
소개해 주십시오.

◀누군가 내 시를 골똘히 읽으시느라 애썼군요. 고마운 일
이지요. 내 시에 대한 해석에 반대하지 않습니다. 작품 해
석에 창작자가 참가하는 것은 그리 좋아 보이지 않더라구
요. 생산성도 없구요. 나는 산문집 『시인의 잡담』을 통해
시에 대해서 최대치까지 스트레칭을 해보았습니다. 마음
껏 또는 힘껏, 함부로, 되구 말구 생각을 펼쳐보았습니다.
이제, 내게 더 이상 무엇이 남아 있지 않습니다. 그 책에
드러난 생각들이 나의 시를 구속하거나 견인할 겁니다. 내
가 도착한 곳은 시가 아니라 시 비슷한 것입니다. 시에 대
한 사칭(詐稱)입니다. 나는 그게 좋습니다. 시 비슷한 거.
시가 아닌 거. 그런 것이 내게 다가올 겁니다. 그런 세계로
가고 싶습니다. 핍진한 세계, 리얼한 세계, 정직한 세계,
진정한 세계, 아름다운 세계가 아닌 곳에 나의 시를 내려놓
고 싶습니다.

▷선생님께서는 약력이 상징하듯 시집 10권을 지닌 중견
작가입니다. 미투 운동에서 드러난 것과 같은 적폐를 위시
하여 최근 우리 문단이 처한 열악한 실정을 누구보다 잘

아시리라 생각합니다. 문단 선배로서 한국 문학장의 구조적 병폐를 개선하기 위한 선결 과제는 무엇이라 파악하시는지요?

◀잘 모르겠습니다. 내 주제를 넘어서는 문제이거든요. 그리고 60이 넘으면 꼰대이기 때문에, 꼰대가 아닌 척 하면 더 꼰대스럽더라구요. 그때부터는 어떤 말을 해도 그냥 헛소리에 불과하잖아요. 자기 시대를 상실한 자들의 잔소리지요. 구조적 병폐라고 하셨는데, 구조를 해체하면 병폐도 사라질 겁니다. 가령, 문인조합 같은 것이 사라져야 합니다. 야생화카페 같은 그 모임들이 문단소음을 생산하는 기지라고 봅니다. 옛날에는 그래도 집회라도 했잖아요. 모여서 회비 내고 술 먹고 밥 먹고 지원금 분빠이 하고 그러기 위해 협회를 만드는 것이 아닌지 모르겠습니다. 문단구조가 저렴한 정치구조를 참고하는 게 문제겠지요. 구조의 분비물을 병폐라고 불러야 겠지요.

▷끝으로 한국문학의 미래에 대한 선생님의 고견을 듣고 싶습니다. 시의성을 상실한 문학은 종언으로까지 규정되고 있고, 미적 자율성의 극단적 추구 경향은 다양성을 넘어 판단 불가의 개성으로 확장되는 양상입니다. 한국문학의 향후 전망에 대해 시 장르를 중심으로 진단해 주시면 감사

하겠습니다.

◀내 말만 하겠습니다. 문학이 죽었는데도 엎드려 자판을 두드리고 있는 나는 무엇인가? 골 때리는 거지요. 시는 죽었지만 여전히 시는 성성하게 살아있다고 생각하고 나는 불가피하게 씁니다. 없지만 있는 듯이 생각해야 할 때가 있잖아요. 내가 냉소주의적 시의 주체가 되는 순간입니다. 노인이 사탕을 입에 물고 빨듯이 내게 시라는 주이상스가 없다면 무엇으로 나를 달랠 것인가. 김수영은 1960년대의 공간에서 시라는 것에 온몸을 걸었습니다. 이제 그런 사람이 있다면 말려야 합니다. 그건 무모한 짓이 아니라 희극이 될 공산이 크기 때문입니다. 한국문학의 전망은 언제나 이미 절망과 동의어입니다. 망해도 좋아, 미친 척 그냥 쓸 거야, 이런 부류들에게 열려 있는 장르가 시일 것이고, 이런 미친 소수에 의해서 한국시는 지속가능해질 겁니다. 시인은 명함에 시인이라고 박고 다니는 자들이 아니라, 없는 전망을 향해 밤낮없이 나아가는 자들. 그리고 확실하게 실패하려는 자들이 시인이라고 본인은 생각합니다. 한국시의 없는 미래이지요.

인터뷰 출전

- 시에 대해 말하지만 시는 아닌, 2021(미발표).
- 영혼의 빈 구멍, 『아주 사적인 시』, 경진출판, 2022.
- 쓰는 척 하면서 쓴다, 『갈 데까지 가보는 것』, 경진출판, 2021.
- 내가 니 에미다, 『나는 가끔 혼자 웃는다』, 예서, 2020.
- 비가 올라나 눈이 올라나, 아리랑박물관 인문학 아카데미, 2018.
- 짧은 자작 인터뷰, 『거미는 홀로 노래한다』, 예서, 2020.
- 시인의 사생활, 『거미는 홀로 노래한다』, 예서, 2020.
- 혼자 추는 이인무, 『시인의 잡담』, 작가와비평, 2015.
- 『본의 아니게』를 펴낸 후, 『시인의 잡담』, 작가와비평, 2015.
- 법사와의 대화, 『거북이목을 한 사람들이 바다로 나가는 아침』, 예서, 2020.
- 각주와 한단, 『거미는 홀로 노래한다』, 예서, 2020.
- 근황, 『동안』, 2018년 가을호.

감사의 말

    이 책을 쓰면서 다음과 같은 책과 라디오와 유튜브 그리고 음악에 신세를 졌거나 에너지를 충전했다. 롤랑 바르트의 마지막 강의, 다이애너 애실의 어떻게 늙을 것인가, 최진석의 반야심경, 백상현의 정신분석학 강의, 황덕호의 재즈 로프트, 데이비드 포스터 월리스의 에세이, 하루키의 일인칭 단수, 제프 다이어의 그러나 아름다운을 비롯한 에세이 3종 세트, 백민석의 이해할 수 없는 아름다움, 정지돈의 모든 것은 영원했다, 당신을 위한 것이나 당신의 것은 아닌, 오한기의 산책하기 좋은 날, 페터 한트케의 페널티킥 앞에 선 골키퍼의 불안, 북마녀의 웹소설 유튜브.

    이동원의 나목, 박기영의 안녕이란 두 글자는 너무 짧아,

장명서·추가열의 소풍 같은 인생, 전인권의 아침이 밝아 올 때까지, 송창식의 밤눈, 강기림의 애국가, 양병집의 오늘 같은 날, 이연실의 비, 이상은의 공무도하가, 정서주의 울어라 열풍아, 김오키의 내 이야기는 허공으로 날아가 구름에 묻혔다, 장기하의 가만 있으면 되는데 자꾸만 뭘 그렇게 할라 그래, 글렌 굴드, 레이 찰스, 찰리 파커, 루이 암스트롱, 빌 에반스, 방준석의 비와 당신, 이정선의 외로운 사람들, 뜨거운 싱어즈 남자 중창단의 바람의 노래.

클래식 채널 93.1, 89.2, 강릉의 골목길, 밤들, 안목 해변, 솔향수목원, 가끔 불암산, 상계역 앞 수유리 우동, 빠리 바게트, 당현천, 콜롬비아 게이샤, 그리고 나의 안부를 궁금해하지 않는 세상사람들이 이 책의 숨은 각주들이다.